KB151956

현실주의 용사의
왕국 재건기

Re:CONSTRUCTION
THE ELFRIEDEN KINGDOM
TALES OF
REALISTIC BRAVE

도조마루
일러스트 후유유키

Contents

Re:CONSTRUCTION
THE ELFRIEDEN KINGDOM
TALES OF
REALISTIC BRAVE

I

현실주의 용사의
왕국 재건기

Re:CONSTRUCTION
THE ELFRIEDEN KINGDOM
TALES OF
REALISTIC BRAVE

도조마루
일러스트 ✟ 후유유키

표지 · 본문 일러스트
후유유키

"카즈야……. 사람은 왜 가족을 만든다고 생각하느냐?"

가을도 깊은 어느 날, 할아버지는 내게 그렇게 질문했다.

딱 할머니의 칠일재가 끝났을 무렵이었다. 툇마루에서 할아버지와 둘이서 멍하니 하늘을 보고 있을 때의 일이었다. 질문의 의미를 몰라서 아무런 말도 못 하고 있자, 할아버지는 무언가를 깨달은 것 같은 표정으로 말했다.

"홀로 죽지 않기 위해서란다. 할멈을 간호하면서 절실하게 그리 생각했다. 우리는 아들 부부를 빨리 잃었지만 네가 있어 주었지. 그래서 우리 인생은 충만했어. 인연은 우리가 사라져도 계속된단다. 살아 있는 존재에게 이다지도 자랑스러운 일도 없을 게다."

"할아버지……."

"그러니까 나는 이리 말해 두마. 카즈야. 가족을 만들어라. 그리고 그 가족을 무슨 일이 있어도 지키는 게야. 옛날부터 너는 이해가 빨랐지. ……아니, 뭐든 딱 잘라서 생각하는 면이 있다, 그렇게 말해야 할까."

"…………."

"하지만 말이다, 가족만큼은 그렇게 생각하지 말거라. 한 번 잡은 손을 절대로 놓지 마. 자신의 인생을 걸고, 무슨 일이 있어도 지켜 내라. 그러면 반드시 마지막에는 [좋은 인생이었다]고 생각할 수 있을 게다. 할멈이나…… 나처럼 말이다."

"……무슨 유언 같네."

나는 농담으로 얼버무리듯 어깨를 으쓱였지만 할아버지는 유난스레 진지하게 고개를 끄덕였다.

"나도 나이가 나이야. 언젠가 홀로 남겨질 손자에게 보내는 마지막 말이란다."

그 당시의 나로서는 아무런 대답도 할 수 없었다.

그리고 바로 요전번.

내가 대학에 합격한 모습을 보고 만족한 듯, 할아버지도 할머니가 계신 곳으로 가 버렸다. 홀로 남겨진 집에서, 나는 중얼거렸다.

"알고 있어. 할아버지의 유언은 잊지 않을 테니까."

가족을 가지고, 그 가족은 무슨 일이 있어도 지켜 낸다.

그 약속을 가슴에 품고, 나는 홀로 새로운 생활을 시작──할 터였다.

"오오, 용사여! 내 부름에 응해 주었구나."

눈앞에 나타난 중간 정도의 키에 살집이 있는 중년 남성이 위엄 있는 목소리로 그런 말을 꺼냈다.

나이는 40~50세 정도일까. 코트만큼 두꺼운 붉은 망토를 걸치고 머리에는 금빛으로 빛나는 왕관을 썼다. 어디를 어찌 봐도 [왕]이었다.

그 옆에 있는 묘령의 상냥해 보이는 여성은 [왕비]일까. 이쪽은 드레스 차림에 백금빛 머리카락의 아름다운 여성이었다. 나이는 서른 전후로밖에 안 보였다.

주위의 상황을 확인해 보자. 너무도 높은 천장, 늘어선 대리석 기둥, 밑에는 붉은 카펫.

양옆에 선 병사들은 똑같이 직립부동, 그중에 자못 재상 같은 사람도 섞여 있었다. 그야말로 RPG의 오프닝에 나올 법한 성의 풍경이었다.

왕과 성, 그리고 조금 전에 들은 "오오, 용사여."라는 말.

……응, 진정하자. 당황해서야 사태는 호전되지 않는다.

우선은……그렇지, 정보 수집부터 시작하자.

"뭐, 뭐냐, 그런 시선으로 보다니. 불러냈다는 사실에 화가 났느냐?"

지그시 관찰하자니 왕이 갑자기 쭈뼛거렸다.

"아니, 상황을 받아들일 수가 없어서……. 일단 설명을 좀 해 주시겠어요?"

"내, 냉정하구나. 부럽기 그지없도다……."

"국왕 폐하……."

"아, 아무것도 아니도다!"

재상의 헛기침에 왕은 크게 움찔했다. 왕과 재상의 그런 대화를 보고 왕비는 쿡쿡 웃고, 병사들도 쓴웃음을 지으며 보고 있었다. 일련의 이 대화로 눈앞의 '사람 좋아 보이는 왕'이 정말로 '사람 좋은 왕'이라는 사실을 알 수 있었다. 나라의 수장치고는 지나치게 패기가 없는 것 같기도 하지만 신민들에게는 사랑받는 타입이겠지.

어쨌든 말이다. 나는 상대를 위압하지 않도록 가능한 한 냉정하게 물었다.

"그래서, 용사라고 하셨는데 마왕이라도 쳐들어왔나요?"

"정말로 이해가 빠르구나. 그 말대로다."

"…………."

정말이냐……. 꿈, 같은 건 아니지? 아니, 그냥 말해 봤을 뿐이다. 꿈과 현실 정도는 구별할 수 있다. 꿈속에 있는 듯한 붕 뜬 감각은 없었다. 지금은 시험해 볼 방법이 없는 미각 이외의 오감은 정상적으로 느껴져서 이것이 현실 세계임을 알렸다.

이게……현실……. 다시 한번 말해야겠다. 정말이냐…….

"여, 여봐라. 왜 그러느냐, 용사여. 갑자기 머리를 부여잡고."

"아뇨, 신경 쓰지 마시죠. 잠깐 현기증이 났을 뿐이에요."

머리가 아프기 시작했지만 지금은 참을 수밖에 없겠지.

"이제 괜찮아요. 상황을 설명해 주시죠."

"그, 그런가? 그럼 설명하겠다."

그리고는 왕의 '낡아빠진 RPG 초반에 나올 법한 장황한 세계 설명'이 시작되었다. 게임이었다면 【skip】하고 싶어질 정도로 장황했기에 조금 요약해 볼까 싶다.

우선 이 세계에 대해서.

이 세계는 [초대륙 란디아]와 크고 작은 섬들로 이루어져 있다나.

초대륙 란디아에는 크고 작은 다양한 나라가 존재하고 인간 이외에도 수인(獸人), 엘프, 드워프, 드래고뉴트 등 다양한 종족이 살고 있다. 이들 종족이 공존하는 나라도 있고 한 종족을 우대하는 나라, 다른 종족의 입국을 금지한 나라 등등 형태는 다양하며 이 나라들은 패권을 걸고 분쟁을 벌이기도 한다나. 하지만 마왕령이 출현한 뒤로는 각 나라들도 표면적으로는 협조 노선을 취하게 되었다고 한다.

다음으로 예의 마왕령 및 마왕에 대해서.

10년 정도 전, 초대륙 란디아 북쪽 끝에 통칭 [마계]라고 불리는 공간이 출현했고 그곳에서 크고 작은 다양한 몬스터들이 쏟아져 나와 대륙 북방의 나라들을 큰 혼란에 빠뜨렸다고 한다. 각국은 연합해서 토벌군을 편제하여 그 마계라는 곳으로 쳐들어갔다.

하지만 그 토벌군은 궤멸당했다. 마계에는 지능이 낮은 (혹은 없다고 여겨지는) [마물]과 지능이 있고 강력한 전투 능력을 자랑하는 [마족]이 있다는데, 이 피해는 마족의 공격에 따른 것이었다. 또한 확인되지는 않았지만 그 마족들을 이끄는 왕인 [마왕]의 존재에 관한 소문도 돌고 있다.

이 전투 뒤로 주력군을 잃은 각국에 마계에서 출현하는 마물을 막을 여력은 없었기에 북쪽 나라들은 멸망하여, 당초에는 소국 정도였던 마계 세력의 영토는 대륙의 삼분의 일을 차지하기에 이르렀다. 현재 이 영역은 [마왕령]이라 불린다. 지금 현재는 그들의 침공을 막아내고는 있지만, 이는 전선이 확대되며 마물과 마족이 분산되었기에 각국도 어떻게든 전선 유지가 가능해졌기 때문이라고들 한다. 그렇다고 해서 인류 측에도 결정적인 수단은 없어서 전선을 맞대고 있는 나라들은 교착 상태가 이어지고 있다나.

다음으로 이 나라에 대해서.

이곳은 [엘프리덴 왕국]이라는, 대륙 남동부에 있는 군주제 중규모 국가라는 모양이다. 원래는 다양한 종족이 손을 맞잡은 형태로 부흥한 나라로서, 인간족의 왕을 모시고는 있지만 다른 종족인 이들도 차별 없이 받아들이고 있다. 어느 종족이든 시민권이 있고 실제로 [국왕] 이외의 모든 직업은 다른 종족에게도 개방되어 있다. 왕에게 쓴소리를 건네는 재상도 인간족과의 사이에서 태어난 하프엘프인 듯했다.

마왕령과 접하지 않았기에 마물에 따른 피해는 적었지만, 본래 국력이 빈약해서 국고 사정은 썩 좋지 않다나. 최근에는 식량 부족도 심각한 데다가 마왕령의 확대로 고향을 잃고 이 나라로 흘러든 난민들이 그런 문제에 박차를 가하고 있다.

또한 대외적으로도 암운이 드리우고 있다.

마왕령을 제외하면 가장 큰 영토를 자랑하는 [그란 케이오스 제국]과의 관계가 삐걱대고 있다나. 제국은 가장 많은 국경선이 마왕령과 접하고 있는 나라로, 제1차 마왕령 침공을 주도한 국가이기도 하다. 마왕령에서 패배한 뒤, 제국은 각국에 [전쟁 지원 요청]을 하고 있는 모양이었다. 단순하게 말하면 마왕령에서 먼 국가에 마왕령에 가까운 국가를 지원하라는 요청이지만, 말이 요청이라고는 해도 인류 측 최강 국가가 언급하면 강제에 가까웠다. 왕국에도 이 요청이 오기는 했지만 지금 상황에서 지원을 하기는 어려운 듯했다.

마지막으로 나를 이 세계로 불러낸 [용사 소환]에 관해서.

제국에서 보낸 [전쟁 지원 요청] 중에서 [지원금을 내지 못한다면 귀국에서 전해지는 용사 소환의 의식을 거행하여 용사를 소환하고 그의 신병을 제국으로 넘겨도 된다.]는 문장이 있었다나. 이 나라에 지원금을 지불할 여유가 없다는 것은 자명했기에, 어쩌면 제국에게는 이쪽이 진짜 요청이었을지도 모른다. 용사를 전력으로 사용하고 싶은 것인지, 해부해서 연구라도 하려는 것인지, 설마 처음부터 기대 따위 하지 않고 그저 요청에 응할 수 없었다는 것을 핑계로 왕국을 침공할 속셈인지…….

제국의 생각을 알 수 없었기에 억측은 또다시 억측을 부르며 왕국 측은 완전히 의심의 바다에 빠져 버렸다.

왕국은 이 사태를 두고 일단 용사 소환의 의식만이라도 진행하기로 했다. 인도 요청에 응할지는 미정이었지만 용사 소환에 성공하면 교섭용 카드가 된다. 그러려면 우선 요청에 응하여 의식을 진행한다는 자세를 보여 주어야만 했다.

……여기까지 말하면 알 수 있을 테지만, 왕국도 설마 '정말로 용사가 소환' 될 줄은 몰랐던 것이다.

"잠깐만!"

"히이이! 미안하도다!"

내가 무심코 큰소리를 내자 왕은 겁먹고 펄쩍 뛰었다.

"아, 죄송해요. 잠시 평정심을 잃었네요."

이래 봬도 이 나라의 왕이란 말이지. 너무 무례한 태도는 피하자고.

하지만……. 나는 정말로 우연히, 누구에게 기대를 받은 것도 아니고 그저 소환된 건가?

마음을 진정시키기 위해서 한 번 심호흡을 하고, 나는 왕에게 물었다.

"……그래서, 어떻게 할 생각이죠?"

"어, 어떻게 한다니?"

"저를 제국으로 보낼 거냐는 이야깁니다."

"그건……. 어쩌면 좋겠느냐? 곤란하도다."

왕은 진심으로 고민하는 모양이었다. 이건 좀 의외였다.

나는 틀림없이 "제국이 무섭도다! 우리 나라를 위해서 제국으로 가 다오!"라며 읍소할 거라고 생각했다. 언뜻 보기에도 심약한 것 같으니.

"뭘 고민하고 있나요? 제국은 무섭죠?"

"무섭고말고! 무서우니까 이렇게 고민하는 게야!"

"실례지만, 지금은 제가 설명하지요."

그리 말하며 나선 것은 하프엘프 재상이었다.

"현재 우리 나라와 제국의 국력 차이는 역력합니다. 완전히 불가능한 건 아니지만, 도저히 제국의 방침에 고개를 가로저을 수 있는 상황은 아니지요. 그런 상황에서 당신은 우리 나라가 운 좋게 손에 넣은 단 하나의 카드입니다. 이것을 간단히 내어주고 만다면 우리 나라에는 더 이상 제국과 교섭할 수 있을 정도의 재료가 없습니다. 설령 이번 일은 극복한다고 해도 다음에 또 무슨 일이 있을 경우에는 어떻게 하겠습니까? 우리는 그저 카드를 버리는 것뿐일지도 모릅니다."

"…………."

모릅니다, 정도가 아니겠지. 미나모토노 요시츠네라는 카드를 내다버린 오슈 후지와라 씨 같은 경우가 좋은 예시이리라. 한때의 위협에 굴복하여 기껏 손에 넣은 패를 내다 버린 자들의 말로는 암울하다.

"애당초 용사라는 건 뭔가요?"

"용사란 '시대의 변혁을 이끄는 자' 라고 일컬어집니다."

흠……. 마왕을 쓰러뜨리는 자, 같은 게 아닌가.

"너무 막연하지 않나요?"

"다소 자료도 부족한 상태라서."

"……그런 상태로 의식 같은 걸 하지 말라고요."

"그저 면목 없을 뿐입니다."

아니, 공무원처럼 사무적으로 사과해도 말이지……. 어쨌든 곤란했다. 무엇을 하려고 해도 정보가 너무도 부족했다. 그렇다면 지금 가장 필요한 것은 시간이겠지.

"폐하, 제안이 하나 있습니다만."

"무엇이냐? 뭐든 말해 보아라."

"앞으로의 일에 대해서 이야기를 나눌 수 없을까요? 이런 장소에서 우두커니 서서 할 게 아니라, 어디에 좀 앉아서 차근차근하게. 저랑 폐하랑 재상 분까지 셋이서."

"흠. 어떠냐? 마르크스."

"괜찮을 것 같습니다."

왕이 질문을 건네자 마르크스라고 불린 재상은 머리를 숙였다. 동의를 얻었기에 나는 조금 더 주문을 꺼냈다.

"그리고 이 나라에 대한 자료를 일단은 최대한 모아 주세요. 특히 입출 보고서와 농림 수산업 관련, 경제 산업 관련, 국토 교통 관련 자료는 중점적으로 해 주시고요. 어쩌면 제국이 요구하는 지원금을 짜낼 수 있을지도 몰라요. 그리고 용사에 대한 자료도 있으면 좋겠는데……. 그건 뭐, 나중에 해도 되겠죠."

"알겠다. 바로 모으도록 하지."

그리고 이 자리는 일단 막을 내리고, 나는 다시금 왕의 집무실로 불려갔다.

푹신푹신한 소파에 앉아서, 나는 왕이랑 마르크스 재상과 마주 보며 회의에 회의를 거듭했다. 그야말로 모든 것에 대해서 이야기를 나누었다.

이 나라의 산업, 경제, 세제, 농업 정책, 군비, 외교……. 모든 사안에 대해서 이야기하게 되었다. 그 회의는 꼬박 이틀이나 걸렸다. 내가 모아 달라고 한 자료를 보고 차례차례 질문하면서 진행한 회의이기도 했고, 내가 제안한 방침에 두 사람이 이상할 정도로 달려든 것도 원인이었다. 어쨌든 왕은 중간부터 사람이 바뀐 것처럼 내 이야기에 매달렸다.

──이틀 뒤. 방에서 나왔을 때 왕의 표정은 무척 환했다고, 문을 지키고 있던 병사들 사이에서 나중에 화제가 되었다.

그것은 어떤 결단을 내린 남자의 표정이었으리라고.

"다들, 마음을 단단히 먹고 들어주었으면 한다."

그것은 셋이서 진행한 회의를 마친 다음 날에 벌어진 일이었다.

성내의 주요 인물들을 알현실에 모은 왕은 그들을 향해 드높이 선언했다.

"나, 엘프리덴 왕국 제13대왕 알베르토 엘프리덴은 이곳에서 퇴위하고, 왕위를 소환된 용사 소마 카즈야에게 물려주겠다!

또한 내 딸 리시아 엘프리덴과 소마 공의 혼약을 이곳에서 거듭
발표하겠노라!"

　적막에 휩싸인 장내. 모든 이가 말을 잃었다.

　이 자리에서 냉정한 것은 왕비 정도였으리라.

　그것은 내게도 아닌 밤중의 홍두깨인 폭탄선언이었다.

　──대륙력 1546년 4월 32일 소마 카즈야, 왕위를 물려받다.

엘프리덴 왕국 왕도 [파르남].

엘프리덴 왕국의 왕성인 [파르남 성]이 있는 이 나라의 수도였다.

파르남 성을 감싸듯 도시가 번성했고, 그 주위를 원형으로 에워싼 성벽은 중세 유럽의 도시국가를 연상시켰다. 귀족 거리와 평민 거리의 지붕은 주황색으로 통일되어, 그 정취 역시도 이 클래식한 도시의 분위기에 어울렸다.

파르남 성을 중심으로 동서남북으로 뻗은 대로가 각각의 문으로 이어졌고, 마차나 대형 기수(騎獸) 등이 끊임없이 그 길을 돌아다녔다. 그와는 달리 돌로 포장된 무수히 많은 골목이 성에서부터 방사선 모양으로 뻗었고 그 골목과 골목을 연결하는 다른 골목도 이어져서, 상공에서 보면 거미줄(혹은 눈의 결정)처럼 보였다. 그런 길 양옆에는 상점가나 장인 거리 등이 늘어서서 항상 활기찼다.

오늘은 축일이고, 또한 새로운 국왕(왕위를 물려받았지만 아직 대관식 전이라서, 엄밀하게는 국왕대리이지만)이 왕위를 물려받고 맞이하는 첫 휴일이기도 해서 상점가는 평소보다도 더욱 활기가 넘쳤다. 갑작스러운 국왕의 교대극에 한때는 성 아래의 도시도 긴장한 모습이었지만, 즉위한 사람이 소환된 용사라는 것, 선대 국왕 알베르토가 스스로 왕위를 물려주었다고 발표된 것, 소마와 선대 국왕의 딸인 리시아 공주의 혼약이 성립되었다는 것 등이 전해지자 혼란은 자연스럽게 수습되었다. 애초에 선대 국왕은 '사랑받는' 것으로 이 나라를 통치하고 있었기에,

[뭐, 폐하께서 무사하시다면 그걸로 됐나.]

[중압감으로 무척 힘들었다는 모양이야. 어깨의 짐을 내려놓으셨으니 잘됐어.]

[지금부터는 느긋하게 지내실 수 있겠지. 축하할 일이야.]

대체로 그렇게 호의적으로 해석되었다나. ……선대 국왕의 느긋한 모습은 아무래도 국민성인 듯했다. 억지로 왕위를 떠맡은 형태가 된 소마는 갑작스러운 교대극에 반대 운동이라도 일어나지 않을까 경계했지만 제대로 허탕을 쳤다. 어쨌든 오늘도 파르남에는, 다양한 인종이 오가는 평화로운 풍경이 펼쳐져 있었다.

그런 평화로운 오후의 공기를 갈라 버리듯이 백마 한 마리가 돌길 위를 달려갔다.

백마를 탄 것은 붉은색을 바탕으로 한, '베르사유의 장미'에 나올 법한 군복으로 몸을 감싼 미소녀였다. 나이는 열여섯, 일곱 정도. 비칠 듯 하얀 피부. 바람에 나부끼는 백금빛 머리카락. 몸에 딱 맞는 군복이 그녀의 균형 잡힌 보디라인을 강조했다.

그런 미소녀가 백마를 타고 내달리는 모습은 그것만으로도 그림이 된다. 그녀를 본 길가의 사람들은 무심코 감탄을 흘리고,

그 사람이 이 나라의 '공주님'이라는 사실을 깨닫고는 함성을 질렀다.

"공주님! 약혼 축하드립니다―!"

"행복하세요―."

사람들은 본인의 기분도 모르면서 그런 따듯한 응원을 보냈다.

그러나 지금 그녀의 귓가에는 닿지 않았으리라.

"아버님, 어머님……. 부탁이니 무사하시길!"

그녀, 리시아 엘프리덴은 비통한 표정으로 그리 혼잣말했다.

"아버님! 이건 어떻게 된 거야!"

리시아는 눈앞의 광경을 보고 거칠게 말했다.

국왕의 개인실. 킹사이즈 침대가 방을 전혀 압박하지 않는 큰 방으로, 가구 하나하나가 호화롭게 만들어져 있었다. 본래 이곳은 국왕 부부의 침실 겸 사적인 공간이니 왕위 양도 후에는 소마에게 물려주어야 할 터였지만, 이사하는 수고를 꺼린 소마가 선대 국왕 부부에게 계속 사용하도록 허가를 내렸기에 그대로 그들이 사용하고 있었다. 참고로 소마는 집무실에 간이 침대를 가져다 놓고는 거기서 생활하고 있었다.

그런 방에서, 숨을 헐떡이며 달려온 리시아가 목격한 광경은, 방에 딸린 발코니에서 우아하게 오후의 티타임을 즐기는 것만이 아니라 크림을 얹은 스콘을 포크로 떠서 "자, 여보, 아~앙♪" "아~앙이도다♪" 같은 시간을 보내고 있는 부모님의 모습이었다. 리시아는 한순간 그 자리에 주저앉았지만 금세 일어서서, 눈을 분노로 불태우며 선대 국왕인 알베르토에게 따졌다.

"난 아버님이 왕위를 찬탈당했다는 이야기를 듣고, 지방 순찰 임무 중에 황급히 돌아왔어! 그런데 뭘 느긋하게 [자, 아~앙♪] 이나 하고 있는 거야!"

리시아는 왕녀(양위 후에는 왕의 약혼자)라는 지위에 더해, 사관 학교를 졸업한 육군 사관이라는 신분도 가지고 있었다. 계급 자체는 그다지 높지 않지만 그녀의 신분 때문에 각지의 왕국군 위문 등 특수한 임무를 맡는 경우가 많았다. 이번에도 지방을 순찰 중이었지만, 갑자기 아버지인 국왕이 퇴위했다는 이야기를 듣고 서둘러서 달려온 것이었다.

"딱히 찬탈 같은 건 안 당했다고? 나는 자신의 의사로 퇴위했노라."

"그러니까 왜 갑자기 퇴위했냐니까!"

"이 나라에는 나보다도 그 사람이 더 왕으로서 어울린다고 확신했으니까. 이건 나라를 맡은 자로서 책임을 지고 판단한 것이야. 이의는 인정하지 않겠노라."

단언한 그 순간만큼은 최근까지 나라를 짊어졌던 자가 지닌 위엄 같은 것이 보인 느낌이라, 리시아는 그 이상 강하게 이야기를 할 수 없게 되어 버렸다.

"윽……. 하지만 내 약혼까지 멋대로 정해 버리다니."

"그건 당사자들끼리 이야기하는 게 좋겠지. 애초에 이 혼담은 우리 쪽에서 억지로 밀어붙인 것이야. 싫다면 소마 공도 강제로 하지는 않을 게야."

"어머님—."

리시아는 어머니 엘리샤에게 도움을 청했지만 그녀는 싱긋 웃고는,

"우선은 소마 공과 만나 보도록 하세요. 이건 당신의 인생이니까, 앞으로의 처신은 당신이 스스로 결정할 일이에요. 그 선택을 우리는 존중할게요."

의지할 사람이 없다는 사실에 리시아는 어깨를 푹 떨구었다.

선대 국왕 부부의 방을 뒤로한 리시아는, 빠른 걸음으로 왕성 안을 걷고 있었다.

지방을 순찰하기 위해 이 성을 떠난 것이 몇 주 전이었다. 몇 주 만에 본 왕성의 풍경 중에서 신경 쓰이는 것이, 성에 있는 사람들이 자주 뛰어다닌다는 점이었다. 위사도 메이드도 관료도, 그리고 대신들마저도 모두 뛰어다녔다. 잔뜩 배가 나온 대신이 이마에 땀을 흘리며 "어후어후." 하고 뛰는 모습은 너무나도 초현실적이라 말을 잃고 말았다.

전에는 이런 느낌이 아니었다. 왕성의 분위기는 시간이 천천히 흘러가는 것이 아닐까 싶을 정도로 느긋했을 터. 메이드도 대신도 다들 조용하게 걷고, 중앙 정원에서 훈련 중인 위사들의 목소리가 성 어디에 있어도 들릴 정도로 조용했을 터다. 리시아가 사관 학교에 들어간 것도 그런 분위기에 진절머리가 났기 때문이 아니었던가.

그런데 지금은 어떠한가. 성 어디에 있어도 누군가의 발소리가 들렸다.

리시아는 분주히 걸어가던 메이드 중 하나에게 말을 걸었다.

"잠깐만 괜찮아?"

"고, 공주님! 무슨 용무이신가요?"

"저기……. 성 안이 어수선한 것 같은데, 무슨 일 있어?"

"아뇨? 딱히 별일 없습니다만."

"그래? 어수선하게 느껴지는데……."

"예. 아, 하지만 신임 국왕 폐하의 영향은 있을지도 모르겠어요. 그분이 일하시는 모습을 보고 있으면, 폐하께서만 일을 하시는 것 같아 죄송하다는 기분이 들거든요. 저도 그만 꾸물꾸물 움직일 수가 없어서……. 아, 일하는 도중이라 실례할게요."

"그. 그래……. 수고해."

빠른 걸음으로 떠나는 메이드를 바라보며 리시아는 입을 떡 벌리고 있었다.

'일개 메이드한테까지 그런 생각을 하게 만들다니, 신임 국왕의 일하는 모습이 대체 어떻길래?! 대체 어떤 녀석이 내 약혼자가 되어 버린 거야?!'

리시아는 더욱더 머리를 끌어안았다.

이윽고 도착한 국왕의 집무실. 그곳의 문을 열었을 때, 리시아가 우선 목격한 것은 종이 다발의 산이었다. 체구가 큰 어른이 둘은 누울 수 있을 정도로 커다란 책상에는 금방이라도 쏟아질 듯이 서류가 잔뜩 쌓여 있었다. 그것만이 아니었다. 살펴보니 따로 설치된 긴 책상에서는 관료들 몇 명이, 마찬가지로 산더미 같은 서류 다발을 앞에 두고서 악전고투하는 중이었다.

리시아가 멍하니 있자니 서류 다발의 산 너머에서 젊은 남자의 목소리가 들렸다.

"이봐, 지금 들어온 사람."

"……어?! 뭐야?!"

정신을 차린 리시아가 이상한 소리를 터뜨렸지만, 지금 목소리의 주인은 전혀 신경 쓰지 않는 것 같았다.

"너는 글자를 읽을 줄 아나? 계산은 할 수 있어?"

"바, 바보 취급 하지 마! 나 나름대로 교육받았거든!"

"그럼 마침 잘 됐네. 여기 와서 작업을 도와줘."

"도와달라니, 당신, 대체 누구……."

"됐으니까 좀 도와줘. 이건 '왕명' 이야."

그리 말하며 종이로 된 산 너머에서 한 인물이 일어섰다. 그제야 간신히 두 사람은 얼굴을 마주하게 되었다. 이것이 신임 국왕 소마와 약혼자 리시아의 첫 대면이었다.

리시아는 후에 그의 첫인상을 '피곤한 눈빛의 청년' 이었다고 이야기한다.

◇ ◇ ◇

이세계로 용사가 소환되는 이야기 중에는 소환이 될 때 용사에게 특수한 능력이 부여되는 경우가 있다. 아무래도 이 세계의 주

민은 다들 크든 작든 마법을 쓸 수 있는 모양이니 그렇다면 나도 무언가 마법 같은 것을 쓸 수 있게 된 건 아닐까, 충분히 그런 기대를 할 만도 하잖아. 일단 용사로서 소환되었으니까 말이다.

그래서 왕위를 물려받은 직후, 신관 같은 사람과 마주친 김에 내 능력에 대한 검증을 진행하게 되었다. 쓸 수 있는 마법은 사람마다 다른지 그것을 알아보기 위한 장치도 있다나. 겉모습은 비석 같았다. 그 비석을 건드리면 자신이 지닌 마법의 계통이나 능력이 그 사람의 머리에 떠오른다고 한다. 원리는 이 세계의 사람이라도 잘 모르는 모양이지만, 이 세계에서는 이런 오파츠 같은 물품이 상당히 많이 존재한다나.

그리고 판명되었는데, 내게는 이런 능력이 갖추어져 있었다.

【물건에 자신의 의식을 카피하고 조종하는 능력】

손에 닿은 물건에 자신의 의식을 카피하고 최대 세 개까지 조종할 수 있는 능력이었다.

마법이라기보다 초능력 같지만, 그것이 가벼운 물건일수록 자유자재로 움직일 수 있으면 그렇게 움직이는 대상을 부감하는 식으로 볼 수 있다. 게다가 그 물체는 자신의 의식과는 별도로 독립된 의식 아래서 움직이는 것도 가능. 이것은 물건만 매개로 삼았다면 복수의 일을 동시에 생각하는 것마저 가능해진다는 의미였다.

자신의 가까운 곳에서만 움직일 수 있다는 제한은 있지만, 자기 주위에서 물건을 자유로이 움직일 수 있는 것은 재미있었다. 마치 폴터가이스트를 일으키는 것 같았다.

그래서 나는 이 능력을 【리빙 폴터가이스트】^{살 아 있 는 유 령 들}라고 이름 지었다. 조금 중2스럽나?

그리고 이 【리빙 폴터가이스트】를 손에 넣고 내가 가장 먼저 생각한 것은,

서류 작업에 완전 편리!

……였다. 펜 세 자루에 내 의식을 카피하고 병렬 사고로 복수의 서류를 동시에 읽으며, 그 펜 세 자루를 움직여서 각각의 서류에 사인을 한다. 이것 참, 이 능력이 판명된 뒤로는 일이 참으로 순조롭구나. 도리어 이 능력이 없었더라면, 지금 즈음은 왕위를 물려받은 뒤의 어수선한 상황에 산더미처럼 쌓인 서류가 산사태를 일으켜서 파묻혔을 테지. ……응. 무슨 말을 하고 싶은지는 알겠다.

기껏 손에 넣은 능력이 [사무 처리를 원활하게 진행하는 정도의 능력]이라니. 도움이 되기는 하지만 용사의 능력으로서는 어떤지 생각하면 "어째서 이렇게 되었나."라는 식으로밖에 형언할 바가 없었다. 수많은 적과 맞설 수 있는 엄청 강력한 마법은 아니더라도, 적어도 자기 몸을 지킬 수 있을 정도의 방어마법이라든지 그럴싸한 걸 바랐다.

……뭐, 없는 걸 졸라 봐야 어쩔 수 없다. 실제로 도움이 되기는 하니까, 나는 오늘도 이 【리빙 폴터가이스트】를 구사하여 서류의 산과 격투를 벌이고 있었다.

그러자 멋들어지게 생긴 문을 걷어차며 누군가가 들어왔다.

서류의 산 사이로 살펴보니 들어온 것은 군복 차림의 소녀였다.

단정한 생김새, 비칠 듯이 하얀 피부, 찰랑찰랑하는 백금빛 머리카락까지. 평소에 봤다면 넋을 잃고 쳐다봤을 게 틀림없는 미소녀였지만 이미 '사흘 철야'를 한 내 눈에는 미소녀가 아니라 '새로운 노동력'으로밖에 안 보였다.

나는 그녀는 불러서 반쯤 억지로 옆에 앉히고 종이 다발 두 개를 떠넘겼다.

"여기 두 서류를 비교해서 숫자가 다른 곳이랑 항목의 수에 차이가 있는 곳이 있다면 체크해 줘."

"어, 뭐야? 이건 무슨 작업인데?"

"뭐냐니, 매장금 발굴이야."

나는 곤혹스러워하는 군복 소녀에게 설명했다.

"정확하게 말하면 [용도 불명인 금액]이겠네. 한쪽이 [개산(槪算) 요구서]고, 다른 한쪽이 [입출 보고서]야. 요구된 금액과 입출이 같은 값이더라도, 입출 항목이 예정보다 늘어났다면 그건 청구 금액을 전부 써 버리기 위해서 치러진 과장 투자, 아니면 투자를 위장한 횡령일 가능성이 있어. 그것들을 체크하고 부정이 있다면 그 손실분을 관계 각처에 지불토록 하는 거야. 개인의 횡령이 발견된다면 변제 의무를 지우고, 지불할 수 없다면 체포하고 자산을 몰수하는 거지."

"아, 알았어."

철야 중인 사람 특유의 험악한 분위기에 눌렸는지 소녀는 내 말에 고개를 끄덕였다. 좋아, 그렇게 곁에서 묵묵히 작업을 시작하고 두 시간 정도 흘렀을 무렵일까. 군복 소녀는 서류를 체크하던 손길은 멈추지 않은 채로 내게 말을 걸었다.

"……저기."

"뭐야? 피곤하면 내키는 대로 쉬어도 돼."

"그게 아니라……. 아직 자기소개를 안 했잖아. 나는 리시아 엘프리덴. 선대 국왕 알베르토 엘프리덴의 딸이야."

나는 펜을 멈췄다.

"……공주님이었나."

"그렇게 안 보여?"

"군복이었으니까. 하지만……. 음, 그럴듯할지도."

이제 와서 간신히, 나는 그녀의 용모가 고스펙임을 깨달았다.

"나는…… 소마 카즈야. 일단 현직 국왕이야."

리시아도 고개를 이쪽으로 향했다. 상당히 가까이에서 눈과 눈이 마주쳤다. 그저 어안이 벙벙할 뿐인 나와는 달리, 그녀의 금빛 눈동자는 무언가를 확인하려고 하는 것 같았다. 잠시 마주 본 뒤, 리시아는 천천히 입을 열었다.

"이제는 공주님이 아냐. 당신이 왕위를 빼앗았으니까, 내 입장, 엄청 미묘하다고."

"빼앗았다니……. 나는 네 아버지한테서 왕위를 떠맡게 된 거라고. 정말이지, 어째서 이런 성가신 짓을 해야만 되는 거야."

"……정말로, 무슨 일이 있었는데? 당신이 소환된 용사라는 건 알지만, 왜 갑자기 국왕이 교체되는 상황이 된 거야."

"내가 묻고 싶네. 나는 그저 신변의 안전을 확보하려고 했을 뿐인데 말이지……."

나는 소환된 당시의 상황을 리시아에게 설명했다.

이 세계로 소환되었을 때의 나는 제국으로 신병을 인도당하느냐 마느냐, 그런 운명의 갈림길에 서 있었다.

왕이나 다른 이들은 영 내키지 않는다는 분위기였지만 달리 이렇다 할 방책도 없으니, 또다시 제국이 강하게 요청한다면 나를 넘겨줄 수밖에 없었을 테지. 제국으로 넘겨진다면 어떤 꼴을 당할지 알 수 없었다. 나는 나 자신을 지키기 위해서, 왕국이 '용사를 넘기지 않는다'는 선택을 하도록 만들 필요가 있었다.

내가 그들에게 제시한 방침은 '지원금을 지불해서' 시간을 벌고 그동안에 '부국강병 정책'을 추진한다는 것이었다. 상대가 '지원금 대신에 용사를 넘겨라'라고 하면, 지원금을 지불하면 그만이다. 그렇게 하면 상대는 이쪽에 간섭할 명목을 잃게 된다. 공갈이나 다름없기는 해도 진짜 공갈은 아니니 제국도 체면을 걱정하여 그 이상 강하게 이야기하지는 않겠지. 그런 판단이었다. 그리하여 번 시간으로 부국강병 정책을 진행해서 제국과 어깨를 나란히 할 만큼의 국가가 된다.

물론 두 사람에게서는 다른 의견이 나왔다. 이 나라에 지원금을 지불할 여유는 없다고.

하지만 내가 자료를 조사한 바로는, 국영 시설 몇 곳을 매각하고 재정 지출을 제한하며 '국왕의 사유재산'을 어느 정도 공출한다면 지불이 가능하다는 사실을 제시했다. 내가 다니던 대학 학부는 사회경제학부(참고로 수험에서 사회 과목은 세계사를 선택했다)이고, 장래의 꿈이었던 것은 지방공무원이었다. 이런 쪽은 특기 분야였다.

이 방침을 듣고 왕은 무언가 생각에 잠기는 표정을 지었지만 재상인 마르크스는 흥미가 있는 모양이었다. 용사를 넘겨서 현 상황을 유지하는 것보다는 이참에 재정 개혁을 벌이는 편이 미래가 있다고 판단했을 테지. 왕도 중간부터는 흥미를 보이게 되었다.

나는 말을 먼저 꺼낸 입장이니 그 나름대로 역할을 기대받을 테지만, 그래 봐야 일개 재정 관료로서 그 개혁을 돕는 정도가 고작이겠지……. 그렇게 생각했다.

"그랬더니 왕위를 고스란히 떠맡게 되었습니다."

"아, 저기……. 어쩐지 미안하네."

"네가 사과할 건 없어. 오히려 피해자잖아. 갑자기 약혼자가 생겨 버렸으니."

"그건, 그러네……. 아니, 어라? 우리는 입장을 따지자면 어느 쪽이 위지? 혹시 나, 존댓말 같은 거 써야 되는 상황인가?"

한쪽은 일반인→현직 국왕. 한쪽은 공주님→현직 왕비 후보.

"……그냥 반말로도 상관없지 않을까?"

"……그러네."

"그리고 약혼에 대한 건 걱정하지 않아도 돼. 지금의 왕위는 떠맡은 것일 뿐이야. 몇 년 뒤에는 왕 노릇 따윈 그만둘 테니까."

"어, 왜?!"

"원래 제국으로 넘겨지지 않도록 [지원금]을 낼 수 있을 정도로만 일할 생각이었으니까. 왕위를 물려받은 이상, 일단 이 나

라의 경영을 본궤도에 올리는 정도까지는 하겠지만 그 이후의
선택은 이 나라의 사람들한테 맡길 거야. 물론 약혼 역시 파기
해도 돼."

　나는 리시아를 안심시키듯 웃어 보였다.

　[몇 년 뒤에는 왕 노릇 따윈 그만둘 테니까.]

　나는 그런 소마의 말에 눈을 동그랗게 떴다.

　'말이야 간단하게 하는데, 그게 얼마나 엄청난 일인지는 알기
나 할까?'

　군사일변도라 정무에는 어두운 자신이라도 이 나라가 처한 상
황은 알고 있다. [외통수] 일보 직전. 때마침 식량난에 경기 침
체, 마족 침공에 따른 난민 유입, 그리고 그란 케이오스 제국의
압력. 불안 요소만이 산적한 상황이었다.

　그러니까 자신보다 뛰어나다고 생각한 자에게 왕위를 즉시 넘
긴 아버님의 행동도 이해 못 할 건 아니었다. 하지만 말이다. 바
로 그렇기에, 그런 국가의 경영 상태를 본궤도에 올리는 게 가
능할까. 혹시 설령 가능하다고 해도, '그런 위업을 이루어낸
왕'을 국민들이 느긋이 은거나 하게 두겠는가.

　"……그래서, 지원금은 확보할 수 있겠어?"

　"어? 응. 제국에 보낼 지원금은 이미 확보했어."

　"——어?"

"지금은 개혁 자금을 짜내는 참이야. 지원금 이상으로 돈이 들 테니까."

아니……. 아니아니아니아니! 벌써 확보했다니, 제국이 요구한 금액은 왕국의 연간 예산에 필적할 정도로 막대한 금액이었을 텐데?!

"우리 나라의 어디에 그런 자금이……."

"보물 창고에 있던 보물, 3할 정도 팔아치웠어."

"보물 창고라니……, 국보?! 설마 국보를 팔아치운 거야?!"

나는 태연한 표정을 짓는 소마에게 따지고 들었다.

"국보는 나라 전체의 물건이야! 그걸 멋대로 팔아 버리다니, 그건 국민에 대한 배신이야!"

"자, 자 자. 진정해. 국민 전체의 물건이라면, 국민 전체의 복지를 위해서 팔 수도 있는 거잖아?"

"그렇다고 해도, 문화나 역사가 있는 물건인데……."

"어어, 그런 건 제대로 제외했어. 판 건 보석이나 장신구 같은 실물 자산뿐이고."

소마는 서류 가운데 보물에 대해서 정리된 목록을 찾아냈다.

"보물을 [A종(역사, 문화적으로 가치가 있는 물건)], [B종(역사, 문화적 가치는 없지만 자산 가치가 있는 것)], [C종(기타)]으로 구분해서 B만 팔아치웠거든. [A종]은 그냥 팔아치우는 것보다도 미술관이나 박물관 같은 곳에 정기적으로 전시하는 편이 영구적으로 자금을 확보할 수 있을 테니까."

"그럴지도 모르겠지만……. [C종]은?"

"마도구라든지 마법책이라든지 그런 거야. 솔직히 어떻게 취급해야 할지 곤란한 상태거든. 말하자면 병기 같은 거니까 말이지. 섣불리 팔아치울 수도, 그렇다고 전시할 수도 없어. [용사 장비 일체] 같은 건 팔 수만 있다면 상당한 가격이 될 것 같긴 하지만 말이야. 팔아도 될까?"

"하지 마……."

어찌 되었든 용사인데……. 아, 지금은 국왕이었나?

"하지만 그만한 돈이 있다면, 그걸 바로 군비로 돌려야 하는 거 아냐? 사관 학교에서는 [국방에 천금을 걸지라도 조공에 털 끝 하나 나누지 말지어다]라고 배웠어."

"그 속담에 이어서 바로 속담 발동. [시간은 금이다]. 이 효과는 전쟁 지원금을 제물로 바쳐서 현재 이 나라에 가장 필요한 [시간]을 벌 수 있어."

"……그 표현은 뭐야?"

"신경 쓰지 마. 어쨌든 군비를 증강할 수 있다고 해도 국내 문제를 방치해서야 의미가 없어. 식량 문제와 난민 문제를 해결하지 않는 한, 국민의 지지를 계속 잃게 될 거야. 그렇게 되면 다른 나라가 살짝 부추기는 것만으로 폭동이 일어나는 취약한 나라의 완성이지."

"그럴 리가……. 국민들도 이 나라를 사랑할 텐데. 폭동이라니……."

"그건 이상론이야. [곳간에서 인심이 나는 법]. 결국 배가 고프면 도덕도 애국심도 없어. 자신에게 여유가 없다면 다른 사람을 신경 쓸 수는 없다고."

그리 말하는 소마의 눈빛은 무척 차가웠다. 지독히 현실적인 의견. 그만큼 핵심을 꿰뚫은 것처럼 여겨졌다. 보기에는 빈약할 것 같은 남자인데, 어째서일까.

무척 믿음직하게 보였다.

하루를 더 써서 간신히 어느 정도의 자금을 확보할 수 있었다. 윤택하다고는 할 수 없더라도 당면한 개혁의 자금은 되겠지. [삼공령(三公領)]에는 손을 대지 않고 직할령만으로 이만큼의 자금을 짜내었으니 칭찬을 받고 싶을 정도였다.

방 안을 둘러보니 시체들이 겹겹이 쌓여 있었다. 관료들 중에는 책상에 엎드려서 자는 사람이나 의자 등받이에 몸을 기대고 하늘을 올려다보며 자는 사람도 있었다. 소파에는 리시아가 누워서 작게 숨소리를 흘리고 있었다.

나는 조용히 다가가서 소파 팔걸이 부분에 앉아, 잠든 리시아를 바라봤다. 결국 이 아이는 거의 날이 샐 때까지 이 작업을 도와주었다. 갑자기 약혼자가 되었으니 하고 싶은 말도 있었을 텐데……. 자고 있는 리시아의 머리를 쓰다듬었다. 찰랑찰랑 손가락 사이를 미끄러지는 비단 같은 머리카락. 가장 긴 고비에서 해방된 고양감도 있었을 테지. 맨 정신으로 하기에는 상당히 부끄러운 행위였지만 이러는 것만으로도 무척 행복한 기분이 들었다.

"으음……."

리시아가 신음을 흘렸기에 머리카락에서 손을 뗐다. 다음 순간, 리시아는 눈을 뜨고는 벌떡 일어났다. 아직 잠이 덜 깼는지 주위를 두리번두리번 둘러봤다. 나는 쓴웃음을 지으며, 그런 리시아에게 아침 인사를 했다.

"잘 잤어, 리시아?"

"어, 안녕……. 어라? 나, 잠들어 버렸나……."

"일은 일단락됐어. 조금 더 자 두지그래?"

"어, 아니. 괜찮아. 그보다도 소마는? 안 잤잖아?"

아무래도 완전히 깬 모양이었다. 그리고 나를 걱정해 주는 게 솔직히 기뻤다.

나는 소파 팔걸이에서 몸을 일으키고 크게 기지개를 켰다.

"이따가 천천히 잘 생각인데……. 잠깐만 좀 같이 가 줄래?"

"응? 어디를?"

"자기 전의 산책."

막 날이 밝은 시간. 나와 리시아는 둘이서 함께 말 위에 탔다.

아직 이른 시간이라 아침 안개가 드리운 거리의 공기를 들이마시며, 리시아의 애마는 두 사람분의 무게에도 꿈쩍도 않고 다그닥다그닥 신명나게 달려갔다. 다만 앞에서 고삐를 쥐고 있는 게 리시아고, 나는 뒤에서 그녀의 가느다란 허리에 손을 둘러서 매달려 있었다.

"잠깐만, 배를 그렇게 세게 만지지 말라고."

"아니 그게, 꽤 무서운데."

"한심하네. 보통은 남자 쪽이 고삐를 쥐어야 하는 거 아냐?"

"어쩔 수 없잖아. 말을 타는 건 처음이니까."

현대 일본에서 말을 탈 기회 따윈 사실상 없다.

고작해야 어릴 적에, 동물과 함께 할 수 있는 광장에서 옆에 마부가 따로 붙은 상태로 당나귀를 탄 정도였다.

"이 나라의 어른이라면, 농부부터 귀족까지 거의 다 탈 수 있다고?"

"내가 있던 세계에서는 다른 편리한 탈 것이 잔뜩 있었거든."

"소마가 있던 세계……. 저기, 소마?"

"응?"

"소마한테는……. 저쪽 세계에 남겨 놓고 온 가족이라든지, 애인 같은 건 있어?"

리시아가 쭈뼛쭈뼛 그런 질문을 던졌다. 나를 배려해 주는 건가?

"없어. 마지막 육친이었던 할아버지도 요전번에……말이지."

"……미안해."

"사과할 거 없어. 할아버지는 천수를 누리셨으니까. 그러니까 뭐……. 돌아오기를 기다리는 사람도 없고, 곧바로 저쪽으로 돌아가고 싶은 것도 아니려나."

"그렇……구나."

리시아는 어쩐지 안도한 모습이었다.

그런 이야기를 나누는 사이에도 말은 다그닥다그닥 나아갔다.

대충 아침 여섯 시 정도일까. 사람들이 슬슬 움직이기 시작할 시간대였다. 상점가를 지나도 열린 가게는 없고 사람들의 통행도 거의 없었다. 그런 성 아랫마을을 지나서 도시를 빙 에워싼 성벽에 다다랐다. 그곳의 위사에게 이야기해서 외국의 판타지 영화에서밖에 본 적이 없을 법한 거대한 성문의, 그 옆에 있는 작은 문을 통해 밖으로 나왔다.

이때 교섭을 맡은 것은 리시아였다. 설마 얼마 전에 막 즉위한 왕이 호위도 없이 도시 밖으로 나가고 싶다는 이야기를 꺼내 봐야 허락해 줄 리가 없겠지. 그래서 일개 사관이기도 한 리시아가 "왕명을 받고 밖으로 나간다." 같은 말로 속여 넘겼다. 무사히 성문을 뒤로했을 때 리시아가,

"왕명이라고 한 이상 기록에 남을 거야. 나중에 마르크스한테 무슨 소리를 들을지……."

원망이 담긴 말을 꺼냈지만 적당히 흘려 넘겼다. 그리고 잠시 가도를 나아가, 간신히 목적했던 장소에 다다랐다.

"……여기서 멈춰."

내가 말을 멈추라고 하자 리시아는 의아해하는 표정을 지었다.

"여기로 오고 싶었어? 밭밖에 없는 것 같은데."

리시아의 말대로 주위를 둘러봐도 새파란 잎이 무성한 밭밖에 없었다. 아침 안개에 촉촉이 젖은, 시야 한가득 푸른 밭. 이곳이……, 틀림없었다.

"이 광경을 리시아가 봐 줬으면 했어."

"이 밭을? 확실히 아침 안개로 젖어서 아름답다면 아름답지

만……."

"아름답다……인가. '이것' 탓에 '아사자' 가 나올 뻔했는데 말이지."

"뭐라고?"

리시아가 놀라서 눈을 크게 떴다. 나는 한숨을 내쉬었다.

"잘 봐 둬. 이 '먹을 수 없는 밭' 이 바로 이 나라가 겪고 있는 식량난의 원인이야."

'먹을 수 없는 밭…….'

눈 앞에 펼쳐진 밭을, 소마는 벌레를 씹는 듯한 표정으로 그렇게 평했다. 소마는 이 밭이 있는 광경을 내게 보여주고 싶었다고 한다.

"……무슨 뜻이야?"

"그 말 그대로의 뜻이야. 이곳에 펼쳐진 건 전부 [목화밭]이야."

"목화…… 아아! 먹을 수 없다는 건 그런 뜻이구나."

목화는 무명실을 만들기 위한 작물이다. 확실히 먹기 위한 밭은 아니었다. 소마는 그 자리에 앉더니 무릎 위로 팔꿈치를 괴었다.

"결론부터 말하자면, 이 목화밭이 지나치게 늘어나서 이 나라는 식량난에 빠졌어."

"……어?"

뭔가 지금 굉장한 소리를 아무렇지도 않게 하지 않았나? 식량난의 원인?

"서류를 정리하면서 알게 됐는데, 마왕령의 확대로 의류 같은 생활수품의 수요가 늘어났어. 당연히 그 원료인 목화의 수요도 늘어났고. 목화의 매입 가격이 올라가고 만들면 만드는 만큼 팔리니까, 농가는 그때까지 만들었던 식용 작물 재배를 그만두고 모조리 목화를 재배하게 되었지. 먹기 위한 게 아니라 다른 사람에게 팔기 위해서 만드는 작물을 [상품 작물]이라고 하는데, 농가가 죄다 상품 작물만 재배하게 된 게 이 나라의 식량 자급률 저하로 이어졌어."

"…………."

이 나라가 처한 식량난의 원인……. 날씨가 나쁜 탓이 아닐까, 원래 토지가 풍요롭지 않았던 탓이 아닐까, 멋대로 그렇게 생각했다. 거기에는 확고한 이유가 있었는데 10년 이상 이 나라에 살면서도 전혀 깨닫지 못했다. 불과 며칠 전에 이 나라로 불려온 소마가 알아차렸는데도.

"좀 더 말하자면 이 나라가 불황에 빠진 원인도 마찬가지야. 식량 자급률이 떨어지면 굶주리지 않기 위해 다른 나라에서 수입할 수밖에 없어. 하지만 수입품에는 운송비가 드니까 식료품의 가격이 급등하지. 가계는 압박당하지만 줄이는 데에는 한계가 있어. 안 먹으면 죽으니까. 당연히 절약한다면 기호품이나 사치품이 되겠지. 경기 침체의 원인은 바로 이렇게 소비가 줄어들었기 때문이야."

나는 무엇을 보고 있었을까. 그저 일개 시민이었다면 자업자득이라며 비웃음을 사는 정도로 그치겠지. 하지만 나는 '공주'였다. 위에 서는 자의 무지는 아래의 사람들을 죽이게 된다.

"나는…… 왕족 실격이야."

힘이 빠진 나머지 그 자리에 주저앉고 말았다. 이제껏 살면서 오늘 만큼 무력감을 통감한 적은 없었다. 그런 내 모습에 소마는 "어―." 라든지 "으―." 라든지, 그리 신음하며 머리를 긁적이고는 내 머리에 손을 툭 얹었다.

"그렇게 풀 죽을 거 없어. 재원은 확보했으니까. 농업 개혁을 진행하면 아직은 때를 맞출 수 있어."

"……뭘 할 생각이야?"

"상품 작물의 파종을 제한하고 식용 전답을 부활시켜서 자급률을 높이는 거야. 그 전환을 나라는 보조금을 내어 지원하고. 우선은 이용 범위가 넓은 콩이나 기근에 강한 감자로 갈아 심고, 조만간에는 논 숫자를 늘리고 싶어. 그리고……."

마음속에 그린 농업 개혁을 거침없이 이야기하는 소마. 논처럼 무슨 뜻인지 모를 말도 많았지만, 그런 그의 옆모습이 내게는 눈부시게 보였다. 왕위를 물려준 아버님의 기분을 알 수 있을 것 같았다. 지금 이 나라에 가장 필요한 것은 그였다. 어떤 수단을 사용해서라도 이 나라에 붙들어 놓아야만 한다. 나와의 약혼 이야기도 그런 그를 묶어놓는 사슬 중 하나겠지.

'약혼을 내 의사도 안 묻고 멋대로 결정하다니 달갑지 않다, 같은 소리는 못 하겠네.'

소마는 나라의 경영을 궤도에 올려놓으면 왕위를 다시 돌려준다고 그러지만, 그런 걸 인정할 수는 없다. 보기 드문 인재가 하야하는 것은 국가의 손실이다. 그건 어떻게든 막아야만 한다.

'원래 세계에 가족은 이미 없다고 그랬으니까, 내가 가족이 되어 버리면 소마를 이 나라에 붙들어둘 수 있을까. 약혼자로서 기정사실을 만들어 버리면……. 아니! 기, 기정사실이라니……. 그러니까…… 그런 거란 말이지…….'

떠올리고 만 '상상'에 머리가 한순간 뜨거워졌다.

"그러니까 산간부에서는……. 저기, 리시아. 듣고 있어?"

"꺄악! 드, 듣고 있어, 물론."

"? 어쩐지 얼굴이 빨간데?"

"아침 햇살 때문이야! 신경 쓰지 마!"

뺨이 뜨거웠다. 부끄러워서 죽을 것만 같았다.

그 후로 이어진 소마의 설명은 거의 귀에 들어오지 않았다.

👑 제2장 ✦ 우선 ××부터 시작하자

　이 세계의 기술 체계는 상당히 뒤죽박죽이었다.

　예를 들어 지구라면 과학 기술은 '인력→수차/풍차→증기 기관→내열 기관' 같은 식으로 단계를 거쳐 진보했다. 하늘을 자유로이 날고 싶다며 생각해도, 비행기를 띄우기 위해서는 양력의 존재를 발견하고 추진 장치(내열 기관)를 만들어야만 한다. 그 추진 기관을 만들려면 물건이 탄다는 구조를 이해해야만 한다. 지구의 역사에서 새로운 기술은 항상 축적된 기술 위에서 이루어졌다.

　그러나 이 세계에는 마법이 있고 불가사의한 생물이 있다.

　하늘을 자유로이 날고 싶다면 와이번을 타면 된다. 양력도 추진 장치도 집어치우고, 이 나라의 사람들은 하늘을 날고 마는 것이다. 그럴 생각만 있다면 불꽃이나 물 따위도 마법으로 꺼낼 수 있는 이 세계에서는, 가능한 일과 불가능한 일의 차이가 격렬하게 극단적이었다.

　친숙하게 기르는 대형 생물이 4톤 트럭 정도는 되는 짐차를 끌고서 달린다.

　강철제 군함은 있다. 다만 거대한 해룡^{시 드래곤}이 끌고 있다.

전기는 없다. 하지만 이 나라의 밤은 밝다. 이 나라의 가로등에는 반짝이끼가 들어 있어서, 낮에 빛을 축적하고 밤에 발광하여 거리를 밝힌다.

가스는 없다. 장작과 아궁이와 화 속성의 마법(또는 마법 도구)로 음식을 익힌다.

수도는 없다. 하지만 거리 곳곳에 설치된 우물에는 수(水) 속성 술식이 부여되어 지하수를 퍼 올린다……. 뭐, 이런 느낌이었다.

이 나라에서는 과학이 없어도 마법의 힘 같은 걸로 가능해지는 일들이 많았다.

반대로 말하면, 마법이나 불가사의한 생물 같은 요소를 제외하면 이 나라의 문화 레벨은 그렇게 높지 않았다. 우리 세계의 역사에 맞추어 보면 고작해야 근세 직전, 중세 말기 정도겠지. 봉건 체제가 아직 남아 있고 산업 혁명은 아직 멀었다.

그런 나라에서 지금, 나는 왕을 맡고 있었다.

"리시아. 농업 혁명은 하룻밤에 할 수 있는 게 아냐. 그러니까 지금은 다른 나라에서 수입하는 양을 늘려서 대처해야겠지."

내 맞은편에 앉은 소마는 그리 말하며 토스트를 베어 물었다.

가늘고 긴 테이블 위에는 빵이 든 바구니와 스크램블드 에그랑 초리조랑 샐러드가 담긴 접시가 둘 앞에 놓여 있었다. 지금은 아침 식사 중이었다.

"하지만 수입품은 비싸니까 경기 침체의 원인이 된다고 그랬 잖아?"

"그래. 그러니까 일단 나라가 사들여서 국내 가격으로 팔아야 하겠지. 관세만큼 적자가 되겠지만 지금은 그걸로 견뎌낼 수밖 에 없어. 그만큼 채워 넣는 건 수출을 해서 벌고 싶은데, 이제까 지 주된 수입원이었던 목화를 대신할 상품을 찾아야 해."

"어렵네……. 뭐, 그건 그렇다 치고."

나는 아까부터 신경이 쓰여서 참을 수 없었던 것을 물어보기 로 했다.

"왕인데도 왜 이런 곳에서 밥을 먹는 거야?!"

이곳은 성내의 식당이었다. 그것도 영내에서 복무하는 위사 나 메이드들이 사용하는 일반적인 식당으로, 지금 소마나 내가 먹고 있는 것도 오늘의 모닝 A세트였다. 한 나라의 왕이 위사들 과 섞여서 그들과 같은 것을 먹고 있다. 위엄이 없는 것도 정도 라는 게 있다.

"아까부터 위사나 메이드들의 호기심 어린 시선이 따가울 지 경인데!"

"신경 쓰지 마. 지금은 성을 통틀어서 절약 중이니까. 식비로 낭비할 수는 없어."

"검소검약은 경기에 악영향을 미치는 거 아니었어?"

"절약한 만큼 저축으로 돌린다면 말이야. 번 돈을 제대로 쓰 면 경제는 돌아가."

"그렇다고 해서 딱히 이런 곳에서 먹을 필요는."

"그럼 이 아침 식사를 그 무지막지하게 큰 왕족용 테이블에서 먹으려고? 그쪽이 더 허무하잖아."

"그건 그렇지도 모르겠지만."

그렇다고 해서, 이렇게 사람들의 시선이 모이는 장소에서 먹는 것도 좀 어쩌려나 싶었다.

사관 학교의 기숙사 생활로 익숙해졌다고는 해도, 소마와는 일단 약혼자라는 관계이니 말하자면 여러 사람들의 눈앞에서 밀회를 가지는 거나 마찬가지인 상태였다.

이런데도 태연하게 있을 수 있겠냐고.

"하아……. 하지만 절약한다면 우리 부모님께도 말씀드리는 편이 나을까. 두 분이서 자주 티타임에 케이크 같은 걸 드시고는 하니까."

"어― 그건 괜찮아. 전부 [헌상품]이니까."

"선물이라는 거야?"

우리 백성들에게 그런 여유가 있을까.

"뭐, 큰 가게나 유력 귀족의 어용 가게 같은 곳에서 말이지. 이런 왕이라도 [왕실 납품 상인]이라는 간판에는 값어치가 있는 모양이야. 식량난인데도 꽤 보내 주더라고."

"이런, 같은 말은 하지 마. 지금은 소마가 국왕이잖아."

"식품이나 과자가 많은데 그것들은 오래 보존할 수가 없으니까 말이지. 나는 단 걸 그렇게까지 좋아하지 않으니, 선대 국왕 부부나 메이드 부대에 하사하고 대신에 감상을 적어 달라는 걸로 했어. 그리고 평가가 높은 물건에 [왕실 납품]의 간판을 내리는 거지. 의외로 호평이야."

"그래서였나……."

최근에 '체중 전선 이상 있음'이라며 메이드들이 호들갑이었던 건. 위사대의 훈련에 메이드가 섞여 있었다는 보고도 있었다. ……나도 조심하자.

마음속으로 그리 맹세하는 나와는 대조적으로 소마는 어딘가 먼 곳을 보는 눈빛이었다.

"왜, 왜 그래?"

"아니, 그게……. 조금 더 식비가 위험했더라면, 세 끼 모두 헌상품 케이크로 할 수도 있었겠다 싶어서……. 하하하……. [빵이 없다면 케이크를 먹으면 되잖아]를 실제로 실행할 참이었어."

"실정을 몰랐다면 혁명이 일어났을 것만 같아……."

"어쩐지 즐거워 보이시는군요, 두 분 다."

갑자기 우리를 향해 말을 걸었기에 돌아보니, 근위기사단 장비인 막시밀리언 아머(투구 없음)를 입은 청년이 서 있었다. 키가 크고 적절하게 탄탄한 체형으로, 길고 곧은 금발 사이로 여성이 좋아할 법한 부드러운 얼굴이 엿보였다.

"아, 루드윈 경."

"오랜만입니다. 공주님. 아니, 왕비님이라고 부르는 편이 좋을까요."

"아, 그게……. 지금은 아직 어느 쪽도 아니라서."

그런 우리의 대화를 소마가 "누구?"라는 표정으로 보고 있었기에,

"소마. 이 사람은 근위기사단장인 루드윈 아크스 경이야."

라고 소개했다. 루드윈 경은 아직 서른 정도로 젊은데도 불구하고 왕국의 근위기사단장으로 임명된 인재였다. 근위기사단장은 평상시라면 왕도 파르남 및 파르남 성 경비 최고책임자이지만, 유사시에는 왕의 직할군인 [금군(禁軍)]의 지휘도 맡는 중요한 역할이었다. 다만 이 나라의 군권은 실질적으로는 [삼공(三公)]이 쥐고 있지만.

참고로 [삼공]이란 이 나라의 육해공군을 통솔하는 3인의 공작을 가리킨다.

현재 삼공은 이하의 세 사람이다.

엘프리덴 왕국 육군대장 게오르그 카마인 공.

사자의 갈기를 지닌 수인족. 타오르는 불길과도 같은 지휘로 적에게는 두려움의 대상이다.

엘프리덴 왕국 해군대장 엑셀 월터 공.

해적을 선조로 둔 교룡(蛟龍)족. 함대전만이 아니라 정치에도 정통한 여걸이다.

엘프리덴 왕국 공군대장 카스토르 바르가스 공.

드래고뉴트(반룡인). 왕국군의 인기인. 비룡(와이번)기사 부대를 이끄는 하늘의 제왕이다.

그들의 가문은 각자 왕국에게 충성을 맹세한 대신, 국내에 영지(공령)를 보유하고 그곳에 자치를 인정받았다. 이것은 건국

당시에 다양한 종족이 모여 만들어진 이 나라에서 자신의 종족을 다른 종족과의 알력으로부터 보호하기 위해 만들어진 제도였지만, 모든 종족이 평화적으로 살아가는 현재에도 그 제도는 남아 있었다. 영지를 얻은 대신에 일족의 목숨을 걸고 사랑하는 이 나라를 지킨다. 그것이 삼공가의 긍지였다.

그러나 현재, 삼공은 각자의 군을 끌어안은 채로 자신의 영지에 틀어박혀 있었다. 선대 국왕, 즉 아버님의 인품을 경애하던 세 사람은, 그의 왕위를 빼앗듯이 즉위한 소마를 아직 주군으로 인정하지 않는 모양이었다. 그것이 지금 소마에게는 고민거리였다.

삼공의 영지를 합하면 왕국의 삼분의 일이나 되어, 그들의 협력이 없다면 소마가 진행코자 하는 개혁도 어려웠다. 나도 직속 상사이자 나를 딸처럼 귀여워해 준 카마인 공에게 수도 없이 소마와 직접 만나서 이야기를 나누었으면 한다고 서간을 보내고는 있었지만 답변은 "아직은 신용하기에 부족하다." 일변도였다. 본래 이러고자 결정했다면 굽히지 않는 분이시지만 이렇게까지 완고하지는 않았을 터. 그런데도 어째서 이번 일에는 이리도 완고하신 걸까. 나로서는 당장에라도 소마를 인정해 주셨으면 하는데…….

그런 내 생각도 모르고, 소마는 루드윈 경과 악수를 나누고 있었다.

"소마 카즈야다. 일단 이 나라의 왕이 되었지."

"루드윈 아크스입니다. 폐하께서 일하시는 모습은 문관들 사이에서 소문이 자자하더군요."

"그럼 그 문관들에게 [소문을 낼 여유가 있다면 일해라]라고 전해줘."

"하하하, 알겠습니다. 아침식사, 함께해도 괜찮을까요."

"나는 상관없어."

"감사합니다."

루드윈 경은 아침식사가 담긴 쟁반을 들고 와서 내 옆에 앉았다.

"그래서, 어떻습니까? 폐하의 개혁은."

"……별로 잘 풀리진 않아. 특히 인재 쪽이 문제야."

토스트를 베어 물며 소마는 그리 투덜거렸다.

"현재 선대 국왕의 상담자들을 그대로 물려받은 느낌이니까 말이야. 말하자면 나라가 이렇게 될 때까지 내버려 뒀던 녀석들이지. 재상인 마르크스는 모르겠지만, 다른 녀석들은 영 쓸모가 없어."

이 나라는 전제군주제 국가다. 정치에는 왕의 의향이 강하게 반영된다.

국민 전원에게 선거권이 있는 국민의회는 있지만 이것은 왕에게 '제안'할 법안이나 정책을 결정하는 장소로, 이곳에서 결정된 법안이나 정책은 재상의 입을 통해 왕에게 '제안'된다. 굳이 표현하자면 그저 [신문고]이고, 이것을 채용할지 말지는 국왕 마음이었다.

다만 그렇다고 해서 마냥 제멋대로 군다면 국민의 마음은 멀어지고, 군사를 맡은 삼공의 손으로 배척당할 테지만…….

그리고 왕은 정책에 대해 논의하고 싶을 경우, 재상과는 별도로 상담자를 독자적으로 소집할 수 있다. 왕은 상담자와 협의하여 자신의 정책이 유용한지 무용한지를 판단한다. 이 인사는 왕에게 일임되어 있다. 어떤 인물이든 몇 명이든 등용할 수 있다.

실제로는 왕위에 오르기 전(이 나라로 말하자면 왕자인 단계)부터 상담자가 될 법한 인물을 모아 두지만, 갑자기 즉위하게 된 소마에게는 그런 단계가 없었다.

"내가 알고 싶은 걸 가르쳐 주고, 매달렸으면 하는 일에 매달려 준다. 그런 실력 있는 가신이 필요해."

"저도 잘 압니다. 우수한 부하가 필요하다는 건, 위에 서는 자가 공통적으로 품은 바람이죠."

"금군도 말인가?"

"예. 사관 학교의 졸업생은 대부분 삼공군 배속을 지원하니까요. 금군이라고는 해도 하는 일은 수도 경비병이니 별로 인기는 없습니다. 그렇지 않습니까? 공주님."

"뭐…… 그렇네. 내 동기도 대부분은 삼공군으로 갔어."

나도 육군 소속이지만, 이건 내가 왕족을 지키는 금군이 되어 봐야 의미가 없기 때문이었다.

"뭐, 그렇다 보니 지금 금군에 있는 건 밀려난 사람이나 이상한 사람이 많습니다. 그중에는 병기 개발 부문에서 흘러든 매드 사이언티스트 같은 자도 있죠."

"오, 그 녀석은 좀 만나 보고 싶네."

소마가 그 말에 혹하여 매달리자 루드윈 경은 쓴웃음을 지으며

"다음에 소개해 드리겠습니다."라고 대답했다.

그 후로 잠시 잡담을 나누고, 우리는 루드윈 경과 헤어졌다. 방으로 돌아가면 다시 한번 카마인 공에게 소마와 만나도록 재촉하는 서간을 보내자. 그렇게 생각했다.

"역시 인재가 부족해!"

"그, 그래……."

나는 살짝 주춤하는 리시아에게 그리 역설했다.

능력을 혹사한 탓에 레벨이 올라갔는지 최근에는 물건을 네 개까지 움직일 수 있게(실질적으로 5인분의 작업을 할 수 있게) 되었지만, 그래 봐야 결국에는 내가 하나 더 늘어났을 뿐이었다. 내게 없는 지식은 없고, 내게 없는 기술도 없었다.

필요한 사람은 내게 없는 지식을 가진 자. 내게 없는 기술을 가진 자.

그런 인재가 그야말로 안달이 날 만큼 갖고 싶었다.

──그래서 모으기로 했다.

"그래서 말이야. 국왕 방송을 사용할까 싶어."

"국왕 방송?"

국왕 방송이란 말 그대로 국왕의 목소리를 왕국 전체에 전하기 위한 장치였다.

성내에 있는 [방송의 방] 중앙에는 지름 2미터는 될 듯한 보옥이 떠 있었다. 이 보옥에는 바람의 정령 실프와 물의 정령 운디네의 마력이 담겨 있다고 하며, 국왕의 목소리를 국토 전역에 전달하는 것은 물론이고 수신 환경이 갖추어진 곳이라면 모습마저도 비출 수 있는 물건이었다. 역대 국왕은 이 국왕 방송을 사용하여 새로운 헌법을 공포하거나 다른 나라에 대한 선전 포고를 발표했다나.

"하지만 역시나 인재를 모집하는 건 처음이잖아."

리시아는 감탄한 듯 말했다. 그렇게나 뜻밖의 이야기였나?

"보통은 어떻게 모으는데?"

"개인의 연줄에 의지한다든지, 필기시험을 열어서 통과자를 채용한다든지."

"그러면 상당히 편중되지 않나? 이 나라의 문해율은 어느 정도야?"

"읽을 줄 아는 사람이 절반. 쓸 수 있는 사람은 3할이겠네."

"그래서야 아무 소용없잖아. 시험에는 3할밖에 응시할 수 없는 건데."

"일단 이 세계 전체로 보자면 평균치인데……."

으~음……. 의무교육이 없으면 이런 법인가.

"읽고 쓰는 거야 배우면 누구라도 할 수 있어. 배울 돈이 없다는 걸로 인재의 좋고 나쁨이 결정되는 것도 아니잖아. 인구의 7할이라니, 얼마나 많은 원석을 내버려 둘 셈이야."

"……뭐라고 할 말이 없네."

리시아는 부끄럽다는 듯 말했다. 뭐, 그녀한테 말해 봐야 어쩔 수 없는 일인가.

역시 이 나라는 근본적으로 바꾸어야 할 필요가 있겠구나.

"그래서, 어떤 조건으로 모집할 생각이야?"

"문장은 생각해 뒀어. 그저 내가 존경하는 영웅의 말을 빌리는 것뿐이지만."

"영웅?"

"그래. '난세의 간웅'이야."

[그저 재주만 있다면 등용하겠노라!]

왕도에, 도시에, 마을에, 촌락에 소마의 목소리가 울려 퍼졌다.

또한 왕도와 도시, 그리고 커다란 마을에는 소마의 모습도 비쳤다. 큰 도시나 마을에 설치된 수신 장치를 통해 공중에 안개가 뿌려지고, 그곳에 [방송의 방]의 광경이 굴절률을 이용하여 재현되는 것이었다. 현대풍으로 말하면 수록 현장의 영상 데이터를 받아서 실시간으로 공중 스크린에 비춘다, 정도일까.

영상치고는 조잡하지만, 처음으로 본 새 국왕의 얼굴에 사람들은 술렁였다.

어느 이는 어린 모습에, 어느 이는 평범한 외모에 당황을 내비쳤다. 다만 귀찮다는 이유로 예복 착용은커녕 대관조차 하지 않은 소마에게도 원인은 있었다.

허나 그의 옆에 리시아 공주가 딱히 긴장한 기색도 없이 서 있었다는 사실이 국민들은 안도케 했다. 선대 국왕은 억지로 찬탈 당한 것이 아니라고 이야기로 듣기는 했지만 자신의 눈으로 볼 때까지는 어딘가 불안하게 생각했던 것이다. 특히 리시아 공주는 늠름한 미모도 포함하여 국민의 아이돌 같은 존재였기에, 그녀의 신변을 걱정하는 목소리도 있었다.

그러는 사이에도 소마의 연설은 이어졌다.

[제군, 이 나라는 지금 미증유의 위기에 처해 있다! 심각한 식량 문제, 그로 인해 발생한 경제 불황, 마왕령에 토지를 빼앗긴 난민들의 유입……. 어느 것이든 이 나라를 침범하는 심각한 병이다! 그것만이 아니다! 제국은 발언력을 늘리고, 주변국 중에는 호시탐탐 이 나라를 노리는 자도 있다! 선대 국왕은 이 사태에 자신의 힘은 부족하다며 불초한 내게 국사를 맡겼다. 자신이 할 수 없다는 사실을 인정하고 할 수 있는 자에게 길을 물려준다. 이것은 누구든 알면서도 좀처럼 할 수 없는 일이다. 선대 국왕은 안정된 세상에서는 그야말로 명군이라 부를 수 있는 그릇이었다.]

한순간 리시아 공주가 "너무 치켜세우잖아……."라며 쓴웃음을 지었지만, 그 사실을 깨달은 이는 없었다.

[하지만 지금은 동란은 시대이다! 동란의 시대에 요구되는 왕은 성인군자가 아니라 촌스럽게, 끈질기게 살아남는 자다. 모든 것에서 평균 이상인 군주가 아니라 생존을 포기하지 않는다는 것, 그 하나에만 뛰어난 군주가 요구된다. 그것이 결과적으

로 제군들의 가족과 제군들의 재산을 지키는 것으로 이어지기 때문이다! 그래서 선대 국왕은 내게 국사를 맡겼다! 끈기, 그 하나만큼은 내가 선대 국왕보다도 뛰어났기 때문이다!

현재, 나는 다양한 개혁에 착수하고 있다! 그러나 그를 위해서는 인재가 압도적으로 부족하다! 그렇기에 이곳에서 재능이 있는 인재를 모집하는 것이다!

다시 한번 말하겠다! 제군, 나는 그저 재주만 있다면 등용하겠노라!

혼란한 시대에 필요한 것은 다른 자들보다 평균적으로 뛰어난 자가 아니라, 단 하나라도 다른 자를 압도하는 자이다. 재능의 형태는 따지지 않겠다. 재능 이외의 자격도 따지지 않겠다. 그저 '이것만큼은 남들에게 지지 않는다.' 그런 긍지가 있다면 내 앞에 서라!

학력도, 연령도, 신분도, 출신도, 종족도, 성별도 따지지 않겠다! 문자를 읽고 쓸 수 있는지도, 계산 능력의 유무도, 재산의 많고 적음도, 신체가 부자유할지라도, 용모의 미추도, 비밀을 지녔을지라도 따지지 않겠다! 이것만큼은 남들보다 뛰어나다, 이것만큼은 이 나라의 누구에게도 질 생각은 없다, 그리 생각하는 바가 있다면 내 앞에 서서 피로하라! 그 재능이 이 나라에 유용하다고 판단된다면 나는 예를 다하여 그 자를 가신으로 맞이하겠노라!]

새로운 국왕의 열변에 국민들의 눈이 빛나기 시작했다.

다들 열변을 들으면서도 자신에게 무언가 다른 이들보다 뛰어난 재능이 없을지 머리를 굴리는 것이리라. 하지만 동시에, 설령 자신 안에 다른 이들보다 뛰어난 부분을 발견했을지라도 그것이 도움이 되지 않는 것이라면 채용되지는 않을 것이라고도 생각했다. 그런 체념과도 닮은 감정이, 열변으로 올라가기 시작했던 열기의 마지막 방파제가 되었다.

왕은 이 나라의 문제를 해결할 수 있는 인재를 바란다.

자신 안에 있는 재능이 나라에 도움이 될 것 같지는 않다.

[자신의 재능이 정말로 도움이 되는 것일지 망설이는 자도 있을 것이다!]

그런 국민의 망설임을 알고 있었다는 것처럼, 소마는 말했다.

[하지만 그것은 제군이 멋대로 판단할 일이 아니다! 이 나라에 필요한 재능인지 아닌지는, 국왕인 내가 판단한다! 설령 남들이 시시하다고 하는 재능일지라도 상관없다! 그 판단은 내가 내린다! 그러니까 망설이지 마라! 내 앞으로 와서 그 재능을 드러내라!]

그리고 소마는 분위기를 가라앉히듯 한 번 숨을 돌렸다.

[그럼에도 아직 망설인다면 이렇게 하자. 그 재능이 이 나라에서 비할 바가 없다는 사실이 증명된다면, 엘프리덴 왕국의 이름을 걸고 '무쌍(無雙) 증명서'를 발행하며 금일봉을 내리겠다. ……이것으로 조금은 의욕이 생겼느냐! 이 자식들아!]

영상의 소마가 주먹을 위로 들어 올렸다.

그 순간, 이 나라의 도시란 도시에서는 모두 커다란 환호성이 터져 나왔다.

사람들의 마음속 방파제가 박살 난 순간이었다. 그것은 왕도 역시 마찬가지였다.

[오……. 성 아랫마을의 환호성이 여기까지 들리는구나. 다들 흥미를 보이니 다행이야.]

소마의 말투가 흐트러지고 옆에 있는 리시아가 머리를 감싸 쥐었지만, 아무도 신경 쓰지 않았다.

[자천 타천 가리지 않겠다. 타인이 추천하는 경우에는 추천자에게 보수의 3할을 지불하지. 이 나라의 비상시에 틀어박혀 은자(隱者)인 척하는 녀석은 제군의 손으로 끌어내라. 그리고 "남들보다 힘이 강하다."라든지 "노래를 잘한다."처럼 경합할 수 있을 법한 재능은 사전에 후보자들끼리 경쟁하여 대표자 한 명을 선발토록 할 테니까, 그럴 작정으로 나오도록 해 다오. 자, 그럼……. 이야기할 건 이 정도이려나.]

그리고 소마의 국왕 방송은 이 말을 끝으로 마무리되었다.

[그럼 재능 있는 자여, 왕도 파르남에서 나와 악수.]

"마지막 건 뭐야?"

"그냥 생각난 김에."

방송 종료 후, 날카롭게 노려보는 리시아를 향해 나는 웃으면서 말했다.

과연 국민의 반응은 어떨까. 바라는 인재는 과연 올까.

잔뜩 와준다면 좋겠는데 말이지…….

◇ ◇ ◇

　역사에는 후세에 희곡화하기 좋은 장면이라는 것이 있다. 그 조건으로는,

　하나, 시대의 전환기일 것.

　하나, 희곡화하기에 걸맞는 화려함이 있을 것.

　그 두 가지를 들 수 있을 것이다.

　전국시대로 치자면 오다 노부나가가 오케하자마 전투 전에 [*아츠모리]를 추는 장면.

　삼국지로 치자면 유비가 제갈량을 [삼고초려]로 맞이하는 장면.

　로마로 치자면 카이사르가 '주사위는 던져졌다.' 라며 루비콘 강을 건너는 장면 등이다.

　그렇다면 소마 왕이 왕위를 물려받은 이 시대에, 후대에 가장 많이 희곡화된 장면이 어디냐고 묻는다면 바로 이것, 인재를 모으는 장면이라고 할 수 있으리라. 재능 있는 자를 바란 소마 앞에 소환된 재능 있는 다섯 젊은이들.

　그중에서 왕이 쌍수를 들고 환희와 함께 맞이한 것은 단 하나.

　이 장면을 소마 왕의 시점에서 본다면 그의 위업 중 하나이고, 어느 자의 시점에서 본다면 그자의 인생을 단번에 역전시킨 신데렐라 스토리이며, '그 광경을 다른 사람과는 다른 눈으로 보고 있던 자' 의 시점에서 본다면 [시대의 전환기]가 될 것이다.

　그렇다. 이 장면에는 주역이 '세 명' 이나 있었던 것이다.

---

* 무사가 인생의 무상함을 깨닫고 불교에 귀의한다는 설화를 바탕으로 한 가무. 오다 노부나가가 즐겼다고 한다.

◇ ◇ ◇

사람이 어느 정도 모일지 걱정했는데, 예상보다 더욱 대성황이었다.

재능의 종류를 한정 짓지 않았고, 거기에 상금을 건 것이 효과가 있었을까.

왕도는 지금, 성벽 안으로는 입장을 제한해야 할 정도의 인파로 북적였다. 너무도 큰 사태에 마르크스를 시작으로 하는 문관들은 아침부터 야단법석이었다.

아무리 그래도 사람이 너무 많은 것 같지만, 아무래도 내가 지나치게 대대적으로 모집한 탓에 어떤 인물이 왕의 눈에 들지 흥미를 가진 군중들이 왕도로 몰려든 모양이었다. 사람이 움직이면 물건이 움직인다. 이것을 호기로 본 상인들도 모여들어 노점을 열기 시작했기에, 성 아래는 마치 축제가 열린 것 같은 상태였다. 엉뚱한 계기로 경제가 활성화되었지만, 그만큼 문관들의 고생은 늘어날 뿐이었다.

그리고 중요한 인재 모집 쪽 말인데, 이족도 대성황인 것 같았다.

즉각 전력이 될 법한 재주부터 얼핏 아무런 도움이 안 될 것 같은 재주까지, 각양각색의 재주가 심사소에서 피로되고 있었다. 심사소에서는 문관 다섯 명이 참가자의 재능이 유일무이한 것일지 심사하고, 그것이 인정된다면 어떤 재능일지라도 상금을 부여한다. 나와 리시아는 별실에서 심사원들이 올린 보고서를 읽으며 신경이 쓰이는 인물을 픽업하고 있었다.

정말로 많은 사람이 입후보했지만, 반면에 '겹치는' 재능이 상당히 많았다. [무용(武勇)의 재주], [예능의 재주], [미모의 재주]는 특히 경쟁이 격렬해서, 다른 회장에서 각각의 [넘버 원]을 결정하게 되었다.

각각 [왕국 제일 무술대회], [킹덤 오브 탤런트], [엘프리덴 미소녀 그랑프리]라고 이름 붙인 대회장은 구경꾼들을 즐겁게 했다.

참고로 이후에 상인 길드의 요청을 받아들여, 이들 대회 이벤트는 수도 파르남에서 1년씩 교대로 개최되어 많은 관광객을 모으게 된다.

그리고 [엘프리덴 미소녀 그랑프리] 개회가 사실은 왕이 첩을 고르려는 의도라는 소문을 불러, 왕과 인척이 되려는 귀족들이 몰래 친인척을 이 대회에 보내게 되었다. 다만 지금은 관계없으니 생략한다. 뭐, 그 소문을 들은 리시아가 나중에 싸늘한 시선으로 나를 보게 되었지만 말이지…….

당초에는 하루를 예정했던 심사는 사흘까지 이어져서, '이거다' 할 재능을 가진 자들이 내 눈앞으로 나온 것은 나흘 째였다.

옥좌에 앉은 내 옆에는 리시아가 서 있고(일단 약혼자이지만 아직 혼인을 맺지는 않았기에 왕비의 자리에 앉을 수는 없었다), 한 단 아래의 오른쪽에 재상 마르크스, 왼쪽에 근위기사단장인 루드윈이 있었다. 참고로 이 광경은 [방송의 방]에서 가져온 보옥을 통해 왕국 각지로 방송 중이었다.

그리고 우리 앞으로 나온 사람은 젊은이 다섯 명이었다.

한 명은 은발에 엘프 귀를 가진, 갈색 피부에 희미하게 근육이 보이는 전사풍의 소녀.

한 명은 몸 전체를 뒤덮듯이 검은 옷을 뒤집어쓰고 어쩐지 나른한 표정을 짓는, 선이 가는 청년.

한 명은 리시아의 늠름함과는 또 다른, 온화한 분위기에 푸른 머리카락의 미소녀.

한 명은 머리에 여우의 귀가 뾰족하게 솟은 순박한 분위기의 열 살 전후 여자아이.

그리고 마지막 한 명은 비지땀을 뚝뚝 흘리는 뚱뚱한 남성이었다.

"폐하. 폐하의 소집에 따라 이 나라의 많은 재능 있는 자들이 명부에 기재되었습니다. 그리고 이 자들이 이번에 특별히 희귀한 재능을 드러낸 자들입니다."

마르크스가 그리 말하자,

뚱뚱한 남성은 메뚜기가 펄쩍 뛰는 듯한 기세로 엎드리고,

푸른 머리카락의 미소녀는 일거수일투족마저도 단아하게 엎드리고,

여우 귀 소녀는 그것을 보고 따라 하며 어색하게 엎드리고,

검은 옷의 청년을 그것을 졸려 보이는 눈으로 지켜본 뒤, 마지막으로 엎드렸다.

엘프 귀 소녀는 계속 서 있었다. 그것을 보고 주위의 이들이 움찔했다.

"국왕 폐하의 어전이다. 엎드리지 못하겠느냐."

루드원이 조용히, 하지만 노기를 실어 주의를 줘도 엘프 귀 소녀는 들은 체 만 체였다. 그러기는커녕 똑바로 내 눈을 보고 말했다.

"우리 부족의 관례이니 용서해 주시길. 우리 부족의 전사는 주인 이외의 사람에게 머리를 숙일 수는 없다. 그리고 여자라면 자신의 남편 이외의 사람에게 머리를 숙이지 않는 것이 정조의 증거입니다."

"하지만……."

"상관없다."

나는 말이 격해지려는 루드원을 손짓으로 제지했다.

"나라를 위해서라며 협력을 요청한 건 이쪽이다. 딱딱한 소린 하지 말라."

"……폐하께서 뜻하시는 대로."

그리 말하고 루드원은 시원하게 물러났다.

……알면서 하는 행동이겠지. 상대에게 얕보이지 않으면서도 왕의 그릇을 보여주려는 행동. 멋진 연극이었다. 그렇다면 나도 그가 기대하는 대로 그릇이 큰 왕을 연기하도록 하자. 나는 옥좌에서 일어서서는 그들과 마주 섰다.

"다른 사람들도 엎드리지 말아 다오. 이쪽은 귀공들에게 도움을 부탁하는 입장이야. 형식 같은 건 개의치 말고 편하게 대해 주면 돼."

네 사람도 조용히 일어섰다. 나는 눈짓으로 마르크스에게 다음을 재촉했다.

마르크스는 고개를 끄덕이고는 무언가 두루마리 같은 것을 펼쳐서 읽기 시작했다.

"그럼 지금부터, 이 자들이 지닌 재능의 발표와 수상을 진행하겠다! [신호(神護)의 숲]의 다크 엘프, 아이샤 우드가드 경, 앞으로!"

"예."

이번에는 엘프 귀 소녀도 순순히 따랐다. 외모는 스물도 되지 않는 정도지만 다크 엘프는 젊은 시간이 긴 종족인 모양이라 외모와 연령은 일치하지 않았다. 갈색 피부에 빛나는 은색 포니테일. 흉갑에 건틀릿이라는 전사 복장이었고, 슬릿이 들어간 치마에서 엿보이는 늘씬하니 아름다운 다리는 적절하게 근육이 붙어서 건강미가 있었다.

'【다크 엘프】. 엘프리덴 왕국 안에서는 소수 민족의 부류에 들어가며 높은 전투 능력을 지닌 종족이다. 도시에 살지 않는 대신에 신호의 숲을 거처로 삼고, 그 숲의 수호자로서 자치도 인정되고 있다. 자신의 종족에 강한 귀속감을 지녔고 배타적……인가.'

나는 평정을 가장하면서도 옆방에 놔두었던 장갑을 분산시킨 의식으로 조종하여, 준비해두었던 [엘프리덴 어린이 백과사전](어린이 대상이라 내용이 짧게 정리되어 있어서 짧은 시간으로 정보를 얻기에 편리)에서 다크 엘프에 대한 설명을 읽고 있었다.

참고로 이 나라에서 [다크 엘프]는 판타지에 나올 법한 신의 가호를 잃고 전락한 엘프가 아니라, 단순히 희고 금발인 엘프를 [라이트 엘프], 검고 은발인 엘프를 [다크 엘프]라고 구별하여 부르는 것뿐인 듯했다.

"이 자는 무예에서 현저한 재능을 드러내어, [왕국 제일 무술 대회]에서 우승을 거둔 그 실력은 실로 왕국 으뜸이라고 할 수 있음에, 이를 칭송하는 바입니다!"

헤에~ 그 무술대회 우승자인가. 그렇다면 상당히 강하겠네.

다만 걱정되는 것이 하나 있었다.

"나는 왕국을 위해서 일할 인재를 모집했는데, 그대는 여차할 때 힘을 빌려주겠는가? 다크 엘프는 자신의 종족에만 귀속한다고 읽었는데."

"……지금은 더 이상 숲만을 지키며 살 수 있는 시대가 아닙니다. 나라가 사라진다면 숲도 위협받을 터. 다크 엘프 중에도 변해야만 한다고 생각하는 자들이 있습니다. 저는 그중 하나입니다."

아이샤는 그렇게 단언했다.

"그건 또 참으로……. 보수적인 종족 가운데 상당히 혁신적인 의견이로군."

"확실히 이단시되고 있습니다. 하지만 지금 이대로는…… 폐하."

"뭐지?"

"포상은 필요 없습니다. 그러니 직언을 허락해 주시길."

방 안이 술렁였다. 아이샤는 국왕에서 직소하려는 것이었다.

일본에서도 시대에 따라서는 사형을 당했을 행위였다. 이 나라에서도 아무래도 그런 듯했다.

리시아랑 루드윈이 칼에 손을 대었지만 나는 손을 들어 그것을 제지했다.

"허락한다. 말해 보아라."

"소마?! 그건!"

"상응하는 각오를 하고 벌인 일이겠지. 왕으로서 귀를 기울여야만 해."

"감사합니다. 그럼 말씀드리겠습니다."

그러자 아이샤는 당당하게 가슴을 펴고 말했다.

"최근에 신호의 숲에 대한 타 종족의 침입이 격해졌습니다! 그들은 버섯이나 산나물 같은 숲의 은혜를 캐어 가고 숲의 짐승들을 사냥합니다. 식량난이라는 건 이해하지만, 그것들을 빼앗기면 이번에는 저희가 굶주리게 됩니다! 침입자를 상대로 저희는 무기를 들 수밖에 없습니다. 이미 숲 각지에서 충돌이 벌어지고 있습니다. 폐하, 부디 침범을 단속해 주십시오!"

"과연……."

그러니까 굶주린 이들이 숲에서 수렵이나 채집을 벌이는 걸 금지해 달라는 건가. 식량난은 유통이 한정된 지방으로 갈수록 심각해진다. 그곳에 풍요로운 숲이 있다면, 설령 다크 엘프에게 공격당할지라도 들어가 버리는 건가.

"그래, 알겠다. 신호의 숲에 대해서는 이미 사람의 출입을 제한하는 법이 있으니 새로이 금지할 수는 없겠지만, 신호의 숲

주위의 백성들에게는 시급히 식량을 지원하지. 그럼에도 신호의 숲으로 침입하려는 자가 있다면 밀렵꾼으로 단정하고 이쪽에서 적발하겠다."

"감사합니다."

아이샤는 그리 말하고는 머리를 숙이는 대신에 가슴에 손을 대고 눈을 감았다.

그것이 감사의 증표인지 역할을 완수했음에 안도하는 포즈인지는 모르겠지만.

"하나 아이샤, 밀렵은 언어도단이지만 앞으로의 일을 생각하면 숲 바깥과의 교역도 생각해야 하지 않을까? 바깥 세계에도 흥미를 끄는 건 있지 않나?"

"그건 그렇습니다만……. 저희 쪽에는 별다른 교역품이 없습니다."

"흠……. 목재는 어때? 솎아 벤 것이 있지 않나?"

숲속에서 생활한다면 나무는 남아돌 것이다. 그만큼 바깥 세계에는 역시나 수요가 높을 테니 좋은 교역품이 되지 않을까.

……그리 생각했더니,

"솎아 벤다……. 그게 무슨 뜻입니까?"

아이샤가 진지한 표정으로 되물었기에 나는 한순간 멍해지고 말했다.

어, 혹시 이 세계에서는 나무를 솎아내지 않는 건가?

"삼림을 유지하기 위해서 적절한 수의 나무를 베어내는 건데……."

그리 말하며 리시아, 마르크스, 루드윈을 보니 다들 일제히 고개를 절레절레 내젓고 있었다. 아무래도 처음 듣는 모양이었다. 그건 아이샤도 마찬가지인 듯했다.

"숲을 지키기 위해서…… 나무를 벤다는 겁니까?"

"당연하잖아. 나무는 놔두면 끝도 없이 커져서 가지를 펼친다고. 그 가지가 햇빛을 막아 버리니까 어린나무가 자라지 않아. 게다가 밀집 상태라면 서로의 생장을 방해할 테니까, 결국에는 늙은 나무뿐인 숲이 되어 버려. 그런 숲은 눈이나 바람에 쉽게 망가지지. 게다가 햇빛이 닿지 않으면 잡초도 말라 버리니까 흙의 보수력(保水力)도 사라져서 산사태가 쉽게 일어나게 되지. 그 정도는 상식……이지?"

주위를 둘러봐도 고개 젓는 인형 같은 대답밖에 없었다.

그러자 아이샤가 갑자기 그 자리에 엎드렸다.

"국왕님, 아니, 폐하!"

"뭐, 뭐야?!"

"조금 전 저의 무례! 부디 용서를!"

"아니, 애당초 신경 쓰지 않는데……. 아니, 머리를 숙여도 돼?"

"상관없습니다! 저는 바로 지금, 당신을 주군으로 삼고 평생의 충의를 바쳤습니다!"

아니, 대체 어떻게 된 거냐고…….

"이 목숨, 마음껏 써 주시길! 몸도 마음도 순결도 모두 당신께 바치겠습니다! 싸우라고 하신다면 싸우겠습니다! 사랑하라고 하신다면 사랑하겠습니다! 첩이나 노예가 되라고 하신다면 되겠습니다! 죽으라고 하신다면 죽겠습니다!"

"아니, 그 헌신은 또 뭐야?! 몇 분 사이에 무슨 일이 있었는데!"

"하지만 죽음을 명하시기 전에 부디, 제 마지막 바람을 들어주십시오!"

"어, 무시?! 무시했어?!"

"부디 한시라도 빨리, 신호의 숲으로 와 주셨으면 합니다!"

그리고 다시 한번, 바닥에 힘껏 이마를 박았다. 아니, 이제는 나도 리시아도 기겁했다.

……자학 같은 그 모습은 거의 협박이었다.

"OK, 이야기를 듣자고. 그러니까 그대는 나를 신호의 숲으로 데려가고 싶은 거지?"

"그 말씀대로입니다! 그리고 신호의 숲에서, 그 '솎아 벤다'는 행위를 가르쳐주십시오! 최근 신호의 숲은, 조금 전에 폐하께서 말씀하셨던 것과 같은 문제에 직면했습니다. 밀집한 나무들은 메마르고, 어린나무는 자라지 않고, 물은 탁해지고, 바람이나 큰비가 올 때마다 지면이 벗겨져 나가게 되었습니다. 그 원인을 폐하의 말씀으로 간신히 깨달았습니다!"

"신호의 숲은 역사가 수천 년은 되는 숲이잖아? 이제까지 깨닫지 못했던 거야?"

리시아가 그렇게 묻자 아이샤는 무척 부끄러운 듯 수긍했다.

"신호의 숲에 있는 나무들은 본디 수명이 깁니다. 그래서 그 수명이 다하려 하는 바로 지금까지 깨닫지 못했습니다……."

"그래……. 남 일이 아냐. 엘프리덴의 여러 산에도 솎아 베는 일 따위 안 했으니까 어디든 같은 상황일지도 몰라."

"뭐, 극도로 숲에 의존하는 곳 말고는 괜찮겠지. 오래된 나무가 썩으면 새로운 나무가 자랄 테고, 천재지변으로 그런 숲이 전멸해도 10년 정도면 숲은 부활해. 본래 자연이라는 건 그렇게 돌고 도는 거니까."

"그거, 신호의 숲에 사는 다크 엘프한테는 치명적인 일 아냐?"

……그렇겠지. 숲 자체에 살고 있으니 그 숲이 사라지는 순간 바로 난민이 된다.

이 이상 난민이 늘어나는 것도 곤란하니까 빨리 손을 쓸 필요가 있을까.

"알았다. 이른 시일 내에 신호의 숲을 방문하지."

"오오오! 감사합니다, 폐하!"

"다만 그때에는 어느 정도 인간의 출입을 인정받도록 하겠다. 삼림 관리는 이 나라 전체의 과제인 것 같으니까 말이야. 이걸 기회로 삼아 [임업]을 확립하기 위한 강습회를 열겠어."

"폐하께서 뜻하시는 대로."

"좋아. 루드윈."

"예."

"나를 섬기고 싶다는 모양이니까, 아이샤의 자질을 봐 줬으면 한다. 개인의 무용은 확실한 것 같지만 병사를 이끄는 장수가 될 수 있을지는 미지수야. 그런 자질이 있다면 일군의 장수로 등용하고, 없으면 내 호위병으로 채용하겠다."

"예. 알겠습니다."

훗날, 아이샤의 자질을 본 루드윈은 "장수로서의 자질은 있다. 그러나 그 이상으로 전사로서의 자질이 뛰어나서, 장수로 쓰기에는 아깝다."라고 평가했다. 장수로도 쓸 수 있지만 단기로 돌입시켜서 일기당천을 노리는 쪽이 편리한 여포 같은 타입인 듯했다. 그 이후로 아이샤는 내 곁에 호위로 두게 되었다.

그리하여 아이샤의 차례는 끝이 났는데, 첫 번째부터 상당히 하드했다. 포상을 얼른 건네고 쓸 만한 녀석한테 이야기를 하면 그만이라고 생각했는데······.

'설마 다른 네 사람도 각자 사연이 있다든지 그러지는 않겠지?'

"이어서 하쿠야 쿠온민 경, 앞으로."

"······예."

이름을 부르자 느릿느릿 앞으로 나온 것은 검은 옷의 청년이었다.

목사의 옷과 신부의 옷을 합쳐서 둘로 나누고 새카맣게 물들인 느낌인 독특한 디자인의 옷을 입은 스물다섯 정도의 청년. 어깨 위까지 기른 흑발은 손질된 느낌이 없었다. 희고 선이 가는 것이 언뜻 보기에도 인도어파라는 인상이었다. 행동거지는 느릿느릿하지만 졸려 보이는 눈은 나를 똑바로 보고 있었다.

"이 자는 타인의 추천을 받았으나 지혜에서 재능을 보였습니다! 이 나라의 법을 모두 외웠으며 지식, 기억력은 이 나라에 비견될 이가 없다고 여겨집니다!"

*육법전서를 암기할 수 있습니다, 그런 느낌인가. 그건 확실히 굉장하네. 타인의 추천이라는 건 가족이 멋대로 응모했다는 이야기인가. ……뭐지. 뭔가 걸리는데.

"……그 재능, 훌륭하다. 원한다면 법무 관료로 천거하겠다만 어떻게 하겠는가?"

"아뇨, 포상만으로 충분합니다."

하쿠야는 천거 제안을 시원하게 거절했다.

"본래는 신세를 지고 있는 숙부가 [나이도 찼으니 책만 읽지 말고 사회에 도움을 주고 오거라.]라며 멋대로 응모한 몸인지라 과분한 찬사는 필요치 않습니다."

"책이라면 법률 관련인가?"

"아뇨. 특정 장르만 고집하지는 않습니다. 법이든 문학이든 기술 서적이든, 뭐든지 읽습니다."

"과연."

뭘까. 역시 뭔가가 걸린다.

"흠……. 그렇다면 왕성 안에 있는 서고의 사서를 해보지 않겠나? 아마도 거리에서는 돌지 않을 법한 책도 있는 모양이니, 사서 권한으로 자유로이 관람하게 해 주지."

"오오, 그건 좋군요. 그런 일이라면 모쪼록 부탁드립니다."

하쿠야는 겨우겨우 알 수 있을 정도의 희색을 드리웠다. 만족한 모양이었다.

물실호기(勿失好機, 좋은 기회를 놓치지 않는다).

---

* 온갖 법령을 다 모아서 수록한 종합 법전. 일반적으로 헌법, 민법, 상법, 형법, 민사소송법, 형사소송법을 뜻한다.

이렇게 신경이 쓰이는 카드는 그냥 넘기기보다 수중에 넣어 두는 편이 낫겠지.

"다음으로 주나 도마 경, 앞으로."

"예."

하쿠야와 교대하듯 푸른 머리카락의 미소녀가 앞으로 나왔다.

겉보기에는 나와 비슷하게 열아홉 정도였지만 감도는 분위기가 이 여성은 나이 이상으로 어른스레 보이게 만들었다. 부드럽고 풍성한 머리카락을 나부끼며 우아하게 고개를 숙이는 모습은 그림으로 그린 것처럼 아름다웠다. 노출은 많지 않지만 상의는 오스트리아의 티롤 드레스풍, 하의는 인도의 무희가 입는 사리처럼 다리가 비치는 옷을 입었고 허리춤에는 하늘하늘한 천을 감았다. 옆에서 리시아가 찌르는 듯한 시선을 날리지만 않는다면 한 시간은 족히 쳐다보고 있었을 테지.

"음. 일은 잊지 않을 테니까 좀 노려보지 말고."

내가 작게 말하자 리시아는 "과연 어떠려나……."라며 고개를 홱 돌렸다.

마르크스는 어흠 헛기침을 한 번 하고는,

"폐하, 이 자는 미와 노래와 춤으로 보기 드문 재능을 보였습니다. 그 재능은 미로는 [엘프리덴 미소녀 그랑프리], 노래로는 [킹덤 오브 탤런트]의 2관왕을 달성하였습니다. 그야말로 당대 제일의 아름다운 로렐라이입니다."

2관왕?! 그건 굉장한데.

"하늘은 두 가지 재능을 주기도 한다는 건가."

"과분한 말씀이십니다."

감탄이 섞인 내 말에 주나는 참으로 온화하고 가련한 목소리로 대답했다.

"도마 가의 선조는 로렐라이였다고 들었습니다. 노래는 혈통이기에."

로렐라이……. 미모와 노랫소리로 선원을 유혹하고 홀린다는 바다의 마물이었던가.

확실히 아름다운 용모와 푸른색 긴 머리카락은 로렐라이를 연상케 했다.

"꼭 한 번 노래를 들어 보고 싶군."

"그리 바라신다면."

"그렇지. 마침 지금 이 광경은 보옥을 통해서 엘프리덴 각지로 방송되고 있어. 국민들에게 기운을 줄 수 있을 만한 노래를 한 곡 불러 주지 않겠나."

"기운을 줄 수 있을 노래……인가요."

주나는 조금 곤혹스러워 하는 표정을 지었다.

"일족에 전해지는 로렐라이의 노래는 대부분이 슬픈 사랑 노래라서……."

"어, 뭔가 이유가 있어서 노래를 할 수 없다면 상관없지만."

"아니요, 모르는 것뿐입니다. 한번 들으면 바로 노래할 수 있지만."

"흠……. 아, 그럼 이런 건 어때?"

나는 품속에서 스마트폰을 꺼냈다. 이쪽 세계로 불려왔을 때에 내가 소지하고 있던 몇 안 되는 개인 물품이었다. 나는 스마트폰의 음악 파일을 열어 "이거다." 싶은 노래를 골라서는, 주나에게 다가가서 그녀의 귀에 이어폰을 꽂았다.

"이건 뭔가요?"

"음악이 흘러나오는 기계 같은 거라고 할까? 그럼, 틀게."

"!"

스위치를 켠 순간, 주나의 몸이 움찔 떨렸다.

처음에는 당황한 모양이었지만 이내 익숙해졌는지 점차 몸이 리듬을 타기 시작했다. 그리고 약 5분 뒤, 곡이 끝나는 것과 함께 그녀는 이어폰을 뺐다.

"외웠어요."

"벌써? 정말로 한 번 듣는 것만으로 기억할 수 있구나."

"예. 그럼 노래하도록 할게요."

내가 자리로 돌아오자 그녀는 입을 열어 낭랑하게 노래하기 시작했다.

곡은 사다 마사시의 [열심히 해야 해]. [모두의 노래]가 되기도 했던 이 노래는, 랩 같은 나가사키 사투리와 큐슈 지방의 동요 [덴데라류바]가 들어 있는 것이 특징인 경쾌한 노래였다. 할아버지가 마사시의 팬이라서 자주 같이 들었지.

헌데, 역시나 로렐라이. 칸토 사람도 이해할 수 없는 나가사키 사투리의 랩 파트를 정확하게 불렀다. 참고로 이건 나중에 리시아한테 들은 이야기인데, 가사의 의미는 이해할 수 없었다나. 이 나라의 사람들이 이야기하는 말을 이해하거나 반대로 내가 이야기하는 일본어를 상대가 이해하는 것은, 아무래도 용사의 불가사의한 파워인 모양이었다. 좀 더 이야기하자면, 나는 이 세계의 글자를 쓸 수 있게 되어 버렸다. 머릿속의 일본어를 멋대로 이쪽 언어로 번역해서, 그 글자가 어떻게 읽는 건지도 모르는데도 쓸 수 있게 되어 버리는 느낌이었다.

그래서 주나의 입에서 나오는 일본어(나가사키 사투리)는, 이 나라의 사람에게는 미지의 언어였다. 다만 말이 통하지 않더라도 흥겨운 곡에는 신이 나는 법. 무심코 함께 부르고 싶어지는 곡을 다들 즐겁게 듣고 있었다.

몇 분 뒤. 박수갈채가 쏟아지는 가운데, 노래를 마친 주나가 머리를 숙였다.

"즐거운 노래예요. 감사합니다."

"아니, 나야말로 고마워. 멋진 노랫소리였어."

"가능하다면 폐하의 나라에서 부르는 노래를 좀 더 가르쳐 주셨으면 합니다."

"나도 꼭 부탁하고 싶어. ……그렇지. 보옥을 늘릴 수 있다면 좋겠지만, 그럴 수 없더라도 조만간 방송의 방을 녹음 스튜디오로 바꿔서 네 노래를 언제든지 국민들에게 전할 수 있도록 하고 싶구나."

"어머! 꿈만 같은 이야기예요, 폐하."

주나는 진심으로 즐거워하는 미소를 띠었다. 멋진 미소였다.

"그때가 오면 잘 부탁해. 이번에는 수고했다."

주나가 물러나고, 이번에는 여우 귀 소녀 차례였다.

"이어서, 요랑(妖狼)족인 토모에 이누이 경, 앞으로."

"아, 예!"

뒤집어진 목소리와 함께 열 살 전후 정도인 짐승 귀 여자아이가 오른손과 오른발을 동시에 내밀며 앞으로 나왔다. 요랑족……. 저거 여우 귀가 아니라 늑대 귀였나.

볕에 탄 피부와 동글동글한 눈이 사랑스러웠다. 다만 입고 있는 옷은 조금 초라했다. 군데군데 너덜너덜해진 의복의 엉덩이 쪽에서 튀어나온 덥수룩한 꼬리는 긴장한 탓에 바짝 서 있었다. 응, 엄청 만져 보고 싶어.

"이 자는 어린 나이지만 금수와 대화를 나눌 수 있다는 무척 진귀한 재능을 가지고 있었습니다. 그녀를 마구간으로 안내했을 때, 말의 건강 상태부터 내력까지 모두 알아맞혔습니다. 본인의 말로는 말이 직접 이야기를 했다고 하니 그야말로 비현실적인 능력이라고 할 수 있겠지요."

동물들과 대화할 수 있는 재능인가. 이건 또 무척 놀랄 만한 수인이 왔구나.

그런 생각을 하고 있자니 옆에서 리시아가 중얼거렸다.

"요랑족의 나라는 멀리 북쪽이야. 이 나라에는 없었을 텐데."

"……난민인가."

음, 입고 있는 옷이 너덜너덜한 것은 그런 이유였나.

마왕령의 확대에 따라 몇몇 나라와 도시가 멸망했다. 나라를 잃은 자들은 남하하고 난민이 되어 다른 나라로 유입, 경제를 압박하기 시작했다. 대처하는 모습은 나라에 따라 제각각이었다. 적극적으로 보호하는 나라도 있고 배척하기 시작하는 나라도 있었다. 다만 보호하는 나라도 대부분은 광산 같은 곳에서 가혹한 노동을 강요하거나 마족과의 싸움에 병력으로 몰아세우는 정도였기에, 난민들에게는 어느 쪽이든 지옥이었겠지.

왕국에서도 수도 파르남 근교에 난민 캠프가 만들어졌다. 현재 그곳의 취급은 '보류 중'이었다. 자국민에게조차 식량의 공급이 부족해지는 상황에서 난민에게 도움의 손길을 내밀었다가는 폭동이 일어날 것이다. 그렇다고 해서 배척한다든지 노동을 강요한다든지, 그런 태도를 취한다면 난민들의 원망을 산다. 잠복되어 테러리스트화 된다면 큰일이었다. 이대로라도 치안 악화 등의 악영향은 피할 수 없겠지만, 현재 상태를 유지하는 것 말고는 달리 방도가 없는 것이었다.

타인에게 도움을 주기 위해서는 우선 자신들이 행복할 필요가 있다.

"재주만 있다면 등용하겠다는 말은 바꾸지 않겠다. 재주가 있다면 자국민이든 타국민이든 난민이든 상관없다. 찬밥 더운밥 가릴 여유는 없으니까 말이야."

"그러네."

그러나 토모에라고 소개된 요랑족 소녀가 쭈뼛쭈뼛하는 느낌으로 입을 열었다.

"저……저기……폐하……."

"응? 왜 그러느냐."

"저기……그게……. 저, 저도……말씀드리고 싶은 게……."

극도로 긴장한 탓인지 쥐어짜는 듯한 목소리였다. 알아듣기 어려웠다.

"말하고 싶은 게 있나? 괜찮으니까 말해 다오."

"예……. 저기…… 실은……."

"음, 뭐지? 조금 더 큰 목소리가 아니면 안 들리는데……."

"저기…… 저……."

토모에는 눈물이 그렁그렁했다. 아직은 어리다고 할 수 있을 소녀가 그런 표정을 지으니 정신적으로 괴로웠다.

"……알았어. 그쪽으로 갈 테니까 이제 울지 마."

"아으……."

나는 소녀의 곁으로 다가가서는 몸을 숙여 그녀의 입가에 귀를 갖다 댔다. 호위를 맡은 루드윈이 떨떠름한 표정을 지었지만 무시했다.

"이러면 들리겠지. 뭐든 말해도 돼."

"예. 실은……."

그리고 속삭인 그녀의 말에 나는 자신의 귀를 의심했다.

일어서서 토모에의 얼굴을 지그시 봤다.

"……틀림없나?"

"아, 예."

"이 사실은 다른 사람한테도 이야기했어?"

"아, 아뇨……. 어머니 말고는, 아무한테도……."

"그런가……."

나는 안도하며 가슴을 쓸어내렸다. 안도가 반, 앞으로의 일을 생각하니 성가시다는 심정이 반이었다. 진귀한 재주 같은 이야기가 아니었다. 이 소녀는 이 세계에 '폭탄'이 될지도 모르는 존재였다.

……진정해라, 호흡을 가다듬자. 이 자리의 그 누구도 동요를 깨닫지 못하게 해라.

"하아…… 조금 지쳤어. 이쯤에서 잠깐 휴식을 좀 취하고 싶은데."

"소마?"

주위를 둘러보며 말하자 리시아가 의아하다는 표정을 지었다. 다른 사람들도 거의 같은 반응이었지만, 나는 그런 반응을 무시하고 굳이 큰 목소리로 말했다.

"지금부터 30분 정도 휴식을 취하고 싶다. 이 아이를 포함한 두 명의 시상은 그 후에 새로이 진행토록 하지. 주나 경."

"무슨 일이옵니까. 폐하."

말을 걸자 로렐라이가 앞으로 걸어 나왔다.

"지금 이 방의 모습은 국왕 방송을 통해서 국민들이 보고 있어. 휴식하는 동안, 국민들을 그저 기다리게 하는 것도 좀 그렇군. 그러니 네가 30분 정도 노래를 불러줄 수 있겠나."

"알겠습니다, 폐하. 노래는 저희 일족의 긍지. 성심성의껏 노래하겠습니다."

　그리 말하고 주나는 우아하게 인사했다. 그때, 한순간 시선이
마주쳤다. 무언가 이유가 있는 거로군요, 그리 확인당한 기분
이었다. 그럼에도 구태여 아무것도 묻지 않고 따라 주었다. 미
모나 노랫소리를 제외하더라도, 이렇게 배려할 수 있는 인재가
휘하에 있으면 좋겠구나 싶었다.

　주나가 시간을 벌어 주는 동안, 나는 신뢰할 수 있는 사람만을
집무실로 모았다.

　이곳에 있는 것은 나, 리시아, 마르크스, 루드윈, 그리고 토모
에뿐이었다. 내게 충성을 맹세했다며 곁을 떠나려 하지 않는 아
이샤는, 문 너머에서 아무도 듣지 못하도록 감시를 맡겼다.

　"이렇게까지 엄중하게 경계해야 하는 일이야?"

　곤혹스레 묻는 리시아에게 나는 고개를 끄덕였다.

　"정말로 위험한 사태야. 아까 토모에의 목소리를 들은 녀석은
있나?"

　토모에를 제외한 세 사람에게 확인했지만 모두 고개를 가로저
었다.

　"……나는 못 들었어. 작은 목소리였으니까."

　"제게도 들리지 않았습니다."

　"저도 마찬가지입니다."

　"……그렇다면 국왕 방송으로 목소리가 들렸을 걱정은 없나."

"아마도 괜찮을 거야. 그건 그렇게 감도가 좋지는 않으니까."

리시아의 그 말에 간신히 어깨 위의 짐을 하나 내려놓은 기분이었다.

"그만큼 큰일이야?"

"그래. 문자 그대로 폭탄선언이었어."

모두의 주목이 토모에한테 모이고, 그녀는 더욱 위축되고 말았다.

그녀의 입으로 직접 듣는 것도 힘들어 보여, 내가 대신에 대답했다.

"그녀는 동물과 대화를 할 수 있다, 그 이야기는 들었지?"

"그래. 굉장한 재능이네."

"그 힘으로 [마족]과 이야기를 나누었다는 모양이야."

그리 말한 순간, 이 자리의 분위기가 얼어붙었다. 모두 말을 잃고 금붕어처럼 입을 뻐끔거릴 뿐이었다. 이 사실에 대해서 자세히 이야기하기 전에 미리 알아 두어야 할 지식이 있다.

그것은 [이 세계의 사람들이 생각하는 마물/마족]과 [내가 있던 세계의 사람들이 생각하는 마물/마족]에는 살짝 인식의 차이가 있다는 사실이다. 내가 있던 세계에서는 마물이란 [사람]도 [동식물]도 아닌 이형의 생물이라는 인식이었다.

그러나 이 세계에서는 [사람]과 [동물]이 가리키는 범위는 넓다.

구체적으로 말하면 인간족도, 엘프족도, 수인족도, 드래고뉴트도 [사람]이며 [인류]라는 카테고리 안에 들어간다.

[동식물]이라면 신장이 4미터나 되어도 레드 그리즐리는 포

유류이고, 공룡으로밖에 안 보여도 왕도마뱀은 파충류이고, 사람 크기 정도라도 거대 개미는 곤충이고, 사람을 먹어도 맨이터는 식물이다. 또한 젤린이라고 해서 합체하거나 분열되거나 녹아내리기도 하는 슬라임 모양 생물도 어째선지 [동식물] 취급이었다.

참고로 용 같은 경우에는 [신룡]이라 불리며 또 다르게 취급된다.

이것들이 마물이라 불리지 않는 이유는, 이 세계의 지상에서 자생하고 있기 때문이다. 본래 이 세계의 생태계에 포함되어 있기에 사람과 거주 영역을 나눌 수 있다. 실제로 이 나라의 말은 내가 있던 세계의 기준으로 말한다면 *슬레이프니르이고, 가축인 소랑 돼지랑 닭도 다들 몬스터스럽게 어레인지된 듯한 외양이었다.

그럼 마물이란 무엇이냐 하면, 다양한 생물이 융합된 듯한 합성수나 좀비, 해골 같은 언데드 계열 몬스터, 겉모습은 사람과 가깝지만 지성이 있다고는 여겨지지 않는 고블린, 오크, 오거 등을 가리킨다. 이 마물들은 마계가 출현한 이후로 대륙 북방에서 대량 발생했다는 모양이지만, 마계 출현 이전에도 대륙 각지에 있는 던전이라 불리는 장소에는 서식하고 있었다나.

던전이란 지하 공간 같은 곳에 불가사의한 생태계가 구축되어 있는 장소를 가리킨다. 게임으로 익숙하지만, 이 세계에는 실제로 존재한다. 참고로 이 세계에는 이런 던전 탐색이나 행상인 호위, 논밭을 어지럽히는 해수나 던전에서 나온 마물의 토벌 등

---

* 북구 신화에 나오는 다리가 여덟 개인 말.

을 생업으로 하는 [모험가]라는 직업이 있다는 모양이다.

그런 마물들은, 마계 출현 이전에는 지성을 지니지 않은 것으로 여겨졌다.

사실 던전에 있는 마물은 사람에 가까운 모습인 고블린조차도 동물 정도의 지능밖에 지니지 않았다. 그러나 마왕령의 마물 중에는 어찌 봐도 지성이 있는 듯한 행동을 하는 자들이 존재하는 모양이었다. 집단으로 행동하고, 무기나 마법을 사용하고, 전략을 짠다. 마치 [사람]인 것처럼 행동하는 자들이었다. 일찍이 인류가 마왕령 침공 작전에 실패한 것도 그들의 존재를 파악하지 못했던 것이 가장 큰 요인으로 꼽혔다. 인류 측은 그런 지성이 있는 마물들을 [마족]이라고 구별하여 부르기로 했다.

이야기를 앞으로 되돌리자. 그러니까 토모에는 그런 [마족]과 대화를 나누었다는 이야기였다.

이제까지 마족과 대화를 나눌 수 있었던 사례는 없었다나. 갑자기 나타난, 다른 언어를 사용하는 군단. 게다가 교전 상태에서는 의사소통 같은 걸 할 수 있을 리도 없었다. 리시아는 토모에에게 바싹 다가섰다.

"대체 뭐랑, 어떤 대화를 나눴어?!"

"코, 코볼트 씨였어요. 우리와 다르게…… 키도 작고 귀만이 아니라 얼굴 전체도 개의 모습이었지만……. 우리 마을이 마물의 무리에 습격당하기 전날에, [같은 냄새를 가진 자가 습격당하는 걸 차마 볼 수가 없다. 빨리 도망쳐라.]라고. 제가 코볼트 씨의 말을 알아들은 것도 기적이지만……. 그 덕분에 우리는 재난을 피할 수 있었어요…….”

“그러니까……. 마족한테도 명확한 의사가 있다는 건가요.”

루드윈이 신음하듯 말했다.

이 세계의 사람들은 마족을 ‘조금 머리가 좋은 마물’ 정도로밖에 생각하지 않았다. 토지를 마구 먹어치울 뿐인 메뚜기 무리, 혹은 살육을 즐기는 야만족 같은 것이라고. 이야기를 듣자 하니, 마물을 상대로는 그런 인식도 틀리지는 않은 거겠지. 하지만……. 마족의 경우에는 또 다른 관점으로 봐야만 하는 게 아닐까.

마족에게도 토모에가 말하는 것처럼 의사가 있다면 인류는 저도 모르는 사이에 마족들과 [전쟁]을 벌이게 된 것이었다. 그것도 대화 채널이라고는 없는 전쟁, 말이다. 가족이 살해당하고, 집이 불타고, 나라를 빼앗기며 인류는 마물과 마족에게 원한을 품었다. 이것이 전쟁이라면 마족 측 역시 인류에게 마찬가지로 원한을 품었을 가능성이 생긴다.

“혹시 이 정보가 각국으로 퍼진다면…….”

“큰 혼란이 일어나겠지.”

리시아와 함께 어깨를 축 늘어뜨렸다.

마왕령의 마물/마족 모두와 대화가 가능하다고는 생각하지 않는다. 요랑족을 도망치게 한 코볼트처럼 대화가 가능한 자들은 고작해야 한 줌 정도일지도 모른다. 그러나 마족 중에 일부라도 그런 존재가 있다는 사실이 알려진다면, 마족은 더 이상 인류 공통의 적이 아니게 될 것이다.

현재 마왕령을 상대로, 각국은 비록 겉모습뿐일지라도 하나가 되었다.

그런 상황에서 이 정보가 퍼진다면 어떻게 될까. 마족과의 평화적인 대화를 모색하고자 생각한다면야 괜찮겠지만, 자국의 이익만을 우선시하여 마족과 손을 잡고 다른 나라로 침공하려는 등의 생각을 하는 나라가 나오더라도 이상할 건 없었다. 그렇게 된다면 인류는 와해된다.

"제국 같은 곳은 이 정보를 파악했을 거라고 생각해?"

"……모르겠어. 토모에의 특수한 재능이 있었기에 간신히 의사소통을 할 수 있는 수준인걸. 파악했다고 해도 확인할 방법이 없어."

"그러니까 이 정보는 현재 우리 나라가 독점한 상태라는 건가. 정말이지……."

터무니없는 게 손에 들어왔구나.

그야말로 폭탄이었다. 결정적인 무기가 될 수 있겠지만 자칫 잘못 사용한다면 화상을 입는 정도로는 그치지 않는다.

"죄, 죄송해요……."

토모에게 위축되고 말았기에 리시아가 나를 쿡 찔렀다.

"어, 아니, 책망하는 게 아냐. 오히려 이 나라에 잘 와주었다고 생각해. 다른 나라가 이 정보를 가졌다고 생각하면 오싹할 정도야."

"헌데 이 정보를 숨기실 겁니까? 이런 중요한 정보를 감추고 있다는 사실이 발각된다면 전 인류의 적으로 규탄당하지 않겠습니까?"

"……그렇겠지."

루드윈의 지적에는 그저 머리를 감싸 쥘 수밖에 없었다.

"섣불리 숨겼다가 무언가 야심이 있다고 여겨지는 것도 상책은 아냐. 게다가 이게 전쟁이라면 지금처럼 서로 전멸전에만 매달리는 상황은 위험해. 어느 쪽이 멸망할 때까지 전쟁이 이어지지 않도록 하기 위해서라도, 조금씩일지언정 이 정보를 흘릴 필요가 있어."

각오를 다지자. 나는 주위를 둘러보며 말했다.

"[마족 중에 대화가 가능한 자가 있는 게 아닐까—.] 그렇게 추측 정도의 정보를 각국에 흘리자. 그렇게 하면 다소나마 신중하게 행동하겠지. 적어도 소문의 진위를 확인하려고 할 거야."

"그 과정에서 우리가 가진 정보에 다다르지는 않겠습니까? 그렇게 된다면 정보를 숨기고 있어 봐야 가치가 없어질 텐데요?"

"그렇지 않아, 마르크스. 우리의 결정적인 패는 토모에 본인이야."

"저, 저 말인가요?!"

눈이 희번덕거리는 토모에를 향해 나는 힘주어 고개를 끄덕였다.

"마족에게 의사가 있다는 사실을 알아도 실제로 교섭하려면 의사소통 수단이 필요해. 가령 각국이 마족과 교섭을 하고자 그런 수단을 생각하는 사이에, 우리는 토모에를 통해서 그들과 대화할 수가 있어. 이건 큰 어드밴티지야."

왕국만으로 어디까지 교섭이 가능할지는 모른다. 그러나 독자적인 연결 수단을 가지게 되면, 다른 나라가 교섭권을 전부 틀어쥐어 대화의 기회가 주어지지 않는 사태를 막을 수 있다. 그만큼 우리가 더 고생하는 모양새가 되겠지만, 나라의 명운을 다른 나라에 떠맡기는 것보다는 훨씬 낫다.

"그러니까, 토모에. 우리 나라는 전력으로 너를 보호해야만 해."

"보, 보호……라고요?!"

"그래. 과장이 아니라 정말로, 현재 너는 나 같은 것보다도 훨씬 중요인물이야. 솔직히 어딘가로 정보가 새어나가서 너를 다른 나라에 빼앗기는 순간, 이 나라는 멸망하겠지."

"세상에……. 농담……이시죠?"

토모에는 두리번두리번 주위를 둘러봤지만 누구 하나 부정하지 않았다.

토모에는 과장 따윈 없이, 정말로 이 나라의 명줄을 쥐고 있었다. 나는 절대로 하지 않을 테지만, 다른 나라라면 이대로 아무것도 듣지 않았던 걸로 하고 '처분'할 나라도 있겠지. 그만큼이나 토모에라는 존재는 '무겁다'.

"그러니까 최고 수준의 호위를 붙이기 위해서라도, 토모에는 이 성에서 살아 줬으면 해. 난민 캠프라면 유사시에 지켜줄 수 없을지도 모르니까."

"아으……."

"잠깐만 기다려 주시길."

마르크스가 손을 들었다.

"왕족 이외의 인간이 성에서 산다고 하면 괜한 오해를 사지는 않겠습니까?"

"음. 그렇다면 왕족으로서 맞아들일 방법을 가르쳐 줘."

"무척 간단하게 말씀하시는군요……. 일반 백성을 왕족으로 맞아들이는 데에는 몇 가지 방법이 있습니다. 하나는 폐하의 양녀로 삼는 방법입니다만, 이건 아직 폐하께서 혼례를 하지 않으셨으니 불가능합니다. 공주님과의 혼례에도 1년 이상은 준비가 필요하니까요."

"그게 말이지."

"나한테 떠넘기지 마."

리시아는 고개를 홱 돌렸다. 리시아가 아내이고 이미 열 살 정도인 토모에가 딸인 가족인가……. 전혀 상상이 안 가는데.

"다른 방법은 없나?"

"폐하께서 측실로 들이시는 방법도 있습니다."

"그거……. 여러 의미로 위험하잖아."

초등학생 정도인 여자아이라고. 베ㅇ드 님이 "이 로리콘 자식!"이라며 튀어나올 거야.

"정략결혼 연령으로는 아슬아슬하게 허용범위 안입니다만."

"소마……. 아무리 그래도 열 살은……."

"왜 나한테 그러는데?!"

어째 리시아가 싸늘한 시선으로 보잖아. 나한테 그쪽 취향은 없어!

"그런 것보다, 선대 국왕 부부의 양녀면 되겠지."

"흠. 그렇게 하면 되겠군요."

마르크스는 "크크크." 하며 웃고 있었다. 이 자식, 뻔히 알면서 그랬군.

"그거 좋네! 나, 여동생이 있었으면 했어!"

"하와와."

리시아가 꼭 끌어안자 토모에는 잔뜩 당황했다. 리시아는 리시아대로, 이제껏 본 적이 없을 정도로 풀어진 얼굴이었다. 그러고 보니 리시아의 약혼자라는 입장이니 내게도 처제가 되는 거구나.

늑대 귀 로리 처제……. 속성이 너무 많잖아.

"하지만 저한테는 가족……이 있어요. 어머니랑 어린 남동생이 캠프에서 기다리고 있는걸요."

언니(예정)의 과도한 스킨십에서 도망치며 토모에는 말했다.

"어, 양녀라고는 해도 어디까지 입장이 그렇다는 것뿐이니까, 그런 부분은 괜찮아. 토모에가 내 여동생이 되면 어머니랑 동생도 인척 관계가 될 테니 성에서 같이 살면 돼. 생활비는 이쪽에서 내줄 테고, 일하고 싶다면 성 안에서 일을 줄 테니까."

"저기……. 그렇다면…… 알겠어요."

토모에는 머뭇거리는 느낌으로 승낙해 주었다. 다행이다. 모든 것이 원만하게 수습된 건 아니지만 현 상황에서 할 수 있는 일은 전부 완수한 듯했다.

결과적으로 의붓동생이 생겨 버렸지만 귀여우니까 그건 그것대로 됐다.

"그럼 슬슬 회장으로 돌아가지. 주나 경이 기다리고 있어."

벌써 30분이 지났다. 시간을 버는 것도 이 정도가 한계겠지.

"이번 재능에 대한 보수는 포상만으로 마친다. 갑자기 선대 국왕 부부의 양녀가 된다고 발표한다면 무언가가 있다며 대놓고 말하는 거나 마찬가지니까. 그쪽 건은 시간을 두고 나중에 발표하지. 여러분도 그리 생각하고 행동해 줘. 알겠나!"

""""옛!""""

소마 왕이 휴식을 선언하고 30분 정도가 지나, 또다시 포상의 의식이 재개되었다. 지금은 요랑족 소녀가 칭찬받는 참이었다.

그 광경을 '나'는 다른 수상자와 함께 나란히 서서 보고 있었다.

"그 재주는 훌륭하구나. 부디 우리 나라를 위해서 큰 역할을 해주었으면 한다.

"아, 혜! 알겠습니다!"

……말이 계속 꼬이잖아. 참으로 사랑스러웠다.

저런 귀여운 여자아이가 무슨 말을 했기에 '왕이 안색을 바꾸고서 갑자기 휴식을 선언' 했을까. 게다가 휴식 시간에 저 여자아이만 불려 갔다. 무척 중요한 무언가가 있었음은 틀림없지만, 지금의 나로서는 그것을 알아낼 수도 없었다.

나는 이곳에 온 뒤로 계속 예의 왕을 관찰하고 있었다.

용모는 평범. 이야기에 따르면 용사로 소환된 인물이라는데,

분위기는 거리의 일반인 그 자체. 대관도 하지 않고, 지팡이도 들지 않고, 망토도 두르지 않고. 익숙지 않은 디자인이지만 캐주얼한 복장 그대로 서 있는 모습은 옥좌 앞에 있어도 왕으로 보이지 않았다. 그런가 싶으면, 때때로 위정자다운 눈빛도 보였다. 상당히 종잡을 수 없는 인물인 듯했다.

여기까지의 행동은 왕으로서는 합격점이라고 해도 되겠지.

다크 엘프 여전사의 직소에는 넓은 도량을 보이고, 또한 의도치 않게 다크 엘프가 품은 문제의 해결책을 제시했다. 요랑족 소녀와의 대화를 보면 애드립도 능숙한 것 같았다. 어색한 부분도 있었지만, 뭐 여기까지는 합격점이라고 할 수 있으리라.

그러나 정말로 시험해 보고 싶은 것은 지금부터였다.

나는 옆에서 식은땀인지 비지땀인지 모를 것을 흘리는 풍풍한 남자를 쳐다봤다. 다음은 그의 수상 차례였다. 이곳으로 오는 동안에 그가 지닌 재능에 대해서는 그의 입으로 직접 들었다. 그리고 그 재능은 내가 생각하는 한, '지금 이 나라에 가장 필요한 재능'이었다.

그를 보고 젊은 왕은 어떤 판단을 내릴까.

빈말로도 괜찮다고는 할 수 없는 용모(둥글둥글한 배에 통통한 얼굴)를 경멸할까.

오히려 국민 앞에서 웃음거리로 삼을까.

그렇게까지 하지는 않더라도, 그가 지닌 재능의 중요성을 간과하고 넘어갈까.

그중 어느 쪽이라면, 나는…….

"이어서 포테 마을의 폰초 파나코타 경, 앞으로!"

"아, 알겠사옵니다, 예!"

재상 마르크스 님의 말에 폰초라고 불린 뚱뚱한 남성은 두툼한 배를 흔들며 쿵쾅쿵쾅 앞으로 나갔다. 코미컬한 그 움직임에 주위에서 웃음이 터졌다. 리시아 공주마저도 웃음을 참고 있었다. 그렇다면 왕은 어떠한지 보니 '진지한 표정'이었다. 웃는 것도 불쾌하게 여기는 것도 아니고, 그저 진지한 얼굴로 폰초 경을 보고 있었다.

"이자의 재능은 보시면 아실지도 모르겠사오나 '먹는 것'입니다. 이번 모집에서 [대식가의 재능]을 표방하는 사람은 많았지만, 이자에게 이길 이는 없었습니다. 또한 식(食)을 탐구하는 자세도 범상치 않아서, 세계 각지를 여행하며 그 지역의 명물 및 진미를 먹어 보아, 본인의 말로는 [먹을 수 있는 건 대부분 먹었다.]라고 합니다. 다만 여행하는 데에 모든 재산을 쏟아부은 모양이라, 겉모습과 달리 생활에 여유는 없다든지……. 어흠. 어쨌든 이건 이것대로 이 나라에 둘도 없는 재능이라 할 수 있으니……."

"기다렸다!"

마르크스 님이 설명을 마치기도 전에 왕은 움직였다.

그리고 폰초 경 앞에 서더니 희색을 감추지 않고 그의 손을 양손으로 붙잡았다.

"부름에 잘 응해 주었다! 귀공 같은 인재를 기다리고 있었다!"

"허……아……어?"

폰초 경은 눈을 희번덕거렸다. 이 상황을 제대로 이해하지 못하는 모양이었다.

이윽고 이해에 다다랐는지 얼굴이 굳기 시작했다.

"폐, 폐하께서, 저를 말입니까?"

"그래! 귀공이야말로 이 나라가 바라마지 않은 인물이야! 나는 다른 어느 재능 있는 이보다도 귀공이 와 준 것을 기쁘게 생각해! 문관에서 귀공 같은 이가 있다면 천거하도록 설명한 보람이 있었어!"

"그, 그렇게까지 입니까, 예."

"그래. 각국의 명물, 진미를 먹어 본 그 지식이 이 나라를 구할 열쇠가 될 게야."

왕이 그리 말하자 폰초 경은 억수 같은 눈물을 흘리기 시작했다.

"저, 저는……. 다른 이들에게 돼지라는 말만 들어서…… 음식을 위해서 재산을 탕진한 바보라고…… 스스로도 그저 먹고 싶으니까 먹으러 다녔을 뿐이니 다른 이들의 말은 지당합니다……. 그런 제 식탐이 이 나라에 도움이 된다는 말씀이십니까."

왕은 눈물을 흘리는 폰초 경의 어깨를 툭 두드렸다.

"그런 녀석들은 얼마든지 제멋대로 말하게 내버려 두거라. 어떤 시답잖은 일이라도 희소하다면 훌륭한 재능이야. 가슴을 펴라! 귀공의, 그 파산을 아까워하지 않는 식탐이 이 나라를 구하는 거다. 부디 내게 귀공을 지혜를 빌려줬으면 한다!"

왕의 그런 진지한 요청에 폰초 경은 소매로 눈물을 훔치고는,

"아, 예! 저 같은 놈의 지식이 도움된다면 얼마든지 써 주십시

오, 예!"

기운차게 그리 대답했다.

주위를 둘러보니 대부분의 사람들이 사태를 받아들이지 못하고 멍하니 서 있었다. 그런 분위기 가운데, 소마 왕은 옥좌로 돌아가서는 마르크스 공을 향해 말했다.

"재상! 이 나라에는 공이 있거나 기대할 만한 부하에게 왕이 '성씨'를 내리는 풍습이 있었지."

"……아, 예. 그렇습니다만."

"그렇다면 폰초. 귀공에게 [이시즈카]의 성씨를 내리겠다. 내 고국에 있던 '만족할 줄 모르는 식(食)의 탐구자이자 전도자'의 성씨다. 그 이름에 부끄럽지 않은 활약을 기대하겠다."

"아…… 예입! 정말 감사하옵니다, 예!"

폰초 이시즈카 파나코타 탄생의 순간이었다. 소마 왕이 처음으로 스스로 맞아들인 가신은, 식욕이 왕성한 뚱보 폰초 경이었다.

나는 쾌재를 부르고 싶었다.

훌륭해! 이 왕은 일의 우선순위를 제대로 판별하고 있어!

폰초 경을 등용할 수 있는지가 이 왕의 시금석이었다. 가령 그 가치를 깨닫지 못하더라도 언젠가 도움이 될 거라며 등용한다면 왕으로서 합격, 외모만으로 판단하여 채용하지 않는다면 불합격이라고 생각했건만, 설마 이렇게까지 환영할 줄이야. 이건 기쁜 오산이었다.

이분이라면 이 나라를 구할 수 있을지도 모른다.

내 안에서 무언가 솟구쳐 올라오는 것을 느꼈다.

……아무래도 나 역시도 보고 있을 수만은 없었나 보다.

"왕이시여. 하나만 말씀을 올려도 괜찮을지요."

◇ ◇ ◇

"왕이시여. 하나만 말씀을 올려도 괜찮을지요."

모든 이의 포상이 끝나고 이 의식의 종료를 선언하려던 순간, 검은 옷의 청년 하쿠야 쿠온민이 앞으로 나와 무릎 꿇었다. 졸려 보였던 눈은 이미 활짝 뜨여 있었다. 고작 그것만으로 분위기가 확 변한 것 같이 느껴져서 신기했다.

무언가 예감 같은 것을 느끼며, 나는 하쿠야에게 물었다.

"무언가 말하고 싶은 게 있나?"

"예. 실례지만 이번 일은 타인의 추천이었지만, 이번에는 스스로 나서고자 하옵니다."

스스로 나서겠다. 스스로를 팔겠다는 건가.

"흠……. 네게는 이미 왕궁 서고의 사서 지위를 약속했다만. 스스로 나선다는 건 그걸로는 부족하다는 거겠지? 뭘 바라나?"

"할 수 있다면, 폐하를 모시고 싶습니다."

"사서로서가 아니라?"

"예. 제 지혜로 폐하의 패업을 받들고 싶습니다."

"패, 패업?"

패업이라니 크게도 나오는구나. 그것을 지혜로 받들겠다니, 뭐가 되려는 거지? 군사/외교를 담당하는 군사인가, 내정을 담당하는 재상인가……. 나는 하쿠야를 똑바로 바라봤다.

"재미있다만, 그만한 재능이 네게 있다고?"

"그리 자부하고 있습니다."

"법률을 외우는 것만이 아니라고?"

"실례이오나, 저는 이렇게 말했습니다. [법이든 문학이든 기술 서적이든, 뭐든지 읽습니다.]라고. 저는 모든 학문을 갈고닦아 이 머리에 담았습니다."

"과연……."

이것으로 아까 있었던 위화감이 명확해졌다. 법을 외울 수 있는데 어떤 책이든 읽는다는 부분이 걸렸던 것이다. 다시 말해 지식은 법만이 아니라는 의미였다. 그에게 법률 암기 따윈 다양한 지식 중 한 부분에 불과한 거겠지.

"어째서 아까는 말하지 않았지?"

"모시기에 가치 있는 주군인지 확인코자 하였기에."

"그럼 나는 모시기에 가치가 있다는 건가."

"합격점이겠지요."

불손한 말투로군. 하지만…… 재미있다. 그저 허세일 뿐인지, 아니면 뒷받침할 만한 실력이 있는지……. 어쨌든 지금은 아직 판단할 수 없나.

"마르크스에게 맡기겠다! 이 자의 재능을 판단하여 적합한 관직에 앉혀라."

"알겠습니다."

"감사합니다."

마르크스와 하쿠야가 나란히 머리를 숙였다.

며칠 뒤, 집무실로 달려온 마르크스가 "왕이시여! 와이번에게 나는 법을 가르쳐 주라(이 세계의 속담으로, 일본에서 비슷한 말로는 [부처님에게 설법]이 있다.)는 말씀이십니까!" 라며 울면서 매달리게 되었지만, 이때의 나로서는 알 수 있을 리가 없었다. 이 것이 후에 [검은 옷의 재상]이라 불리는 남자와의 해후였다.

◇ ◇ ◇

역사에는 후세에 희곡화하기 좋은 장면이 있다. 그 조건으로는,

하나, 시대의 전환기일 것.

하나, 희곡화하기에 걸맞은 화려함이 있을 것.

그 두 가지를 들 수 있을 것이다.

엘프리덴의 역사에서 후세에 가장 희곡화가 많이 된 일은, 바로 이 [소마 왕의 인재 모으기]였다. 이 장면의 주역은 세 사람이라고들 한다.

이 장면을 소마 왕의 시점에서 본다면 그의 위업 중 하나이고, [검은 옷의 재상]이라고 불리게 되는 하쿠야 쿠온민의 시점에서 본다면 [시대의 전환기]이고, 어느 자의 시점에서 본다면 그 자의 인생을 단번에 역전시킨 신데렐라 스토리였다.

그러나 세 번째가 누구냐를 따지자면 저마다 이야기가 나뉜다.

숲에 사는 다크 엘프이면서도 왕에게 충성을 맹세하고 후에

항상 왕의 곁에서 그를 지키게 되는 [동풍의 무사], 아이샤 우드 갈드라고 하는 이가 있다.

왕에게 발굴되어 왕의 나라에서 불리는 노래를 배우고, 엘프 리덴에서는 [아이돌]이라는 의미가 되는 [로렐라이]라는 개념을 만들어낸, 왕과 국민에게 사랑받는 [프리마 로렐라이] 주나 도마라는 이가 있다.

난민이면서도 소마 왕과 리시아 왕비를 처음 만나서 둘의 의붓 동생이 된, 후의 [현명한 늑대공주] 토모에 이누이라는 이가 있다.

그러나 가장 많이 희곡의 주제가 된 사람은, 폰초 이시즈카 파나코타였다.

주위에서 돼지라며 바보 취급당하던 한심한 대식가 남자가, 바로 이 [왕의 인재 모으기]를 계기로 인생을 단번에 역전시키는 모습은, 일상생활로 지친 사람들에게 기운과 감동을 불러일으키는 실화로 몇 번이고 희곡화되었다. 뚱뚱한 남성임에도 신데렐라 스토리라고 표현하는 것도 뭔가 걸맞지 않지만, 미움받지 않으며 누구에게나 사랑받는 그에게는 딱 맞다고 일컬어진다.

또한 왕이 폰초를 환대하는 모습이 왕국 전체에 방송되자, "그런 사람마저 중용된다면 나도……"라며 많은 재능 있는 인재들이 엘프리덴으로 모여드는 의도치 않은 부수효과도 불렀다. 이때의 일을 고사로 삼아, 후대에 '무언가를 시작한다면 가까운 곳부터.'라는 의미로 이런 속담이 만들어졌다.

[우선 이시즈카부터 시작하자.]

🔱 제3장 ✦ 방송 프로그램을 만들자

소마의 인재 모으기 소동도 끝이 났을 무렵.

왕도 파르남의 성 아래에서는 어느 괴담이 돌고 있었다.

이른바 [한밤중에 배회하는 마네킹 인형]이 있다는 것이었다. 그 마네킹은 옷가게에 장식된 것처럼 팔이나 다리에 관절이 있고 얼굴이 없는 타입의 인형으로, 양손에 칼을 들고 밤이면 밤마다 홀로 동물이나 마물을 사냥한다는 이야기였다.

어느 모험가는 말한다.

[요전에 행상인 호위 퀘스트를 받고서 심야의 가도를 걸어가고 있었는데, 운 나쁘게도 젤린(젤 상태의 그것)의 아종한테 포위당해 버렸거든. 그 녀석들, 하나하나는 약하지만 수가 원체 많아서 고전하고 있었어. 그때 성 쪽에서 양손에 칼을 든 마네킹 인형이 흐느적흐느적 다가와서는 젤린을 잡기 시작했지. 그 꺼림칙한 광경이 어찌나 무서운지, 우리는 곧장 도망쳤다고……. 대체 뭐였을까, 그건.]

또 다른 모험가는 말한다.

[일주일 전의 일이야. 길드에서 '북쪽 국경선을 넘어서 홉고블린 무리가 남하하고 있으니까 요격해 줬으면 한다.' 라는 의

뢰를 받았지. 우리는 진군 루트의 계곡에서 요격하려고 기다렸는데, 아무리 기다려도 나타나질 않더라고. 상황이 이상하다 싶어서 탐색해 봤더니, 참살당한 홉고블린들의 시체 가운데에 우두커니 서 있는 마네킹 인형이 있었어. 나는 새로운 마물이라고 생각해서 동료 검사랑 같이 베어 버리려고 했는데, 그 녀석이 두 자루 칼로 막아 버렸지. 동료 메이지가 불꽃으로 공격하자 그 녀석은 굉장한 속도로 떠났어. 그거…… 마왕이 만들어 낸 새로운 무인병기 같은 건 아니겠지?]

　목격담이 많다 보니 괴담이라고는 하지만 거의 확실하게 '있다'고 취급되었다. 그러나 그 사실이 모험가 길드에 인지되어 그 마네킹의 포획 내지는 토벌 퀘스트가 발령되었을 무렵부터는 출현 보고가 뚝 끊기게 되었다.

　현재로서는 누군가의 장난이었다는 식으로 이야기되고 있었다.

　"……뭐, 그런 소문이 도는 모양이던데?"

　"호오. 그런가—."

　"……뭐야. 이런 이야기에 흥미 없어?"

　내가 소파에 몸을 묻은 채 바늘을 움직이는 손을 멈추지 않으며 대답하자, 침대에 앉아 있던 리시아는 조금 뾰로통하게 말했다.

　"아니, 그런 건 아니지만……."

　"소마는 국왕이니까 성 아래의 불안을 신경 쓰는 것도 중요하다고 생각하는데?"

"걱정 안 해도 괜찮아. 그 마네킹 인형은 더 이상 나타나지 않으니까."

"……뭔가 알고 있어?"

"음, 뭐……."

애매하게 대답하며 '솜'을 채워 넣었다. 그리고 등을 꿰매면 완성이다.

"……그것보다, 소마는 아까부터 뭘 하는 거야?"

"그야 보면 알 수 있잖아. 바느질이지."

"그러니까 왜 굳이 내 방에서 바느질을 하는 거냐고!"

"어쩔 수 없잖아. 내 방은 아직 집무실이니까."

최근에는 일도 조금 진정되었기에 【리빙 폴터가이스트】 펜이 일하는 동안에 본체는 이렇게 쉴 수도 있게 되었다. 그렇다고 해도 침대가 있는 집무실은 관리들이 빈번히 드나들다 보니 느긋이 지내기도 어려웠다.

"게다가 최근에는 아이샤가 말이지……."

"그건 알겠네……."

최근에 아이샤는 내 곁을 떠나려 하지 않았다.

다크 엘프는 한번 충성을 맹세한 상대는 목숨이 다할 때까지 곁에서 지키는 것이 긍지라나. 그러니까 아이샤는 내 호위를 인정하고 근무 시간도, 식사할 때도, 잘 때도, 목욕이나 화장실에 갈 때조차도 곁에 있으려고 했다. 아직 정식으로 고용하지 않은 인물을 왕의 곁에 두는 것도 문제라고 생각하지만, 미인에 충성

심도 높고 실력도 확실한 터라 루드윈을 포함한 근위병들은 그녀의 행동을 묵인하고 있었다.

요전 날, 마르크스에게서 재상의 자리를 물려받아 내 보좌로서 두각을 나타낸 하쿠야의 경우에는,

[미인에게 둘러싸였으니 좋은 일 아닙니까. 공주님이든 아이샤 경이든 주나 경이든 상관없으니 빨리 자식을 만드시길. 그리면 가정도 평안하지 않겠습니까.]

태연하게 그런 소리를 하더라고. 이것 참.

그런 생각을 하고 있자니 리시아가 등을 쿡쿡 찔렀다.

"하지만 마냥 나쁜 것만도 아니잖아?"

"조금만 봐줘. 간신히 조금이나마 휴식을 취하게 되었는데…… 어라? 그리고 보니 토모에는?"

"토모에라면 부모님 방에 있어. 어머님이 마음에 들어 하셔서……."

며칠 전부터 토모에는 리시아의 의붓동생으로서 이 성에 살고 있었다.

물론 약속했던 대로 그녀의 가족도 함께였다.

참고로 토모에의 어머니에게는, 여성의 사회 진출을 촉진하기 위하여 시험적으로 시작한 [성내 탁아소]의 보육사 자리를 맡겼다. 유모들과 섞여서, 자신의 육아와 동시에 타인의 아이를 돌보는 일이었다. 이 탁아소 말인데, 젊은 메이드들에게는 "이거라면 안심하고 결혼할 수 있다."라며 상당한 호평이었다. 육아 휴직 제도도 없는 현 상황에서는 아이가 생기면 즉시 퇴직

하게 되는 터라, 왕의 '은혜'라도 받지 않는 한은 독신인 채로 인생을 마치는 메이드가 대부분이었다나.

어, 이야기가 엇나갔는데, 그러니까 토모에게는 성 안에 어머니가 둘이 된 것이었다. 처음에는 당황하기도 했던 모양이지만, 이제는 양쪽에게서 귀여움을 받는 듯했다. 리시아는 일어서더니 소파 등받이에 손을 얹고 등 너머로 들여다봤다.

"하지만 여유가 생겼으니까 봉제라니……. 그거, 인형이야?"

"어, 이거? [무사시 도련님]."

등을 마저 꿰맨 나는 그 인형을 리시아에게 내밀었다.

"무사시 도련님?"

"응. 우리 세계에 있던…… 희귀한 짐승 같은 걸까나."

[무사시 도련님]은 내가 살던 시에서 무사시보 벤케이를 귀엽게 데포르메하여 만든 '지역 캐릭터'였다. 머리는 흰 명주. 비스듬히 걸친 염주에 두꺼운 눈썹은 늠름하지만 그 밑의 뎅그런 눈이 사랑스러웠다. 그런 갭이 좋다며 시민들 사이에서는 호평이었다. 참고로 내가 살던 시는 무사시보 벤케이와는 '일절 관계없음', 그럼 왜 벤케이냐면 "사이타마 현이 옛날에 [무사시노쿠니]라고 불렸으니까."라는 이유뿐이었다.

여기서 "그럼 미야모토 무사시든 무사시마루든 상관없는 거 아냐?"라든지, "사이타마 전체가 무사시노쿠니라고 그러지는 않았잖아?" 같은 생각을 하는 건 촌스러운 짓이겠지. 깊이 생각하지 마, 느껴라. 그것이 지역 캐릭터라는 것이다.

"큭……. 의외로 귀여운 게 더 짜증나."

리시아가 무사시 도련님 인형을 보며 말했다.

"그런데 왜 이런 걸?"

"⋯⋯실은 말이지. 내 【리빙 폴터가이스트】는 아무래도 인형이랑 상성이 좋은 모양이더라고."

그리 말하며 내가 정신을 집중하자 눈앞에서 무사시 도련님이 혼자서 움직이기 시작했다. 짧은 팔다리를 재주 좋게 사용해서 브레이크 댄스를 추기 시작했다. 실력이 상당히 좋은 것이 더기괴했다.

리시아는 몰입하듯 눈을 크게 떴다.

"뭐야, 이거⋯⋯."

"펜 같은 거라면 그저 띄워서 움직이는 것뿐이지만, 인형이라면 마치 내가 안에 들어 있는 것처럼 움직일 수 있어. 게다가 인형인 상태라면 거리 제한도 사라지는 모양이고."

이제까지는 고작해야 100미터 정도까지밖에 조종할 수 없었는데, 인형이라면 그야말로 성 밖은 물론이고 도시를 둘러싼 성벽 밖에까지 내보낼 수도 있었다.

"확실히 굉장하지만⋯⋯. 길거리 광대라도 될 생각이야?"

계속 춤추는 무사시 도련님을 보고 리시아는 어이없다는 듯이 말했다.

"하핫, 그것도 괜찮겠네. 왕을 그만두고 길에서 일해 볼까."

"바보 같은 소리 마. 어중간하게 그만둔다면 용서하지 않을 거야."

"⋯⋯나도 알아. 그보다도, 말이지."

나는 무사시 도련님에게 단검 두 자루를 건넸다. 그러자 신기하게도 겉은 펠트 천이고 내용물은 풀솜 덩어리일 터인 무사시 도련님이, 어른의 손에도 묵직할 정도인 단검을 '들 수 있었다'. 무사시 도련님은 단검 두 자루를 미야모토 무사시처럼 들었다.

리시아는 눈을 동그랗게 떴다.

"말도 안 돼……. 인형이지?"

"아무래도 인형이 뭔가 물건을 들었을 때는, 그 인형의 옵션으로 카운트되는 모양이야. 게다가 장비한 무기를 자유자재로 조종할 수 있지. 시험 삼아서 다른 인형에게 무기를 들리고 몬스터와 싸우게 해 봤는데, 문제없이 싸울 수 있었어."

"인형으로 몬스터를. 아니……. 설마 소문의 마네킹이라는 건!"

"그래. 성 안에 있던 적당한 인형을 사용해서 실험해 봤어."

설마 소문이 날 줄은 몰랐지만. 가능한 한 남들의 눈에 띄지 않도록 밤에 실험했는데, 그 때문에 쓸데없이 괴담처럼 되어 버린 걸지도 모르겠다.

"덕분에 몬스터랑도 충분히 맞서 싸울 수 있다는 걸 알았어. 게다가 경험을 쌓으면 쌓을수록 인형의 움직임도 좋아지는 것 같아."

말하는 한편으로 무사시 도련님이 단검을 든 양손을 벌리고는 [슈웅] 소리가 나올 정도로 고속 회전을 시작했다. 커다란 팽이처럼 보이지만 사실은 횡 방향으로 돌린 회전톱 같은 것이라서, 겉보기와는 달리 위험한 물체였다.

"혹시 인형의 단련이 본체에 반영되는 거야?"

"그렇다면야 터무니없는 치트 능력이겠지. 안타깝지만 인형이 기술을 익혀도 나 자신은 재현할 수 없어. 그러기 위한 근육 같은 게 없으니까 그럴까? 본체는 여전히 약해."

"흐~응…….. 조금이라도 단련해 보는 건?"

"나 자신이 단련하는 것보다 인형 다루는 법을 갈고닦는 편이 효율적이라고 생각해. 아무리 단련한다고 해도, 주위에 강한 인형 셋을 나란히 놓고 조종하는 편이 더 강할 테니까."

"그거, 도저히 용사의 전투 방식은 아니잖아."

리시아가 어이없다는 듯이 말했다. 안타깝지만 그 의견에는 동의할 수밖에 없었다.

원래 세계의 판타지 계통 직업으로 따지면 [인형술사], [꼭두각시 조종사] 정도가 타당하겠지. 그런 직업은 대부분 [중거리 지원 타입]이다. 용사가 지닌 [근/중거리 어태커 타입]의 인상과는 동떨어져 있었다.

"소마를 보고 있으면 내 안의 용사 이미지가 계속 무너지는데…….."

"하하하……. 안심해. 나도 그렇거든."

소환되고 약 한 달 동안 내정에만 몰두했고 앞으로도 몇 개월은 내정밖에 예정이 없는 나를 과연 용사라 부를 수 있을까. 아니, 부르지 못한다(강조).

그때, 갑자기 누군가 문을 두드렸다.

"실례합니다."

그리 말하고는 머리를 숙이며 들어온 사람은, 이 성 안의 메이드를 총괄하는 메이드장이자 리시아 전속 메이드이기도 한 세리나였다. 리시아보다 다섯 살 정도 연상이고 이지적인 미인이었다. 외모 그대로 무척 우수해서, 그야말로 유능한 여성이기도 했다.

세리나는 내 얼굴을 보고는 공손하게 머리를 숙였다.

"폐하, 하쿠야 님으로부터 '폰초 경을 비롯해 모두 모였습니다.' 라는 전언이 있었습니다."

"왔나! 목이 빠지게 기다렸다고!"

나는 기세 좋게 일어나서는 리시아의 손을 잡았다.

"가자, 리시아!"

"어, 뭔데?!"

갑자기 손을 잡자 리시아는 얼굴을 붉게 물들였다.

"어머, 공주님도 참. 손을 잡은 정도로 새빨개지셔서는……. 그렇게나 숫기가 없으셔서야 폐하의 밤 상대를 잘 해낼 수 있을까요?"

"세리나?! 갑자기 무슨 소릴 하는 거야?!"

"빨리 아이를 안겨 주세요. 아이를 어떻게 만드는지 알고 계시죠?"

"정말이지! 번번이 날 놀려댄다니까!"

……그러나, 세리나는 메이드로서는 우수하지만 리시아 같은 귀여운 여자애 한정으로 S 기질을 발휘하는 나쁜 버릇이 있었다. 주인인 리시아 상대라도 개의치 않았다. 뭐, 그러는 게

허용될 정도로 두 사람은 서로를 신뢰한다는 거겠지. S의 창끝이 이쪽으로 향하지만 않으면 그녀는 무척 유능한 인재였다.

"그럼 다녀오겠습니다."

"어, 잠깐, 소마."

"다녀오십시오."

방을 나서는 우리를, 세리나 씨는 꾸벅 인사를 하며 배웅했다.

도중에 아이샤를 주워서 회의실에 도착하자 이미 소집한 전원이 모여 있었다.

방 중앙에 설치된 원탁에는 재상인 하쿠야, 의붓동생인 토모에, 로렐라이인 주나 씨, 그리고 폰초 이시즈카 파나코타가 앉아 있었다. 지금은 다른 것으로 바쁜 근위기사단장 루드윈과, 하쿠야에게 재상 자리를 물려주고 지금은 시중으로서 왕성 안의 일을 책임지고 있는 마르크스를 제외하면 인재 모집 당시의 멤버가 모두 모인 것이었다.

"폐하."

"앉아 있어. 호출한 건 내 쪽이니까."

다들 일어서려고 해서 손을 들어 제지하고 우리도 자리에 앉았다. 다만 아이샤만은 여차할 때 바로 움직일 수 있도록 한다며 내 뒤에서 대기했다. 솔직히 신경이 쓰여 참을 수가 없었기에 자리에 앉으라고 그랬지만 완고하게 내 말을 들어주지 않았다. 주인의 명령에는 따르는 거 아니었나? ……뭐, 그건 일단 제쳐 놓고.

"다들, 잘 와 주었어. 진심으로 감사를 표하지."

"아아닙니다! 다다당치도 않습니다!"

"폐하, 그리 간단히 머리를 숙이지는 마시길."

당황한 폰초 옆에서 하쿠야가 떨떠름한 표정을 짓고 있었다.

"위에 서는 자가 스스로를 낮춘다면 폐하를 가벼이 보는 자가
나올지도 모릅니다."

"거만하게 굴어야만 지킬 수 있는 위엄 같은 건 필요 없어. 게
다가 여기에 있는 여러분은 가신이나 국민이라기보다는 동료
라고 생각하니까 말이야."

"과분한 말씀이십니다. 폐하."

주나 씨가 온화하게 머리를 숙였다. 주나 씨의 이런 동작은 정
말로 그림이 되는구나. 반대로 토모에는 너무 긴장한 탓에 뻣뻣
해졌다.

그때 입고 있던 옷은 너덜너덜했지만, 지금은 미니스커트 무
녀복 같은 요랑족의 전통복장을 입고 있었다.

"저, 저도 폐하의 동료, 인가요?"

"아니, 토모에는 내 의붓동생이잖아."

"아, 그랬죠."

"응. 그러니까 나를 폐하가 아니라 [소마 오빠]라고 불러줘."

"아, 치사해! 그럼 나는 [언니]라고 불러!"

"저기……. (올려다보는 시선으로) 소마 오빠. 리시아 언니."

""좋구나!""

귀여운 토모에의 행동에 나와 리시아는 주먹을 불끈 쥐었지만,

철썩! 철썩!

종이부채가 내 머리를 두들겼다. 휘두른 사람은 하쿠야였다.

"두 분이 그러시면 이야기가 진행이 안 되니 적당히 해 주십시오."

""죄송합니다…….""

진심으로 사죄하는 우리. 참고로 이 종이부채는 하쿠야가 재상으로 취임할 때 [내 행동을 차마 묵과할 수 없다면 사양 말고 이걸로 머리를 때려라.]라며 준 것이었다. 어째 영 딱딱한 하쿠야를 누그러뜨리려고 살짝 농담처럼 꺼낸 이야기였는데, 역시나 (마르크스가 이르길) 엘프리덴 역사상 유례를 찾아볼 수 없을 정도의 인재답게 종이부채를 멋들어지게 소화해 냈다.

"왕의 머리를 가신이 후려치는 건 위엄을 생각하면 좀 어떠려나?"

"저도 무척 괴롭습니다만 이것도 '왕명' 이기에."

하쿠야는 시원스러운 표정으로 태연하게 말해 버렸다.

"그보다도 폐하. 이번 소집의 의미를 모두에게 설명하셔야."

"아, 그랬지……. 폰초."

"아, 예잇!"

갑자기 자신에게 이야기가 돌아오자 뚱뚱한 폰초가 의자를 쓰러뜨릴 기세로 일어섰다. 둥글둥글한 몸매는 여전하지만, 지난번 알현 당시와 비교하면 전체적으로 햇볕에 탄 모습이었다.

"부탁한 건 준비되었나?"

"아, 예! 폐하께서 협력해 주시기도 했기에, 8년에 걸쳐서 돌았던 장소를 2주일 정도 만에 돌 수 있었습니다."

"협력이라니…… 뭔가 했어?"

리시아가 의아하다는 시선을 보냈다.

"각국에 이야기를 해 둔 거랑, 이동수단으로 왕가가 소유한 행차용 와이번을 빌려줬어."

행차용 와이번은 국왕이 외유를 할 때에 사용되는, 금군에는 몇 마리밖에 없는 와이번들이었다. 폰초의 용무는 고속 이동 수단이 없으면 도저히 불가능했기에 그 와이번을 빌려준 것이었다. 와이번 대부분은 공군이 소유하고 있는데, 대장인 카스토르가 협조적이지 않은 상황에서는 빌려달라고 요청해 봐야 소용없을 테니까 말이다. ……정말로 귀찮네.

"자, 그럼 폰초, 모아온 걸 보여 주실까."

"아, 예! 이 중에 폐하께서 주문하신 [이 나라에서 먹지 않는 식재료]가 들어 있습니다. 예!"

그리 말하며 폰초는 커다란 주머니를 꺼냈다.

그 주머니를 보고 리시아가 눈을 크게 떴다.

"그거, 왕가의 보물 [용사의 천주머니]잖아!"

"그래. 겉보기와 달리 대량의 물건이 들어가는 데다가 넣은 음식물이 잘 썩지 않는다는 편리한 주머니라는 모양이니까 말이지. 식재료 수집에 딱 좋겠다 싶어서 빌려줬어."

"그렇다고…… 아, 이제 됐어."

리시아는 포기했다는 듯 어깨를 떨어뜨렸다.

"그래서 뭐? 먹지 않는 식재료?"

"정확하게는 [타국이나 자국의 일부 지방에서는 먹는데, 이 나라에서는 일반적으로 먹지 않는 식재료]겠네."

장소가 다르면 풍속도 다르고, 사람이 다르면 취향도 다르다.

다른 곳에서는 먹을 수 없다고 여겨 버려지는 것이 어느 지방에서는 진미로 여겨지더라는 이야기는 자주 들을 수 있다. 일본에서도 지방으로 가면 "어, 그런 걸 먹어?!"라고 놀라는 경우가 많이 있다. 그야말로 *현○ SHOW 같은 방송이 만들어질 만큼.

"지금 우리 나라에서는 목화나 차, 담배 같은 상품 작물을 식용 작물로 바꿔 심는 과정을 진행 중이야. 하지만 그 효과가 나오려면 적어도 가을은 지나야 해. 그때까지 국민이 굶주리지 않도록 하기 위해서라도 즉효성 있는 대책이 필요하지."

식량 문제를 근본적으로 해결하려면 장기간에 걸쳐 공을 들인 개혁이 필요하다.

그러나 그러는 동안에도 굶주리는 자는 나올 테니 이대로라면 아사자가 발생할 우려가 있었다. 게다가 가장 먼저 죽는 자들은 생명력이 약하면서 영양을 가장 필요로 하는 영유아들이다. 어린이는 나라의 보물. 아사하게 만들 수는 없다. 그렇다고 해서 나라 안의 굶주리는 자들에게 식량을 전달하려고 해도, 나라의 지원만으로는 감당할 수 없는 부분이 있다. 그렇기에 중장기적인 전략과 동시에 단기적이고 즉효성이 있는 대책이 필요해지는 것이다.

---

* 일본의 TV 프로그램 [비밀의 현민 SHOW]. 일본 여러 지방의 특색 있는 음식, 문화 등을 소개하는 방송이다.

"그게 먹는 습관이 없는 식재료?"

"다른 나라에서는 먹을 수 있는데 이 나라에는 먹는 습관이 없다. 그런 식재료를 먹는 습관을 들인다면 그만큼 덜 굶주리게 돼. 단순하게 먹을 게 늘어나는 거니까 말이지."

"그렇게 편리한 게 있어?"

"그걸 확인하려는 거야. ……자, 그럼 장소를 이동할까."

"이동? 어디로?"

고개를 갸웃거리는 리시아를 보고 나는 웃으며 말했다.

"식재료로 쓸 수 있는지 판별하는 거야. 그렇다면 당연히 식당이지."

"저기, 소마. 식당을 사용한다는 건 알겠는데……. 사람이 너무 많지 않아?"

리시아의 지적대로, 현재 식당은 평소와 달리 떠들썩했다.

성 안에서 일하는 위사나 메이드들이(최근에는 국왕도) 이용하는 식당에는, 대인원이 문제없이 식사할 수 있도록 30개 이상의 긴 테이블이 설치되어 있었다. 그러나 현재는 긴 테이블을 하나만 남겨놓고 전부 철거해서 넓은 공간을 확보했다. 그럼에도 불구하고 현재 식당은 사람이나 기자재로 가득해서 자유로이 쓸 수 있는 공간은 긴 테이블 주위의 일부밖에 없었다.

그중에서도 방에 떠 있는 커다란 수정구슬이 분위기를 압박했다.

"또 [국왕 방송]을 쓸 거야?"

"이런 편리한 걸 선전 포고 낭독 같은 데에만 쓰다니 너무 아깝잖아. 계속 활용해야지."

이 국왕 방송은 실제로 텔레비전 같은 물건이었다. 국민에게 가장 빨리 중요한 정보를 발언할 수 있고, 오락 프로그램을 방송하면 국민의 지지도 얻을 수 있겠지. 단점은 녹화 기술이 없으니 항상 생방송이라는 거랑, 영상은 커다란 마을 이상이 아니면 볼 수가 없다(음성만이라면 어떤 시골 마을에서도 들을 수 있다나)는 사실일까. 이것만큼은 기술(마법?)의 진보를 기다릴 수밖에 없겠지.

참고로 그 오락 프로그램 말인데, 우선은 '노래 자랑' 부터 시작해 볼까 생각 중이었다. 이미 주나 씨가 일하고 있는 라이브 카페를 통해서, 앞서 인재를 모을 때 '노래의 재능'으로 모인 사람들에게 제안하여 가수나 아이돌로 데뷔시킬 준비를 진행하고 있었다.

엘프리덴 첫 공공 방송인가……. 이래저래 꿈이 커지는구나.

"뭘 싱글거리고 있어. 기분 나쁘다고?"

아직 떡은 되지도 않았는데 김칫국부터 마시는 미래를 상상하고 있었더니 리시아가 싸늘한 눈빛으로 나를 쳐다봤다.

"어흠. ……이번 기획은 이 나라에선 먹는 습관이 없는 걸, 먹는 습관을 들일 수 있도록 한다는 취지니까 말이지. 국민에게 홍보도 동시에 하는 편이 효율적이겠지. 그걸 위해서 군이 아름다운 여성도 참가하게 했으니까."

"주나 씨 말이야?"

"리시아 너도. 게다가 아이샤나 토모에도 말이지. 시청률을 잡는 ABC는 애니멀, 뷰티, 차일드라고 그러니까 정통파 미소녀인 리시아, 소녀이면서도 어른의 매력을 가진 주나 씨, 갈색 피부가 건강한 이미지를 주는 아이샤, 동물 귀이고 미인이고 차일드이기도 한 토모에. 이만한 인재가 모여 있으니까 국민의 시선은 못 박힐 거야."

"나, 나도……."

리시아는 얼굴을 새빨갛게 물들였다. 다른 세 사람은 어떠냐면,

"영광입니다, 폐하."

"예! 폐하의 기대에 걸맞도록 정진하겠습니다."

"예! 여, 열심히 할게요."

각자 의욕을 내비쳤다. 그러는 동안에도 하쿠야는 방송 준비를 척척 진행했고, 폰초는 허둥지둥하면서도 식재료를 확인했다. 이렇게 보니 참으로 좋은 인재가 모였다고 느꼈다. 물론 아직 더 있었으면 좋겠지만.

나는 모두를 향해 명령을 내렸다.

"그럼, 온 에어, 시작할까?"

그날, 엘프리덴 왕국의 모든 도시는 사람으로 붐볐다.

요전에 인재 모집으로 나라 안을 떠들썩하게 만들었던 젊은

왕이 국왕 방송을 사용해서 또 무언가를 하려는 모양이라는 게 화제가 되어, 사람들이 도시의 분수 광장(국왕 방송을 비추기 위해서 공중에 안개를 뿌리는 장치는 대부분 중앙 광장의 분수에 설치되어 있다.)으로 몰려들었다.

음성밖에 받을 수 없는 마을의 사람 등이 영상을 보려고 일부러 근처 도시까지 구경을 나왔기에 더더욱 사람들이 모이고 만 것이었다.

본디 오락이라고 하면 곡예나 술집의 도박 정도밖에 없는 이 세계에서, 국왕 방송은 시민 사이에서 새로운 오락으로 점차 인지되고 있었다. 사람이 모이면 돈이 움직인다. 이미 각 도시의 광장에는 노점이 들어서서 다시금 축제 같은 분위기였다. 다들 분수 앞에 돗자리나 시트 따위를 깔고 앉아서 방송이 시작되는 것을 이제나저제나 하며 기다리는 중이었다.

"저기 저기, 국왕님, 또 뭔가 하는 거지."

"그러네ㅡ. 뭘 하려는지 모르겠지만."

혀 짧은 소리로 묻는 자그마한 여자아이를 향해 어머니가 미소를 지으며 대답했다.

"다들 즐거워하고 있구먼. 시대도 바뀌었나."

"정말로 그렇구먼. 우리 시대에는 국왕 방송을 즐긴다는 생각도 못했는데 말이지."

국왕 방송이 다른 나라에 대한 선전 포고 발표나 '군이 공표하는 범위 내에서의 전황 발표'에만 사용되었던 전전대 국왕 시절을 아는 노인들은 가만히 눈을 감고 있었다.

그 시절, 이 나라의 영토는 두 배 가까이 넓었지만 인구는 반대로 절반 가까이 적었었다. 국왕 방송에서 흘러나오던 것은 "~의 전투에서 승리했다."라든지 "~의 용맹한 죽음을 뛰어넘어 계속 싸워야만 한다!" 같은 것들뿐이었다. 일정 이상 연령의 사람들은 국왕 방송에 그런 '죽음'의 이미지를 가지고 있었다.

"모쪼록 새로운 국왕이, 젊은이들이 그런 이미지를 품게 만들지 않는 사람이기를[와아아아아아아아아아아아아아아아아아아아아아아아아아아아!]

노인의 작은 속삭임은 들끓는 소란에 지워졌다.

공중에 비친 것은 정장으로 몸을 감싼 두 남녀였다.

[엘프리덴 왕국의 국민 여러분, 안녕하세요.]

[아, 안녕하세요.]

[파르남 성에서 정보를 전해드리는 이 방송, '국왕 폐하의 브릴리언트한 런치', 줄여서 '폐하의 브런치'입니다. 저, 주나 도마와.]

[포, 폰초 이시즈카 파나코타가 보내드립니다, 예!]

[……폰초 씨, 그렇게 긴장할 것까지는.]

[아, 아무래도 이런 일에 익숙하지 않아서요……. 주나 경은 실로 당당하게 잘하시는군요. 부럽습니다, 예.]

[저는 자주 손님들 앞에서 노래를 부르니까요. 파르남에 들르실 때에는 라이브 카페 '로렐라이'에 들러 주세요.]

[노골적인 선전은 하지 마세요!]

아하하하하하하!

장난기 있는 미인과 허둥지둥하는 뚱뚱한 남자의 조합은 분수 광장에 있는 사람들의 웃음을 이끌어냈다.

[자, 그럼 이번 방송의 취지에 대해서 이분께 설명을 부탁드리죠.]

[에, 엘프리덴 제14대 국왕(잠정)이신 소마 카즈야 폐하이십니다, 예!]

오오오, 광장이 술렁였다.

비치는 것은 인재 모집 때에 본 젊은 국왕이었다.

[나는 아직 대관식 전이니까 엄밀하게는 왕이 아니지만……. 아, 안녕하신가. 현재 국왕 대리를 맡은 소마 카즈야다. 갑작스럽지만, 이 나라의 현재 상황에 대해서 들어줬으면 한다.]

그다지 국왕답지 않은데, 누군가가 그리 말했다. 저런 태도여서야 그리 여겨져도 어쩔 수 없으리라. 그런 사실 따윈 신경도 쓰지 않고, 소마는 준비된 보드 앞에서 이 나라의 현재 상황을 그림이나 표 등을 섞어 설명했다. 특히 식량난의 원인에 대해서는 더욱 신경을 썼다.

[……이렇듯이 늘어난 수요에 따라 만들면 팔린다는 상황이 발생해서, 농가가 식품 작물 재배에서 목화 재배로 전환한 것이 이번 식량난의 원인이다. 물론 이건 농가만의 책임이 아니라 상품으로 팔기 위해서 강요한 상인에게도, 그 은혜를 받은 군인에게도, 또한 이 문제를 간과했던 왕가에게도 책임이 있지. 면목

없군.]

그리 말하며 소마는 머리를 숙였다. 왕이 신민을 향해 머리를 숙이다니 전대미문의 일이었다. 이 사태는 소마의 정치 때문에 벌어진 일도 아닌데.

[현재 우리 나라에서는 상품 작물에서 식품 작물로의 전환이 이루어지고 있지만, 실제로 성과는 가을이 지나서나 나오겠지. 타국으로부터 식료품을 수입하는 것도 검토하고 있지만 이쪽도 여의치 않은 상황이야. 주요 수출 상품이었던 목화를 대신한 물품이 없어서 외화를 얻을 수 없다는 것이 하나. 또 하나는 어느 나라든 비슷한 상황이라는 점이다. 없는 걸 바라 봐야 소용없지.]

소마 왕의 말은 국민을 낙담시키기에 충분한 것이었다.

그러나 바로 그 국민들은 그 이상으로, 소마 왕이 이 정도를 국민에게 공개했다는 사실에 놀랐다. 보통 위에 서는 자는 자신이 지닌 정보를 아랫것들에게 개시하지 않는다. 그 정도에 자신의 실수가 포함된 경우도 있고, 애당초 아랫것들에게 국정을 논의해 봐야 알아들을 리가 없다는 의식도 있었다. 실제로 현재 왕의 설명은, 일본으로 치자면 중학생 정도라면 이해할 수 있는 내용이었지만 국민들의 이해율은 고작 3할 정도였다.

하지만 이 젊은 왕은 그 사실을 공개했다. 학식이 있는 자일수록 놀랐을 것이다. 왜 권위의 실추로 이어질 나라의 실수를 국민에게 드러내는 짓을 하느냐고.

[저, 저기~, 그걸 국민들에게 말해 버려도 괜찮나요?]

폰초가 머뭇머뭇 국민의 목소리를 대변했다.

그러나 소마는 표정 하나 바꾸지 않았다.

[사람은 감출수록 의심하니까. 외교에 대해서는 숨겨야만 하는 일도 있을 테지만, 반면에 내정에 대해서는 앞으로도 계속 개시한다는 방침이다. 나는 말이야, 국민이 머리를 써 주었으면 해. 이 나라를 어떻게 해야 할지, 내 정책은 올바른지 함께 생각했으면 좋겠어.]

"이런 왕은 처음이야……."

누군가가 중얼거렸다.

국민도 정치를 생각해 줬으면 한다는 군주는 전대미문이었다. 일단 이 나라에도 국민의 의사를 표명하기 위한 [국민 의회]는 있지만, 그것은 단적으로 말하면 '국민으로부터 왕께 탄원할 내용을 정하기 위한 의회'였다. 채용하든 안 하든 왕 마음대로이고, 내용 역시도 'ㅇㅇ의 급등한 가격 시정 요구'나 "공공 사업 요청 '정도였다. 신문고 정도의 효과는 있을지도 모르지만, 정치 결정을 논의할 수 있을 법한 장소는 아니었다.

애당초 이 나라에는 아직 봉건 체재가 뿌리 깊었다. 간단히 말하자면 이 나라의 정치 체계는 [아랫사람은 윗사람에게 납세를 한다. 윗사람은 아랫사람의 생명과 재산을 보호한다.] 이것뿐이었다. 시민은 영주에게 납세를 하고, 영주는 시민의 생명과 재산을 보장한다. 영주(귀족)가 국왕에게 납세 및 유사시의 군역 같은 의무를 다하는 대신에 왕은 영주의 생명과 재산을 보장한다. 완전한 계층 사회. 위가 썩으면 모두 썩어 버릴 위험이 있지만, 반대로 생각할 경우 위만 제대로라면 국민은 국정에 대해서 생각할 필요가 없이 자신들의 일만 생각하면 되는 마음 편한 정치 체제라고도 할 수 있으리라.

그러나 이 젊은 왕은 국민에게 머리를 쓸 것을 요구했다. 자신이 진행하는 정책에 대해서 함께 생각했으면 한다고. 아직 국민이 정치에 참가할 방법이 제시된 것은 아니었다. 게다가 지금 그런 권리가 주어진다고 해도, 배움이 없는 국민으로서는 중우정치에 빠질 것이 불을 보듯 뻔했다.

그러나 그럼에도, 확실하게 씨는 뿌려졌다.

"앞으로 이 나라는 변해가겠구나……."

"그 변화를 볼 수 있는 젊은이들이 부러워."

"뭐, 우리도 아직 한창이야."

젊은 왕의 모습을 보며 노인들은 눈부시다는 듯 눈을 살짝 가늘게 만들었다.

그런 사실 따위는 알지도 못하고, 소마는 설명을 계속했다.

[이렇듯이 문제가 근본적으로 해결될 때까지는 가을을 기다려야만 해. 물론 우리도 지원할 생각이기는 하지만, 모든 국민에게 골고루 베풀기에는 물량면으로도 지리적으로도 힘겨울 거야. 평지에 사는 사람만 있는 게 아니니까.]

이 나라는 다수의 종족이 함께하는 국가였다.

숲속에 사는 다크 엘프족, 산처럼 높은 곳에 사는 것을 좋아하는 드래고뉴트, 지하 동굴에 사는 드워프족 등 보급선이 닿지 않는 장소에 사는 자들에게 지원 물자를 전하는 것은 어려웠다.

또한 깊은 산속의 작은 마을에 사는 사람들도 마찬가지였다.

[그렇기에 국민들에게 부탁한다, 아니 정확하게는 명령한다.]

소마는 그 부분에서 잠시 말을 끊었다.

그리고 한숨을 돌린 다음, 단호하게 잘라 말했다.

[가을이 올 때까지, 모두 살아남아라.]

젊은 왕의 입에서 나온 말에 국민들은 숨을 삼켰다.

말의 의미는 단순했다. 그러나 그 말의 진의는 헤아릴 수 없었다.

[우리에게 어찌할 방도가 없는 이상, 각자가 살아남기 위해서 노력할 필요가 있다. 산으로 들어가서, 강으로 들어가서, 바다로 들어가서 식재료를 찾고 서로 협력하며, 때로는 누군가에게 머리를 숙이고 굴욕을 당할지라도 가을이 올 때까지 모두 살아남기를 바란다.]

책임 회피로도 들리는 말이었다. 괴로워하는 이들을 상대로 알아서 노력하라고 말하는 것이니까. 그러나 스스로 노력하지 않으면 살아남을 수 없다는 것 또한 사실이었다.

젊은 왕은 그저 진지하게 머리를 숙였다.

[부탁한다. 모두, 라는 건 아무도 빠지지 말라는 의미다. 괴롭다고 해서 다른 사람을 습격하지 말고, 식솔을 줄이려고 들지 말고, 노부모를 내버리지 말고, 가족 모두가 함께 결실의 가을을 맞이했으면 한다. 이번 방송은 조금이라도 그에 도움이 되고자 기획한 것이다.]

소마는 이번 방송의 기획 취지를 설명했다. 식량 문제가 해결될 때까지 시간을 벌기 위하여, 이 나라에서는 먹는 습관이 없는 식재료 소개와 조리법을 공개하는 것. 그런 식재료들은 염가(자생하고 있다면 공짜)로 손에 들어온다는 것. 그리고 그 식재료들을 이 자리에서 직접 먹어서 식량이 된다는 것을 증명하는 것 등이었다.

조금 전의 책임 회피로도 들리는 발언에 분개했던 국민들도, 소마의 설명을 듣는 사이에 분노는 눈 녹듯이 사라졌다. 이 왕은 우리를 제대로 생각해 준다. 그리 실감했기 때문이었다.

[⋯⋯그런 이야기다. 그럼 사회는 폰초와 주나 씨에게 다시 넘기지.]

한바탕 설명을 마치고 소마는 자신의 자리로 돌아갔다.

소마는 전혀 몰랐지만, 이때 왕국의 광장들에서는 박수가 터져 나왔다. 소마의 말에 감명을 받은 국민들에게서 자연스럽게 시작된 박수였다. 소마는 자신도 모르는 사이에 그들에게 왕으로 인지되기 시작했다.

영상에서는 주나와 폰초가 다시 사회를 이어받았다.

[그럼 바로 시작하죠. 폰초 씨, 첫 식재료는 뭔가요?]

[아, 예! 첫 식재료는 바로 이것입니다!]

그리고 폰초는 천으로 덮어둔 상자를 가져와서는 소마, 리시아, 아이샤, 토모에가 게스트처럼 나란히 앉은 테이블에 내려놓았다.

커다란 수조 정도는 될 법한 상자였다.

잠깐 뜸을 들이고, 폰초는 그 천을 걷었다.

◇ ◇ ◇

장소는 바뀌어 생방송 중인 파르남 성 안 식당.

"윽……."

"꺄아아아아아아아아아아!"

"잠깐, 뭐야?!"

테이블 위에 나타난 것을 보고 아이샤, 토모에, 리시아가 각양각색의 비명을 질렀다. 반대로 나와 주나 씨는 그것 보고 "뭐야―."라고 생각했다.

"문어잖아."

"문어네요."

눈앞의 상자 안에 있던 것.

그것은 다리 여덟 개를 꿈틀꿈틀 움직이는 연체동물, 아시다시피 [문어]였다.

이 세계의 생물은 소나 돼지마저 갑각을 가지고 있다든지 판타지 느낌으로 데포르메된 것이 많은 가운데, 이것은 (다소 크지만) 그야말로 문어였다. 뭐, 판타지 세계에도 [대왕문어] 같은 건 평범하게 나오니까 있을 법한가.

참고로 이 나라에서는 [문어]는 [오카토]라고 부르는 모양이지만, 헷갈리니까 문어라고 해도 되겠지. 의문의 번역 능력으로 내 귀에는 [문어]라고 들리니까.

"어, 이 나라에서는 문어를 안 먹나?"

"안 먹어! 오히려 소마는 저렇게 기분 나쁜 걸 먹은 적이 있다는 거야?!"

리시아는 믿을 수 없는 것을 보는 듯한 시선으로 나를 쳐다봤다.

아니, 문어라고? 어째 납득이 안 간다.

"뭐, 모양새가 이렇다보니 먹는 건 바닷가의 일부 지역 정도 겠죠. 제 고향에서는 먹고 있지만요."

주나 씨가 온화하게 그리 설명해 주었다. 뭐, 지구에서도 유럽의 나라들(이탈리아나 스페인 등은 제외)에서는 '데빌 피시' 같은 식으로 부르면서 먹지 않는 나라도 있으니까 어쩔 수 없으⋯⋯려나.

"맛있는데 말이지."

"그, 그런가요?"

맛있다는 말에 아이샤가 반응했다. 호위도 겸하여 함께 식사를 하게 되고 알았는데, 이 사람은 상당한 먹보였다. 특히 단 것 (왕이나 메이드에게 나누어주고 있는 헌상품 과자 등)에는 사족을 못 써서, "어떻게 그만큼 먹고도 저런 몸매야⋯⋯."라며 메이드들이 질투를 할 정도로 잔뜩 먹어댔다.

"그래. 생으로 먹는 건 호불호가 갈리겠지만, 소금으로 주물 러서 점액을 닦아내고 삶는 것만으로도 무척 맛있어. 볶아도 구 워도, 그리고 넣어서 밥을 해도 맛있는데."

"⋯⋯⋯⋯⋯."

"아이샤. 침 흘려, 침."

"이런⋯⋯. 죄송합니다."

"정말이지, 게다가 고단백 저칼로리니까 다이어트에도 좋아."

"고단? 흠, 잘은 모르겠지만 다이어트라고 그러니까 조금 흥미가……."

다이어트라는 말에 이번에는 리시아가 반응했다. 오히려 리시아는 조금 더 살집이 있는 편이 좋을 것 같은데. 군에 있어서 그런지 상당히 슬렌더하니.

"걱정할 필요는 없을 것 같은데?"

"소마……. 체중을 신경 쓰지 않게 되었을 때, 여자는 더 이상 여자가 아니야."

먼 곳을 보며 리시아가 타이르듯 말했다. 주나 씨랑 토모에도 연신 고개를 끄덕이는 걸 보면 그런 거겠지. 아이샤만은 '그런 것보다 밥이 먹고 싶다.'는 표정이었지만…….

"그러네……. 일단 요리해볼까."

식당에 병설된 조리실로 이동해서는 문어 요리를 시작했다.

성에서 일하는 요리사들이 "분부만 하신다면 저희가 할 텐데……."라고 그랬지만, 요리는 좋아하니까 내가 하기로 했다. 우선 문어를 큰 보울에 넣고 식칼로 내장, 먹물주머니, 눈알을 잘라냈다. (이때 여성진 쪽에서 "으아……."라는 탄성이 들린 것 같았다.) 그리고 소금으로 주물러서 표면의 점액을 굳힌 다음에 물로 깨끗이 씻어냈다. 뻘이 들어 있는 경우도 있는 터라 빨판 안도 꼼꼼히 씻어냈다.

그리고 물을 끓인 냄비에 다리 끝부터 넣으니 동그랗게 말려서 자못(실제로도 문어지만) 문어다운 형태로 익었다. 황토색이었던 표면이 붉은색으로 바뀌는 것을 확인하고 끄집어내면 훌륭한 '삶은 문어' 완성. 조금 식힌 뒤에 다리를 한 입 크기로 잘랐다. 이대로도 맛있을 것 같았다.

"됐어, 먹어 봐."

"잠깐만?!"

아무런 주저도 없이 씹어 먹기 시작한 나를 보고 여성진은 놀랐다. 한 조각을 덥석 입안에 넣었는데, 음, 틀림없는 문어의 맛이었다. 어렴풋이 소금기가 돌아서 맛있었다. 맛있기는 한데, 이 세계에는 아직 간장이 없는 게 애석하구나!

"……정말로 먹을 수 있는 거야?"

"뭐야, 리시아. 먹어보면 되잖아?"

"아니, 그게……. 아직 마음의 준비가…….."

"그런가요? 맛있는데요."

망설이는 리시아를 제쳐놓고 주나 씨도 한 조각 덥석.

"아아, 치사합니다 주나 경! 그럼 저도!"

그걸 보고 아이샤도 왕창 덥석, 아니 잠깐! 분리한 머리 부분을 그대로 베어 먹지 마! 식탐이 대체 어떤 지경인 거야, 이 다크 엘프!

"호오! 오독오독해서 꽤 맛있군요!"

"……그런가."

……음, 마음을 다시 다잡고. 나는 한입 크기로 자른 문어에 밀가루와 달걀, 빵가루를 묻히고 대충 세 개 정도씩 꼬치에 꿰었다. 그걸 기름을 데운 냄비 안에 꼬치와 함께 통째로 투입. 튀김옷이 옅은 갈색이 될 때까지 바삭하게 튀겼다. 냄비에서 꺼낸

완성품에 이 세계에도 있는 진한 소스와, 노른자랑 식초 등을 섞어서 직접 만든 마요네즈를 끼얹으면 완성이다.

"[문어 꼬치 튀김]……이라고 할까. 자, 먹어 봐."

모두에게 하나씩 건넸다.

리시아와 토모에는 흠칫거리며 입으로 옮겼다.

그러나 입에 넣은 순간,

"?! 이거 뭐야, 맛있어!"

"정말로……. 무척 맛있어요, 오라버니."

그 맛에 눈을 크게 떴다. 좋아, 마음속으로 주먹을 번쩍 들었다.

"정말로 맛있군요. 바삭한 튀김옷 안에서 나타난 문어가 굉장히 촉촉해요."

"저, 정말 그렇군요! 문어가 소스와 이렇게나 잘 어울릴 줄은 저도 몰랐습니다!"

"이 하얀 소스도 문어와 잘 맞네요. 훌륭합니다, 폐하."

"폐, 폐하께서는 요리도 하실 줄 아시는군요! 놀랐습니다, 예."

맛집 리포터 같은 소리를 하는 것은 주나 씨와 폰초였다. 둘 다 문어를 먹은 적이 있었기에 찬찬히 맛을 볼 여유가 있는 모양이었다. 참고로 아이샤는 "으적으적으적으적……." 그저 텅 빈 꼬치를 양산하고 있었다.

……이제는 아무런 말도 못 하겠다.

[정말로 맛있군요. 바삭한 튀김옷 안에서 나타난 문어가 굉장히 촉촉해요.]

"……저기, 아빠?"
"음. 문어라면 오늘 그물에 잔뜩 걸렸지."
"정말?! 먹어 보고 싶어!"
"그렇구나. 평소라면 버릴 테지만, 한 번 먹어 볼까."
바닷가 마을에서는 그런 대화가 오가고 있었다나.

"다음 식재료는 이겁니다."
문어 꼬치 튀김을 호평 속에 모두 먹고 자리로 돌아온 우리 앞에서 폰초가 새로 준비한 상자를 열었다. 그 안에 있던 흙이 묻은 갈색의 가늘고 긴 식재료를 보고,
"이건……, '뿌리'?"
"뿌리, 라고 생각합니다만…….."
"별로 맛있을 것 같지 않네요……. 정말로 먹을 수 있나요?"
리시아, 쥬나 씨, 토모가 머리 위에 물음표를 띄웠다. 반면에 나와 아이샤는 전혀 놀라지 않았다.
"뭐야, 우엉인가."
"우엉이로군요."
뭐, 서양에서는 우엉 요리는 신기한 음식의 분류에 들어간다

고 하니 먹지 않는 것도 이상하지는 않겠지만, 서양풍으로 보이는 아이샤가 알고 있었다는 사실에는 놀랐다.

"숲에서는 먹을 수 있는 건 전부 먹어야지, 안 그러면 금세 영양이 부족해질 테니까요."

아이샤가 어쩐지 먼 곳을 보고 있었다. 이런 식량 사정이 굶주린 다크 엘프를 만들었을지도 모르겠다.

"여기서 소개한다는 건, 먹을 수 있다는 이야기지?"

확인을 하는 리시아를 향해 나는 고개를 끄덕였다.

"먹을 수 있어. 식재료 자체의 맛을 즐긴다기보다는 끓여서 국물의 맛을 낸다든지 식감을 즐기는 느낌일까. 대부분이 식이 섬유라서 위장에 흡수가 되지는 않지만 장을 안정시키고 활동을 도와줘. 변비 기미가 있는 사람한테는 든든한 동료지."

"……식사 중에 그런 이야기는 하지 말아줬으면 좋겠는데."

"몸의 노폐물을 더 잘 배출하게 해 준다는 거야. 당연히 미용이나 건강에도 좋아."

"으으. 그렇게 말하니까 매력적이긴 한데……."

자, 그럼 리시아를 설득한 참에 시식을 진행할까.

이번에는 심플하게 가자.

흙을 식칼 뒷면으로 걷어내고 엇비스듬히 자른 우엉에 녹말가루를 묻혀서는 조금 전에 사용했던 기름 냄비 안으로 투입. 적당히 튀겨진 참에 꺼내어 둘로 나누어서는, 한쪽에는 소금을 뿌리고 다른 한쪽에는 설탕을 뿌리면 [우엉 칩스(감자칩&러스크 풍)] 완성이다. 이걸 먹은 모두의 반응을 말하자면,

"호오, 아삭아삭해서 맛있네."

"이건⋯⋯. 참으로 맥주와 어울릴 것 같네요."

소금기가 도는 쪽을 먹은 리시아와 폰초는, 스낵 감각으로 바삭바삭하게 즐기고 있었다.

"한입 깨물면 나오는 기름에 설탕이 녹아서, 달콤함이 입 안으로 확 퍼지네요."

"어머님 두 분께도 권해드리고 싶어요."

설탕을 뿌린 쪽을 먹은 주나 씨와 토모에는 각자, 제대로 된 코멘터리를 하거나 어린이다운 느낌 만점인 코멘트를 꺼냈다. ⋯⋯참고로 아이샤는,

"양쪽 모두 먹으면 달고 짜서 맛있군요!"

양쪽을 덥석덥석 먹고 있었다. 음, 뭐, 그렇게 먹을 수도 있겠네.

이어서 먹인 식재료는 [레드베어의 발(다시 말해 곰의 발)], [소드 타이거의 간(호랑이 간)], [샐러맨더 통구이(큰 장수도롱뇽 통구이)]가 나왔지만, 이건 소개만으로 그쳤다.

확실히 이 나라에서 먹는 습관이 없는 것이기는 했지만, 모험가라도 되지 않으면 획득할 수 없을 법한 진미는 그저 원한다고 손에 넣을 수 있는 것이 아니었다. 혹시 우연하게라도 손에 넣는다면 버리지 말고 먹도록 하세요, 정도의 인식이면 되겠지. 아무리 그래도 곰의 발을 어떻게 요리하는지는 나도 모르니까.

아, 참고로 식재료 선정 단계에서 [복어]나 [독버섯] 같이 독성

이 있는 건 제외했다. 제대로 조리하면 먹을 수 있다는 건 알지만, 굶주림에 지쳐 초보자가 손을 댔다가는 비참한 일이 벌어질 게 눈에 선했다. 뭐, 그 독이 있는 부분도 먹으려고 생각만 한다면 먹을 수 있는 모양이지만. 이시카와 현에는 [복어알집 절임]이 있고, 나가노 현에는 그 유명한 독버섯인 광대버섯을 먹는 지역도 있다나. ……사람의 식욕이란 굉장하구나.

이야기를 다시 되돌려서, 다음 식재료 말인데. 우리는 기겁을 했다.

"다음 식재료는 이겁니다, 예."

""""""이, 이건…….""""""

이번에는 모두 다 같이 눈을 번쩍 떴다.

폰초가 연 상자 안에 들어 있던 것은 청록색의 말랑말랑한 물체였다.

"이건……. 젤린이군."

근처 초원에 사는, 슬라임 모양의 연체생물, [젤린]이었다.

겉모습도 생태도 그야말로 RPG의 잔챙이 적이라는 느낌으로, 특징을 따지자면 여하튼 약하다. 잘라도 죽고 으깨도 죽는다. 들러붙은 생물(혹은 그 생물의 사체)에서 영양분을 흡수하여 살며 암수가 없고 분열하여 증식한다. 아마도 아메바 같은 단세포 생물이 그대로 거대화한 느낌이겠지.

어, 이걸 먹는 거야? 그보다도 먹을 수 있어?

그러자 아이샤가 어쩐지 고개를 갸웃거렸다.

"잠깐만 기다려 주시죠. 그 젤린은 죽은 건가요?"

"예. 이 젤린은 이미 처리해 뒀습니다."

"설마, 젤린에게 시체가 있다는 이야기는 들은 적이 없습니다."

"아, 그런가. 그러고 보니 이상하네."

리시아도 무언가를 깨달은 듯 동의했다. 나는 전혀 이야기를 파악할 수가 없었다.

"리시아, 그게 어쨌다는 거냐니깐?"

"그 말투는 뭐야……. 젤린은 약해. 표면의 얇은 막을 날붙이로 가르는 것만으로도 주르륵 체액이 흘러나와 버리거든. 곤봉 같은 걸로 때려서 으스러져도 마찬가지. 그리고 남는 것은 청록색 물웅덩이뿐이야."

"그런 건가?"

아이샤도 고개를 끄덕였다.

"예. 그러니까 이런 '깨끗한 형태의 시체로 남는 일' 따윈 있을 수 없습니다."

과연. 아이샤는 전사로서, 리시아는 군인으로서 젤린과 전투한 경험이 있으니까 위화감을 깨달았다는 건가.

"그래서, 그런 젤린이 어떻게 하면 이렇게 되지?"

"그건 말이지요, 살짝 요령이 있습니다. 이건 멀리 서쪽, 제국 안에 사는 작은 부족에게 배운 방법인데, 가느다란 막대기 같은 걸로 표면의 막이 깨지지 않을 정도의 타격을 줘서 안에 있는 핵을 파괴하는 겁니다. 그렇게 하면 젤린은 형태를 유지한 채로 숨이 끊어지죠. 이걸 현지에서는 [젤린 *이케지메]라고 합니다."

---

* 생선을 잡아서 다듬기 전에 먼저 척수 신경을 죽이는 행위.

이케지메라니, 이건 생선 손질이 아니라고……. 하지만 뭐, 과연. 역시 큰 단세포 생물이라는 인식은 틀리지 않은 모양이구나.

"그리고 핵이 파괴된 젤린의 체액은 시간이 지나면서 유동성을 잃고 서서히 굳어집니다."

"사후경직 같은 건가."

"예. 그대로 더욱 방치하면 체액은 기화하고 건어물처럼 되어버리는데, 사후 두 시간 정도 경과하여 어느 정도 고형화되었어도 아직 몸에 생기가 있을 때라면 조리가 가능합니다. 그게 이 상태입니다, 예."

으~음……. 조리가 가능하다는 건 알겠지만, 그거랑 먹을 수 있는지는 다른 문제 아닌가? 그러자 폰초는 식칼을 꺼내어 젤린을 세로로 자르기 시작했다.

"젤린은 이런 상태일 때, 세로 방향으로 식칼을 넣으면 몸이 무너지지 않고 자를 수 있게 됩니다. 젤린의 섬유는 세로 방향으로 되어 있어서 이러는 게 식감이 좋아집니다, 예."

폰초는 솜씨 좋게 채라도 치는 것처럼 젤린을 가늘게 잘랐다. 딱 우동 정도의 면 모양 물체가 완성되었다. 폰초는 그것을 물이 끓고 있는 냄비 안으로 투입했다.

"그리고 살짝 소금을 넣은 물에 삶으면 몸은 더욱 굳어집니다."

어쩐지 본격적으로 국수나 우동 같이 되었는데, 선명했던 청록색은 삶은 과정에서 점차 옅어지더니 이윽고 찻가루를 넣어 반죽한 국수 같은 색이 되었다.

그러자 폰초는 젤린을 삶고 있는 냄비에 말린 버섯이나 다시

마 등을 투입했다. 국물을 내면서 익히는 건가? 마지막으로 소금은 조금 더 뿌려서 간을 맞추더니, 국물과 함께 그릇에 담아서 한 사람씩 나눠주었다.

"드시죠. [젤린 우동]입니다."

"우, 우동이라고 그래 버렸잖아!"

"왜, 왜 그러십니까, 폐하."

"어, 아니, 아무것도 아냐."

내 귀에는 이 나라의 말이 일본어로 변환되어 들린다. '우동'도 아마도 변환되어서 그렇게 들리는 거겠지. 헷갈리네. 뭐, 그건 제쳐놓고, 우리 앞에 놓인 것은, 겉모습은 그야말로 칸사이 풍으로 국물이 투명한 우동(녹색)이었다.

*빨간 키○네랑, 녹색 젤린 ♪ 이라고 할까.

음……. 현실 도피를 할 때가 아니구나. 어, 정말로 꼭 먹어야 해?

주위를 둘러보니 다들 '먼지들 드시지요.' 라는 표정이었다. 아직 '그럼 내가 먹을게.' 라고 손도 안 들었는데요!

……뭐, 다른 사람들한테도 익숙지 않을 걸 먹였으니.

나만 도망칠 수도 없지! 자, 시식!

후루룩…….

"?!"

"어, 어때, 소마?"

걱정스러운 표정으로 묻는 리시아에게 나는,

---

* 마루짱 빨간 키츠네랑 녹색의 타누키, 라는 컵라면 CM송.

"······의외로 괜찮은데, 이거."

그렇게 대답했다. 그렇다. 뭘까. 상상했던 느낌과는 전혀 다르다.

나는 물회처럼 좀 더 미끈한 날 것의 느낌을 상상했는데, 반들반들 쫄깃쫄깃해서 전혀 그런 느낌이 아니었다. 우동이라기보다는 수제비 반죽이나 실곤약에 가까운데. 하지만 씹었을 때에 오독오독하는 독특한 식감이 있었다. 식이섬유일까. 종합해서 말하자면 '겉모습=우동, 식감=수제비, 감촉=큐슈의 향토요리 우뭇가사리' 라는 느낌이었다.

음, 나쁘지 않아. 나쁘지 않다고.

"정말······. 의외로 괜찮네."(리시아)

"국물이 잘 스며들어서 맛있어요."(주나 씨)

"이게 정말로 그 젤린인가요? 놀랐어요."(토모에)

"후루루루루루룩."(아이샤)

이어서 먹은 모두의 반응도 좋은 듯했다. 맛있으니까 말이지. 보통 우동과 비교해서 어느 것이 더 맛있느냐는 질문은 넌센스다. 우동과 국수, 어느 쪽을 더 맛있게 느끼느냐, 그건 어디까지나 취향의 차이에 불과하겠지.

"참고로 영양소 쪽으로는 어떻지?"

"영양소······라는 건 뭔지 잘 모르겠습니다만, 동물의 뼈에서 채취할 수 있는 젤리 같은 거랑 비슷하다든지."

"콜라겐인가."

동물의 뼈 같은 곳에 포함된 단백질과 식물이 가진 식이섬유를 함께 가지고 있나. 젤린이 동물인지 식물인지 더더욱 모르겠는데.

"어쨌든 영양 성분도 문제없겠네. 젤린이라면 곳곳에 있으니까 이걸 먹으면 식량 문제가 상당히 경감되지 않을까?"

"그렇군요. 젤린이라면 양식도 간단하겠죠. 먹이로 음식물 쓰레기라도 주면 멋대로 증식할 테니까."

"⋯⋯아니, 음식에 이상한 걸 먹이고 싶진 않아. 유해물질을 함유한 젤린을 먹고 식중독에 걸리기라도 하는 건 사양이니까 말이지."

"그, 그도 그렇군요."

"일단 시험적으로 양식해 보자. 야생의 젤린을 잡는 것도 좋겠지만, 섣불리 수를 줄였다가 생태계에 영향을 미치면 큰일이니까⋯⋯."

"그게 좋을 거라 생각합니다."

그거 그렇고, 어쨌든 젤린 우동. 징밀 잘 먹었습니다.

◇ ◇ ◇

"정말로 먹을 수 있을까."

"하지만 저 분들은 맛있게 먹었지."

"나, 모험가 길드에 젤린 포획 퀘스트를 넣으러 다녀올게."

"아, 그럼 나도."

그런 대화가 분수 광장 도처에서 펼쳐졌다나.

[엘프리덴의 대표적인 요리를 뽑으라면 젤린 요리]

머지않은 미래에 그리 일컬어지게 된다는 사실을, 이때는 어느 누가 예상할 수 있었을까.

◇ ◇ ◇

"그럼 이어서 마지막 식재료입니다. 이미 조리된 걸로 준비했습니다."

그리 말하며 폰초가 연 용기 안에 든 것을 보고,

""""으아⋯⋯.""""

모두의 입에서 그런 말이 흘러나왔다. 안에 든 것이 그야말로 '벌레'였기 때문이었다. 게다가 이 요리, 내가 살던 세계⋯⋯라고 할까, 일본에 있던 거다.

"이거 메뚜기 조림이지?"

"예. [왕메뚜기 조림]입니다."

"아⋯⋯. 확실히 크네."

메뚜기 조림이라고는 해도 한 마리의 크기는 귀뚜라미 정도였을 텐데, 이건 하나하나가 보리새우 정도의 크기였다. 매콤달콤한 느낌으로 조려진 색깔이기는 하지만, 과연 안쪽까지 맛이 제대로 스며들었을까⋯⋯. 응? 조림?

"조림이라는 건⋯⋯."

"어, 소마, 먹을 거야?"

갑자기 왕메뚜기를 포크로 찌르는 나를, 리시아가 오싹하다는 표정으로 보고 있었다. 확실히 보통이라면 망설였을 겉모습이었다. 냉정했다면 먹기는 하더라도 좀 더 무서워하면서 먹었을 테지. 하지만 지금 내게는 그 이상으로 신경 쓰이는 것이 있었다.

덥석, 우물우물…….

"?!"

껍질이 붙은 새우 같은 식감. 하지만 그런 것보다도 말이다.

이건…… 틀림없다!

"이 조림……. 간장을 사용했어!"

"간장?"

간장. 소이 소스. 일본인에게는 마음의 맛. 회도 조림도 이것이 없다면 시작되지 않는다! 라면, 햄버그, 스파게티 같은 외래 식품도 모두 '일본풍'으로 바꿔 버리는 마법의 조미료! 아마도 이 나라에 온 뒤로 계속 애태웠던 맛! 발효식품이라는 복잡함 때문에 마요네즈처럼 재현할 수도 없었던 환상의 소미료! 그것으로 만들어진 요리가 지금 눈앞에 있다. 설령 그것이 메뚜기일지라도 내게는 궁극의 요리로 보였다.

"어, 말도 안 돼. 소마가 울고 있잖아?"

"이걸 먹고 울지 않을 수 있겠는가! 이건……. 내 고향의 맛이야."

"소마 고향의 맛……."

"오라버니의 고향에도 왕메뚜기 조림이 있나요?"

시선을 향하니 토모에가 왕메뚜기 조림을 맛있다는 듯이 아삭

아삭 먹고 있었다. 그러고 보니 다들 뒤로 움찔 물러났을 때도 이 아이만은 놀라지 않았다.

"혹시 이 요리⋯⋯."

"예. 요랑족 마을에서 자주 먹었어요."

"그럼 요랑족은 간장을 만들고 있었어?!"

"간장⋯⋯. 혹시 '장해수(醬醢水)' 말인가요?"

"장해수?"

"간염수란 요랑족들이 즐겨 사용하는 조미료입지요, 예."

옆에서 폰초가 보충 설명을 했다.

"본래 요랑족에게는 콩을 소금으로 절이고 발효시킨 '두장해(豆醬醢)'라는 조미료가 있었는데, 그것의 생성 과정에서 만들어진 웃물을 퍼서 숙성시킨 것이 '장해수'입니다. 어느 것이든 이 나라에는 없는 독특한 풍미의 조미료지요, 예."

"과연."

지금 이 설명으로 확신했다. 간장은 된장의 생성 과정에서 만들어진다고, 어떤 책에서 읽은 적이 있었다. 그러니까 두장해＝된장이고 장해수＝간장이라는 거겠지.(내 귀에 간장이나 된장으로 들리지 않은 것은, 아직 현대의 간장 같은 것과는 비슷하지만 다른 단계의 물건이니까 그런 걸지도 모르겠다.) 어쩌면 요랑족의 식생활은 일식과 상당히 가까운 게 아닐까⋯⋯. 아니, 잠깐만. 이 왕메뚜기에 스며든 감칠맛은⋯⋯.

"저기, 토모에. 이 조림에는 술도 들어가는 거야?"

"아, 예. 식물의 종자로 만든 술이에요."

"그건 무슨 열매야?"

"그게……. 늪에서 자라는 식물인데, 빗자루 끝처럼 생긴 씨앗이 나고 거기에 밀 같은 씨알이 잔뜩 맺히는 거예요."

틀림없다! 벼다! 내일을 향한 희망이다!

상품 작물부터 식용 작물로 바꿔 심을 때, 보리나 밀(밭)과는 달리 지력을 떨어뜨리지 않는다고 들은 벼(논)를 재배하게 했으면 좋겠다고 생각했는데, 가장 중요한 벼가 이 나라에는 없어서 좌절되었다.

하지만 그런가, 좀 더 북쪽에서 자생하고 있었나.

이건 꼭 가져와서 재배시켜야지. 그건 그렇고 요랑족……. 간장, 된장, 거기에 벼까지 무척이나 갖고 싶었던 물건을 가진 종족이구나.

…………

"좋아, 결정했어! 난민 가운데 요랑족에게 파르남의 한 구획을 주겠다."

"으어어?!"

"거기서 그 두장해와 장해수를 제조해 줬으면 해. 콩이라면 지력 회복용으로 심은 게 잔뜩 있으니까."

"잠깐만, 소마. 진심이야?!"

리시아가 당황해서 허둥댔지만 진심이고말고.

"간장과 된장…… 장해수와 두장해가 있으면 내가 있던 나라의 요리를 대부분은 재현할 수 있어. 쌀도 있는 모양이고. 모르는 세계의 맛있는 걸 먹어 보고 싶지 않아?"

"그, 그건……."

"예! 꼭 먹어보고 싶습니다!"

아이샤가 기세 좋게 손을 들었다.

"하핫, 뭐 아이샤 정도는 아니더라도 국민들 역시 먹어보고 싶다 생각하겠지. 레시피를 공개하면 재료를 모아서 스스로 만들든지, 아니면 그 요리가 나오는 가게로 가든지 하겠지. 어쨌든 경제를 크게 움직일 거야."

유동성이 높은 경제 활동이 이 나라 전체를 풍요롭게 한다. 나는 그렇게 믿고 있었다.

그러니까 나는 이것을 보고 있는 국민들을 향해 말했다.

"유재령(唯才令)은 아직 유효해. 나는 재주만 있다면 난민일지라도 쓴다. 우수한 식품 제조 기술이 있는 부족이라면 받아들이지 않을 이유는 없지. 그렇군……. 앞으로 5년 동안 두장해와 장해수는 요랑족이 전매로 하는 것을 허락한다. 그 이외의 사람이 제조한 것은 밀조로 단속하겠어. 다만 5년 뒤에는 두장해와 장해수의 제조를 해금하고 자유로이 매매토록 할 터이니, 요랑족에게는 5년 동안 제대로 경제 기반을 만들어놓을 것을 권유하지. 이상이다."

이 선언 이후, 왕도 파르남의 한 구획에 요랑족의 거주 구역이 만들어지고, 그곳에는 나라의 지원으로 두장해와 장해수 제조장이 만들어졌다.

이 세계에도 난민에게 거주 구획을 주었다가 그곳이 슬럼화된 케이스는 많았다. 그것은 난민이기에 경제 활동이 제한(직업이 없어가 저가의 노동력으로 혹사당하는 등)되어 빈곤에 시달리게 되기 때문이었다.

그러나 요랑족의 경우, 왕이 직접 두장해와 장해수의 전매를 허락했기에 경제 기반을 구축할 수 있어서, 거주 구획이 슬럼화되지도 않고 전매 기한인 5년 뒤까지는 완전히 왕도의 백성과 동화되었다. 또한 두장해와 장해수가 [된장], [간장]으로 개명되고 전매가 해제된 뒤로도 그들은 연구를 거듭하여, 요랑족이 만드는 된장 및 간장은 육각형 안에 [랑(狼)]이라고 적힌 마크의 [귀갑랑(龜甲狼)] 브랜드로서 오래도록 사랑받게 된다.

분수 광장에는 경쾌한 BGM과 주나 도마의 온화한 목소리가 울렸다.

[자, 이렇게 보내드린 방송 '폐하의 브린치' 도 슬슬 이별의 시간입니다. 사회를 해 보시니 어떠셨나요, 폰초 씨.]

[아, 예. 자신의 지식이 조금이라도 국민 여러분께 도움이 되었다면 기쁘겠습니다. 하지만 사회는 제겐 너무도 무거운 짐이라고 생각합니다, 예. 다음에는 누가 좀 대신해 주세요.]

[과연 다음 회가 있을까요. 어떤가요, 폐하?]

[국민이 바란다면야.]

[그렇다고 합니다. 여러분께서 다음 방송을 바라신다면 좋겠네요, 폰초 씨.]

[저, 저 같은 사람에 대한 수요는 필요 없습니다, 예!]

[그런 소리 마시고, 또 같이 하자구요 ♪]

[히이이! 정말로 사양입니다요!]

[자, 그럼 여기까지 시청, 청취해 주셔서 감사합니다. 사회는 저, 주나 도마와.]

[폰초 이시즈카 파나코타가 보내 드렸습니다, 예.]

[그럼 여러분, 안녕히.]

BGM이 그치고 영상도 꺼졌다. 아무래도 방송이 끝난 모양이었다.

방송이 끝난 분수 광장에서는 여기저기서 한숨 소리가 들렸다.

"아……. 끝나 버렸나."

"의외로 재미있었네―. 좀 더 보고 싶었는데."

"그러게. 매일까지는 아니더라도 정기적으로 방송해 줬으면 좋겠어."

"하지만 우리가 그러길 바라야지 방송해 주는 거잖아? 그렇다면 국민 의회에 방송해 달라고 요청하면 되지 않을까?"

"오오! 그런 방법이 있었나. 당장 촌장한테 이야기해 보자."

그런 대화가 어느 마을에서 벌어졌다.

국민들은 완전히 이 [버라이어티 방송]이라는 새로운 오락 콘텐츠에 빠져 버렸다. 소마는 식량 문제에 대응하는 [정보 방송]

으로 생각했지만, 주나와 폰초의 호흡이나 요리 방송 같은 부분, 또한 희귀한 식재료를 아름다운 여자아이들이 신나게 떠들며 먹는 장면 등을 보면 그리 생각하게 되는 것도 어쩔 수 없으리라.

후에 국민 의회가 [국왕 방송 프로그램의 정기 개최 요청서]를 왕성으로 제출하고 소마가 승낙하여, 매일 저녁에 공공 방송의 시간이 만들어지게 되었다.

또 그런 세간의 견해와는 다르게 보는 이들도 있었다.

"새로운 왕이 갑자기 즉위했다고 들었을 때는 찬탈이라고 의심했는데, 그 젊은 왕은 의외로 싹싹한 분이시로군."

"그러게나 말이야. 알베르토 왕이 선양을 한 이유도 알겠구먼."

"공주님도 활기가 있으셨지. 이쪽도 억지로 혼약을 맺게 되었다고 의심했는데."

"자연스러운 모습이시더군. 사이도 나쁘지 않은 것 같아."

"훗훗훗, 내녀 정도에는 후세가 생길지도 모르겠구먼."

"현명하고 상냥한 왕과 늠름한 공주님의 아이인가. 다음 대가 기대되는구려."

"그렇구먼. 훗훗훗."

노인들은 온화하게 웃음을 지었다.

현명하고 상냥한 왕……. 그들은 소마를 그리 평가했다.

그러나 그 평가는 절반 정도 오답이었다.

──소마는 상냥하기만 한 왕이 아니었다.

◇ ◇ ◇

왕의 집무실. 자기 의자에 앉은 나는 책상을 사이에 두고 맞은 편에 선 하쿠야에게 말했다.

"이웃 국가의 상황을 보고해."

지금 이 방에 있는 것은 나와 하쿠야, 둘뿐이었다. 다른 이들은 지금 즈음 국왕 방송의 뒤풀이를 하며 떠들썩하니 즐기고 있겠지. 평소에는 호위를 자칭하며 곁을 떠나려 하지 않는 아이샤도 준비한 음식으로 그 자리에 박아 놓았다.

그런 연회 자리를 도중에 빠져나와 우리는 집무실에서 밀담을 나누고 있었다.

하쿠야는 책상 위에 이 세계의 지도를 펼쳤다.

"보고드립니다. 우석 주변국의 확인이온데, 대륙의 남동쪽에 위치한 우리 나라와 인접한 나라는, 북장의 [동방 제국(諸國) 연합]과 서방의 [아미도니아 공국], 남서쪽의 [톨기스 공화국] 까지 세 나라입니다. 또한 바다를 사이에 두고서 동방에 열도 국가 [구두룡 제도 연합]이 있습니다. 또한 아미드니아 공국 서쪽에 있는 용병 국가 [제므]도 인접국이라고 할 수 있겠죠. 그중에 저희에게 우호적인 곳은 0, 중립이 4, 적대가 1입니다."

"우리는 상당히 고립된 상태로군."

"외람되오나, 지금은 마왕령이 확대되는 난세이기에 이런 게 보통이 아니겠습니까. 각국 간에 서로에 대한 의심이 소용돌이치는 작금의 상황에서 우호국 따윈 [종주국], [속국]의 관계밖에 없을 겁니다."

"그걸 우호라고 할 수 있나?"

"배신할 걱정이 없다면 충분히 우호적이지 않겠습니까."

시원스러운 표정으로 터무니없는 말을 꺼냈다. 그건 다시 말해, 착취당하더라도 불평 한마디 못 하는 지배, 속국 관계라면 우호적이라는 거잖아. 오다 노부나가가 건재했을 무렵의, 오다가와 마츠다이라 가의 동맹 같은 느낌인가.

"그리고, 적대적인 건 아미드니아인가? 제므인가?"

"제므는 아닙니다. 확실히 '예의 건'에는 충분히 심증이 있기는 합니다만 적대라고 할 정도까지는 아니지 않을까요. 가장 우리를 적시하는 아미드니아가 원군을 요청한다면 그들을 위해서 용병을 파견할 정도는 되겠지만."

"아미드니아인가……. 분명히 우리한테 '지원 제안'을 했지?"

"예. [이웃나라인 엘프리덴의 안정은 우리 나라의 국방으로 직결될 터이니, 요청이 있다면 삼공 진압을 위해서 원군을 보내겠다.]라고 했습니다."

"하하하……. 참 뻔한 상대로군."

우리가 삼공과 불화 상태인 부분을 찔러서 영토 확대를 꾀하려는 게 뻔히 보였다.

"그렇군요. 아마도 삼공 쪽에도 똑같은 소리를 했을 겁니다."

"[왕위를 찬탈한 가짜 왕 소마를 함께 토벌하자.]라든지. 우습지도 않네."

뭐, 아무리 그래도 삼공 역시 아미드니아의 속셈은 알아차렸을

테지. 내가 마음에 들지 않는다고 해서 호락호락 이 나라가 유린 당하게 두지는 않을 터. 당연히 그 사실은 아미드니아도 알고 있을 터이니, 즉…….

"양쪽에 지원을 제안하여 군을 움직일 대의명분으로 삼을 생각이겠지요."

"서쪽의 도시를 제압하며 '승리한 쪽'에 원군을 보낼 속셈인가. 그리고 뭐든 이유를 붙여서 제압한 도시를 실효 지배하고 자국으로 편입한다."

"오소독스한 전술이오나 나름대로 유효하지 않겠습니까."

뭐, 그렇지. 그런 사례는 원래 있던 세계의 역사에도 많았다. 호조 소운의 '사슴 사냥으로 길을 빌려서는 성을 훔친다.'라든지. 단순하게 보이는 작전일수록 의외로 쉽게 속아 넘어가는 걸지도 모른다. 속이겠다는 생각이 가득한 아미드니아, 적대로 기울기 시작한 제프, 그리고 삼공과 대립하느라 거국일치 체제를 취할 수 없는 엘프리덴 왕국. 싱딩한 난세란 산뜻 있잖아.

"하지만 그것도 네가 그린 시나리오겠지?"

나는 하쿠야를 지그시 바라봤다. 그러나 하쿠야는 조금도 동요하지 않고,

"예. 지금 현재, 사태는 모두 순조롭게 진행되고 있습니다."

그렇게 말해 버렸다. 시원스러운 표정에 나는 머리를 벅벅 긁었다.

"너…… 알고 있겠지."

하쿠야가 내건 그 방침 때문에 발생할 희생의 숫자를.

하쿠야가 그린 시나리오는 적에게는 큰 손해를, 아군에게는 큰 은혜를 주는 것이었다. 이 나라를 강국으로 부양시키기에는 반드시 필요한 한 수임은 틀림없었다.

그러나 이 시나리오를 실현시키기 위해서는 이 나라도 나름의 피를 흘릴 필요가 있었다.

그러나 하쿠야는 주눅 들지도 않고 거침없이 말했다.

"예. 이걸 기회로 얻을 수 있는 건 모두 손에 넣어 버릴까 합니다."

"…………"

"폐하께서도 알고 계실 터입니다. 그것이 결과적으로 많은 국민을 살리는 방안이라는 건."

"……알고 있어. 하지만 말이지, '이게' 용서받을 수 있는 건 한 번뿐이야."

나는 하쿠야의 눈을 똑바로 보고 말했다.

"내 세계의 정치사상가 마키아벨리는 [군주론]에서 이렇게 말했어. 군주가 한 번의 '이것'으로 모든 것을 끝내고 두 번 다시 되풀이하지 않는다면 명군의 소질이 있다고. 반대로 한 번의 '이것'으로 끝을 내지 못하고 몇 번이고 되풀이한다면 폭군으로서 조만간 파멸할 거라고, 말이지."

"……그 마키아벨리 경은 무시무시할 정도로 현실적인 생각을 하는 분이로군요."

하쿠야도 조금 움찔한 모양이었다. 으음. 그러니까 좋아하는 거다. 마키아벨리의 어디까지고 현실적인 사고방식에 빠져들어

[군주론]을 몇 번이나 거듭 읽었다. 설마 그 지식을 이런 형태로 살리는 날이 올 줄은 몰랐지만.

"어쨌든 나는 너의 책략을 '이것' 이라고 판단하겠다. 그러니까……."

──할 거라면 일격으로 끝내라.

♟ 막간 이야기 1 ✦ 세리나와 사령 소동

　엘프리덴 왕국의 수도 파르남에 있는 파르남 성.

　당연히 엘프리덴 국왕 폐하가 사는 왕성이지만, 최근이 이 왕성 안에서 어떤 괴담이 돌고 있었다. 그 괴담은 이런 내용이었다.

　어느 여름 밤. 초목도 잠든 축삼시.

　성에 거주하며 일하는 메이드 하나가 자기 방에서 잠들었는데, 여름의 더위에 문득 깨고 말았다. 다시 자려고 했지만 좀처럼 잠들 수가 없었다. 어쩔 수 없어서 무언가 마실까 하여, 평소에 근위병이나 메이드가 사용하는 식당으로 향했다. 왕성 식당에는 가까운 산에서 물길을 끌어 왔기 때문에, 언제든지 물을 마음 내킬 때에 마실 수 있었다.

　그리고 메이드가 식당으로 들어왔을 때였다. 주방의 부뚜막 근처에 무언가 어렴풋한 불빛 같은 것이 보였다. 시선을 집중하자 사람의 등 같은 것이 보였다.

　'아아……. 아직 조리사가 남아 있었구나.'

　메이드는 사람이 있다는 사실에 안도했다. 왕성이기도 하니 경비도 엄중했다. 불청객이 들어올 수 있을 법한 장소가 아니었다.

그러니까 메이드는 단순히 조리사가 남아 있는 것이라고 생각했다. 다가가 보니 아무래도 그 인물은 냄비를 젓고 있는 듯했다. 메이드는 그 인물에게 말을 걸려고 한 다음 순간, 등줄기가 얼어붙었다.

"큭큭큭큭……."

그 인물이 꺼림칙한 웃음소리를 내고 있었기 때문이었다. 그 웃음소리에서 범상치 않은 무언가를 느낀 메이드는, 무심코 그 인물이 젓고 있는 냄비 안을 보고 말았다. 그 냄비 안에 있던 것은, 질척질척한 진창 같은 액체에 떠 있는 크고작은 다양한 뼈, 뼈, 뼈뼈뼈뼈뼈뼈뼈뼈뼈뼈뼈뼈뼈뼈뼈……. 메이드는 그 시점에서 의식을 잃었다.

"……그래서 성 안에는 사령술사^{네크로맨서}가 나타나서 무언가를 소환하려고 하는 게 아닐까, 그런 식으로 화제가 되고 있어요! …… 어떻게 생각하세요, 메이드장?"

쓰러진 메이드의 동료가 흥분한 기미로 메이드장 세리나에게 물었다. 그러나 세리나는 평소의 아름다운 포커페이스를 무너뜨리지 않았다.

"……그래서 그 메이드는 어떻게 되었나요?"

"예? 어떻게, 라는 건?"

"그 네크로맨서라는 녀석과 [그만둬! 나한테 야한 걸 할 생각이잖아! 춘화처럼!] 같은 전개가 되지는 않았나요?"

"당연하죠?! 옷이 벗겨지기는커녕 외투까지 덮고서 자고 있던 걸, 다음 날 아침 담당으로 온 조리사가 발견했어요!"

"그건 시답… 다행이군요."

"지금 시답잖다고 그러시려던 거 아닌가요?!"

메이드의 태클을 세리나는 애매한 미소로 흘려넘겼다.

세리나는 이 나라의 공주인 리시아 전속 메이드이자, 또한 성 안에서 왕가를 모시는 메이드들을 총괄하는 메이드장을 맡을 정도의 인재였지만 성격에는 다소 문제가 있었다. S 기질이 있었다. 그것도 귀여운 여자아이 한정으로 '괴롭히고' 싶어지는 듯했다. 그렇다고 정말로 못살게 구는 것은 아니었다. 정신적으로 귀여워하는 거라고 할까, 음험한 게 아니라 이런저런 음란한 느낌의 옷을 입힌다든지 하는 식으로 상대의 수치심을 부채질하는 게 취향인 듯했다. 현재 첫 번째 표적이 주군인 리시아 공주라는 게 엄청난 부분이지만.

'그건 그렇고, 네크로맨서인가요……'

기본적으로는 유능한 여성인 세리나. 자신이 맡고 있는 성 안에서 그런 괴담이 유포되고 있는 현 상황을 그냥 방치할 만큼 무책임하지는 않았다.

'축삼시인가요……. 밤늦게까지 안 자면 피부에 좋지 않은데 말이죠…….'

여러모로 태클을 걸 만한 생각을 하며, 세리나는 한숨을 내쉬는 것이었다.

──그리고 시각은 축삼시.

등불을 손에 들고 세리나는 식당으로 향했다. 그녀의 발걸음은 한밤중의 성을 걸어간다고는 여겨지지 않을 만큼 실로 당당했다. 잠시 후, 식당 앞까지 다다랐다.

'새삼스럽지만……. 오늘 그 네크로맨서가 나타나지 않는다면, 나는 며칠이나 이 시간까지 깨어 있어야만 하는 걸까요…….'

세리나는 작게 한숨을 내쉬고는 식당 안으로 발을 들였다. 그러자 세리나의 미모에는 참으로 다행히도, 예의 인물을 금세 발견할 수 있었다.

주방 부뚜막 근처에 불빛이 보였다. 그곳에서 누군가가 무언가를 하고 있는 모양이었다. 세리나는 발소리를 죽이고 다가가서는 그 인물의 어깨 너머로 냄비 안을 들여다봤다. 그 냄비에 들어 있던 것은 질척질척 끈적끈적한 액체와 거기에 떠 있는 대량의 뼈였다.

"큭큭큭크……. 이제 곧……, 이제 곧 완성입니다……."

그 인물은 그런 웃음소리를 흘리며, 뼈가 떠 있는 그 냄비를 젓는 중이었다. 다른 메이드가 봤다면 틀림없이 졸도했을 광경이었지만, 유능한 여성인 세리나는 이미 정확하게 그 뼈의 정체를 간파했다.

'저 뼈는 사람의 것이 아니군요. 큰멧돼지^{자이언트 보어}의 뼈일까요? 그리고 새나 큰 물고기 뼈도 포함되어 있는 모양이네요. 그리고 겉모습은 영 좋지 않지만, 저 끈적끈적한 액체도 상당히 '입맛을 돋우는' 향기가 나요.'

세리나는 뜻을 다지고, 그 인물의 어깨를 툭 두드렸다.

"뭘 하고 계시는 건가요?"

"으학?!"

무척 놀랐는지 둥글둥글한 거구가 펄쩍 뛰어올랐다. 몸을 돌려 그 인물의 얼굴을 또렷하게 볼 수가 있었다.

"세, 세리나 경?! 어째서 이곳에?!"

"그건 제가 할 말이에요. 폰초 경."

냄비를 젓고 있던 사람은 요번에 소마에게서 식의 전도사 '이시즈카'의 성을 받고 식량 문제 담당 대신으로 임명된 폰초 이시즈카 파나코타였다.

"이런 시간에 식당에서 뭘 하시는 건가요?"

"이, 이건……그러니까……."

폰초는 쭈뼛쭈뼛하는 태도로 손을 바동바동 내저었다. 너무나도 수상했다. 세리나가 더욱 몰아붙이려고 했을 때,

"너희, 뭘 하는 거야?"

갑자기 목소리가 들려서 돌아보니 그곳에는 국왕인 소마 카즈야가 서 있었다.

"그런 괴담이 생겼나. 또 리시아한테 혼나겠는데."

세리나에게 소문이 돌고 있다는 이야기를 들은 소마는 머리를 긁적였다.

"결국 두 분은 뭘 하고 계셨던 건가요?"

"아, 뭐 그게……. 눈앞에 있는 이걸 만들고 있었어."

소마가 가리킨 테이블 위에는 큰 그릇 세 개가 놓여 있었다.

"내가 있던 세계의 음식으로, 라면이라는 거야."

"라면……인가요?"

소마의 말대로, 그릇의 내용물은 라면이었다. 그것도 어패류 +돼지 뼈 계열의 진한 타입이었다. 소마는 대수롭지 않게 젓가락을 찔러 넣더니 그대로 후루룩 빨아들이기 시작했다.

"음……. 국물은 이제 완벽에 가까워. 하지만 면이 젤린 우동이라 맛이 안 사는데."

"어쩔 수 없습니다. 현재 밀은 귀중하니까요, 예."

긴 이야기를 시작한 소마와 폰초를 보며, 세리나는 자기 앞의 라면을 먹어 봤다. 파스타처럼 포크로 감아서 입안으로 넣었다.

그러자 금세 입안으로 농후한 어패류+돼지 뼈 국물의 감칠맛이 밀려들었다. 그 감칠맛은 마치 노도와 같은 펀치처럼 들어왔고, 그러면서도 녹아든 채소의 풍미가 농후한 맛을 억누르고 있었다. 참으로 깊이가 있는 맛이었다. 기름진데도 본능이 다음 한 입을 바라고 만다.

그런 세리나의 모습을 소마와 폰초는 웃으며 보고 있었다.

"버려지는 뼈나 채소 찌꺼기 같은 걸 써서 국물을 만들 수 있을 것 같았거든. 폰초한테 연구를 시켰어. 조리사들한테 방해가 되지 않도록 이 시간에, 말이야."

"이것 참, 수고했습니다요, 예. 저는 먹은 적이 없었으니까요."

"과연……. 그게 네크로맨서의 진상인가요."

입가를 수건으로 닦으며 세리나는 그리 말했다.

"하지만 이건 맛있네요. ……폰초 경?"

"아, 예. 왜 그러시나요."

"이 국물을 어떻게 만드는지 가르쳐 주시지 않겠어요?"

"물론 괜찮습니다요, 예."

아무래도 세리나 역시 이 농후한 국물의 마력에 사로잡히고만 모양이었다.

그 후, 왕성에는 네크로맨서가 둘이라는 괴담이 돌게 되었다.

그와 거의 같은 시기에, 묘하게 피부가 반들반들해진(콜라겐 효과?) 세리나가,

"폰초 경, 그 국물에 사용된 물고기 뼈 말인데, 한 번 구운 뒤에 부수어서 분말로 만든 다음에 넣는 건 어떨까요?"

"과, 과연! 역시 세리나 경은 착안점이 다르시군요, 예!"

"오늘 밤에도……. 시험품이 완성된다면 맛보여 주세요."

"그건 물론입니다요, 예."

……그렇게 폰초와 친밀히 이야기를 나누는 걸 보고, 부하 메이드들이 망상을 부풀리게 된 것은 또 다른 이야기였다.

♚ 제4장 ✦ 파르남의 휴일

제1화 [폐하의 브린치]를 방송하고 몇 주가 흘렀을 무렵.

그날, 엘프리덴 왕국 재상 하쿠야 쿠온민에게 탄원서 하나가
도착했다. 탄원서의 중심은 인사부였지만, 근위기사단이나 메
이드 부대 등 성 안의 각 부서도 참조가 되어 있었다. 지금은 시
중인 마르크스 경이나 근위기사단장 루드윈의 이름도 있었다.
무슨 일인가 싶어서 황급히 그 내용을 읽어보고는,

"……과연."

하쿠야는 무심코 납득하고 말았다.

"그렇게 되었으니, 폐하께서는 휴식을 취하셨으면 합니다."

"그렇게 되었다, 라고 그래도 뭐가 뭔지 모르겠는데……."

집무실에서 서류 작업을 하고 있었더니, 방으로 들어온 하쿠
야가 갑자기 '휴식을 취해라.' 라고 말했다. 그리고는 손에 들
고 있던 서류를, 작업을 하고 있던 책상 위에 툭 내려놓았다.

"인사부에서 보낸 탄원서입니다. [위의 사람이 쉬지 않으면

아랫사람이 휴식을 취하기 힘들다.]라고 합니다. 이것에는 마르크스 경, 루드윈의 서명도 있습니다. 불초하오나 제 서명도 추가해 두었습니다."

아……. 그러고 보니 소환된 뒤로 전혀 휴가가 없었구나.

전혀 쉬지 않은 것은 아니었다. 최근에는 【리빙 폴터가이스트】의 취급에도 익숙해졌기에, 서류작업은 능력에 맡기고 본체는 리시아의 방에서 인형을 만든다든지 했다. 움직이는 사고와 쉬는 사고를 전환하면 피로감 없이 스무 시간은 싸울 수 있으니까.

하지만 하쿠야의 말로는 그런 문제가 아니라나.

"휴식을 취한다고 해도 항상 왕성에 계시는 거지요?"

"뭐, 무슨 일이 벌어질 때를 대비해서 말이지."

"그래서는 쉬는 것처럼 보이지 않는다는 말씀입니다. 보이지 않으니까 다른 이들도 휴식을 취하기가 힘들어집니다. 그걸 헤아려 주셨으면 합니다."

"그렇게 말해도 말이지……."

"본래라면 확실하게 휴식을 취하시어 몸과 마음을 완전히 회복하셨으면 좋겠습니다만……."

"그럴 여유가 있나?"

"없습니다."

"그렇겠지."

실제로 할 일은 산더미 같았다. 군비증강, 요인과의 면회, 대외 문서 작성, 각종 개혁의 진행 등등, 언급하자면 끝이 없었다. 빨리 신호의 숲으로 와 달라는 아이샤의 요청조차도 뒤로 미루고 있는 상태였다. 일단 구두로는 숨아 베는 방법을 전달했지만 말이다. 국내외의 문제로 궁지에 몰린 이 나라에는 헛되이 날려 보낼 시간은 없었다.

"하지만 그러다가 사기가 떨어지고 일의 효율이 나빠져서야 본말전도이지 않겠습니까."

"그럼 어떻게 하라는 건데."

"어떻게든 하루 휴일을 만들겠습니다. 모처럼의 기회이니 외출해 보시는 건?"

외출, 이라…….

"모처럼 얻은 휴일이라면 방에서 뒹굴뒹굴하고 싶다, 라고 하면?"

"각하하겠습니다. 신하들의 눈에 보이는 형태로 휴식을 만끽해 주셨으면 합니다."

"……그걸 휴가라고 할 수 있나?"

자신의 의사로 좋아하는 걸 할 수 있어야지 휴가라고 생각하는데.

그런 뜻을 담은 시선을 보내도 하쿠야는 그야말로 마이동풍이었다.

"마침 잘된 일 아닙니까. 이걸 기회로 리시아 공주와 성 아래를 둘러보시는 건 어떠신지요?"

"데이트를 하고 오라는 거야?"

"약혼자이시니 국민에게 두 분이 친밀하다는 걸 어필하고 와 주시길."

"그러니까, 그래서는 이미 공무잖아."

우리에게 *[황○ 앨범] 같은 걸 하라는 이야기인가.

"……게다가 호위 같은 건 어떻게 하려고."

"아이샤 경이 있지 않습니까."

"방금 데이트라 해 놓고 다른 여자를 데려가라는 거야?"

"양손의 꽃이로군요. 부럽기 그지없습니다."

하아……. 뭐, 모처럼 취하는 휴식이라는 건 틀림없으니, 이렇게 되었으면 친구들이랑 노는 느낌으로 즐겨 볼까. 왕도에서 신경이 쓰이는 곳을 돌아본다면, 그렇지……. 주나 씨가 일하고 있다는 라이브 카페라는 곳에 가보는 것도 좋을까.

"……알았어, 할게, 휴가."

"받아들여 주시어 감사합니다."

공손하게 머리를 숙이는 하쿠야에게는 차가운 시선을 보내 두었다.

"그럼 리시아는 어디 있으려나?"

하루 휴일이 생겼다는 사실을 전하려고 했는데 방에는 없었다.

그렇다면 성 안에 있는 훈련 시설 중 어딘가에 있겠지. 내 즉위로 왕족으로서의 입장이 허공에 떠 버리고 육군 사관이라는 지위만 남은 리시아에게는, 내 보좌 정도(그래도 상당한 하드워크지만)밖에 일이 없었다. 최근에는 근위기사와 섞여서 훈련하

는 것 말고는 할 일이 없다며 불평을 늘어놓았던가.

사격장, 실내 훈련장을 돌고 다음으로 방문한 중앙정원에서 간신히 리시아를 발견했다. 내가 발견했을 때, 리시아는 아이샤와 검을 겨루는 참이었다.

"하아아아아아아아아아아!"

"…………."

날카로운 기합을 실어, 키보다도 큰 대검을 휘두르는 아이샤.

그와는 대조적으로 과묵하게 상대의 공격을 지켜보고 레이피어를 내지르는 리시아.

초보의 눈으로는 어느 쪽이 우세한지 알 수 없었다. 맞으면 무사히 넘어갈 수는 없을 일격을 펼치는 아이샤인가. 그걸 피하면서 레이피어로 세 번 연속 찌르기를 펼치는 리시아인가. 아니면 그것을, 손에 장비한 건틀릿만으로 쳐내는 아이샤인가, 아니면 거기서 생긴 틈에 대검을 밟아 들어 올리지 못하게 만드는 리시아인가.

……이거 정말로 모의전인가?

두 사람의 검격이 너무도 격렬해서 어디까지 진심인지 알 수 없었다.

"【소닉 윈드】!"

"【빙검산(氷劍山)】!"

어째 두 사람 다 마법인지 스킬 같은 걸 쓰기 시작했어!

아이샤의【소닉 윈드】는 대검에서 발생한 '베어내는 풍압'을 날리는 기술 같아서, 회피한 리시아 뒤에 서 있던 나무를 비스듬히 양단했다.

그를 상대하는 리시아의 【빙검산】은 지면을 한순간 스케이트 링크처럼 동결시키고 거기서 무수한 가시를 만들어내는 기술인 모양인데, 아이샤는 자신에게 박히려고 하는 가시를 모두 대검으로 후려쳐서 부러뜨렸다. ……이 사투는 대체 뭐야.

이쪽 세계의 마법은 이미 보았다. 최근에는 인형 조작을 연습하기 위해서 마네킹을 조종하여 몬스터 사냥 같은 것도 했기에 그때 조우한 모험가들이 사용하는 마법을 자주 보고 있었다. (오히려 마물로 오인당해 공격을 받았지만.) 그러나 평범한 모험가가 사용하는 마법은 고작해야 불꽃을 날리거나 얼음을 날리거나 간단한 상처를 치유하는 정도였다.

설마 숙련자가 사용하는 마법이 이렇게까지 굉장한 것일 줄은 몰랐다.

아이샤도 강하지만 리시아도 상당한 실력자인 듯했다. 싸우는 두 사람의 눈은 마치 호적수를 보는 것처럼 생기가 넘친다고 할까, 반짝반짝했다.

이것이 무인인가……. 아니, 이대로 방치했다가는 성이 부서질 거야!

"둘 다……. 적당히 해!"

""핫! 아니, 우왁?!""

정신을 차린 두 사람은 착지, 를 하는 것과 동시에 발밑의 얼음에 미끄러져 엉덩방아를 찧었다.

"데, 데이트?!"

"그래."

하루 휴일이 생겼다는 것, 이 기회에 리시아와 데이트를 하고 오라며 하쿠야가 권유했다는 것 등을 설명하자 그녀는 어이가 없다는 표정을 지었다.

"아니, ……그게 남이 시킨다고 할 일인가?"

"나도 그렇게 생각하지만……. 하쿠야에게 왕족의 데이트는 공무인 거겠지."

"인간미 없는 생각이네."

"저는 한 사람의 인간이기 전에 재상입니다, 그런 소리를 할 것 같네."

"아하하, 확실히 그럴 것 같아."

"그리고 우리한테는 한 사람의 인간이기 전에 왕과 왕비일 것을 요구한다, 그런 거지."

"……미안해. 그건 농담으로 안 들려."

둘이서 한숨을 내쉬고 말았다. 하쿠야는 머리도 잘 돌아가고 일도 견실해서 의지가 되는 남자이지만, 직무에 지나치게 충실한 면이 있었다. 뭐, 그래도 무른 면은 있는 모양이지만. 최근에는 토모에의 부탁으로 공부를 가르쳐 주고 있다나.

"뭐, 휴일이 생긴 건 기쁜 일이니까 어디로 외출하는 것 정도는 괜찮지 않을까?"

"그도 그러네."

"자, 자! 그러시다면 부디 저희 숲으로 와 주세요!"

아이샤가 손을 들고 어필했지만 나는 고개를 가로저었다.

"아직 공무가 잔뜩 쌓여 있어. 당일치기로 갈 수 있는 곳까지로 해야지."

"윽……. 확실히 신호의 숲까지는 말로도 편도 사흘은 걸립니다만……."

아— 그래서는 확실히 무리겠네.

"이번에는 포기하도록 해. 일단 솎아 베는 방법은 가르쳐 줬잖아?"

"예. 하지만 다크 엘프의 숲에는 완고한 이들도 있어서……. 숲의 수호자인 다크 엘프가 숲의 나무를 베겠다니 대체 그게 무슨 소리냐, 라고."

아아. 어느 세계에도 그런 건 있구나. 자연을 소중히 하자는 생각 자체는 멋지지만, 그것이 과도해지면 이윽고 불손해지며 도리어 문제를 일으킨다. 인간이 거만하게 내려다보며 '지키자.'라고 할 수 있을 만큼 자연은 약하지 않다. 오히려…….

"그러니까 폐하께서 부디 현지로 가시어 그들에게 일갈을 해 주셨으면……."

"……알았어. 손이 비는 대로 가는 걸로 하자."

어째 해야만 하는 일이 늘어난 것 같은데……. 말해 봐야 어쩔 수 없나.

"부탁드립니다. 그를 위해서라면 이 몸, 이 목숨, 마음껏 사용해 주시길."

그리 말하며 머리를 숙이는 아이샤.

"그럼 바로 부탁이 있는데……."

"예! 잠자리 말씀이십니까!"

"왜 그렇게 되는데!"

"지금 이 몸을 바치겠다고 막 맹세했으니."

"소마……."

"그런 걸 부탁할 리가 없잖아! 리시아도 그런 눈으로 보지 마!"

아무래도 아이샤는 무언가 마음을 먹으면 폭주하는 기질이 있는 듯했다.

"나는 그저 성 아래로 갈 때 호위를 부탁하려는 것뿐이야."

"제, 제가 두 분의 데이트에 따라가는 겁니까?"

"아무리 그래도 나랑 리시아만 있으면, 유사시에 큰일이니까 말이지. 데이트라고는 해도 성 아래를 둘러보는 것뿐이니까 신경 쓰지 않아도 돼."

"……내가 신경이 쓰이는데."

어째선지 리시아가 입을 삐죽거렸다. 혹시 단둘이서 데이트를 하고 싶었나? ……설마. 약혼자라고는 해도 그저 명목상 그런 것뿐인데.

"뭐, 그렇게 되었어. 당일은 둘 다 잘 부탁해."

"예! 알겠습니다!"

"……하아, 알았어."

기운찬 아이샤와는 대조적으로 리시아는 어쩐지 불만스러워 보였다.

그리고 휴일이 왔다.

나와 리시아와 아이샤는 파르남의 성 아래 상점가를 걷고 있었다. 하쿠야는 "국민에게 친밀하다는 걸 어필하고 와 주시길."이라고 했지만, 역시나 그건 농담이었는지 당일에는 몰래 행동해 달라고 했다. 국왕으로서 성 아래로 내려간다면 호위도 아이샤만으로는 부족할 테니까.

그런 이유로 우리는 파르남에 있는 왕립 사관 학교의 제복을 착용해서 그곳의 학생으로 위장했다. ……나, 지금쯤이면 대학생이었을 텐데 말이지. 참고로 나와 아이샤는 제복을 착용했을 뿐이지만, 얼굴이 알려진 리시아는 머리를 세 가닥으로 땋고 도수가 없는 안경을 써서 우등생처럼 변장했다. 이러면 누가 봐도 휴일에 거리로 몰려나온 학생들이라고 생각하겠지.

"뭐야, 형씨. 엄청난 미인들을 데리고 있잖아. 남자라믄 이 아가씨들한테 우리 상품을 선물해줘 가 배포를 보여주는 건 어떻나?"

길에 액세서리 종류를 늘어놓은 노점상의 아저씨가 사투리로 말을 걸었다. 아무래도 이 세계의 상인 방언은, 내 귀에는 사이비 사투리로 번역되는 듯했다. 그런 아저씨에게 적당히 미소로 대답하며, 나는 리시아에게 말을 걸었다.

"리시아는 안경이 잘 어울리네."

"그, 그래? …………고마워."

"폐하! 제 학생복 차림은 어떤가요!"

곧바로 아이샤가 손을 들었다. 최근에는 힘이 넘치는구나.

"……어, 으음. 별로 안 어울려."

"어째서요?!"

으음, 사관 학교의 제복은 거의 블레이저 같은 느낌인데, 그 것과 다크 엘프의 갈색 피부에 백은색 머리카락이 전혀 맞질 않았다. 뭐라고 할까, 학원물 애니메이션 캐릭터 코스프레를 보는 것처럼. 현실에서 핑크색 머리카락인 여자 따윈 없고 물들여 봐야 위화감밖에 없다, 그런 느낌? 이런, 리얼과 판타지의 거부 반응이라고 할까……

"내가 보기엔 그렇게까지 안 어울리진 않는데?"

"공주님~."

"응. 뭐, 내 세계의 기준이겠지만."

실제로 다종다양한 민족이 사는 세계다. 가능한 한 빨리 익숙해져야겠지.

드르륵드르륵드르륵…….

"……그보다도, 소마. 나는 아이샤보다 소마가 끌고 있는 게 더 신경 쓰이는데."

"응? 이 여행 가방 말이야?"

"그거 가방이야? 바퀴가 달렸는데."

"음. 밑에 바퀴가 달려 있으니까 무거운 거라도 편하게 옮길 수 있어."

"세상에나. 편리한 물건이네요."

아이샤가 눈을 동그랗게 떴다. 이 나라에는 아직 보급되지 않은 물건이니까.

참고로 내 건 성 아래의 장인이 만들어 준 특별 주문품이었다.

만든 장인이 자신의 가게에서 상품으로 판매하게 해 달라고 그랬기에 전매하지 않는 것을 조건으로 허락했다. 수요와 잘 맞는다면 몇 년도 안 되어 흔한 물건이 되겠지.

"하지만 폐하, 짐이라면 제가 들 텐데⋯⋯."

"학생으로 변장했는데 남자가 여자한테 물건을 들게 하는 것도 이상하잖아."

게다가 이 안에는 내 호신용 물품이 이것저것 들어 있었다. 손에서 떼놓을 수는 없었다.

"그리고 아이샤, 폐하라고 부르지 마. 일단은 잠행이니까."

"예! 그럼 뭐라고 부르면⋯⋯."

"평범하게 부르면 돼. 뭣하면 [카즈야]라고 이름으로 불러 줘."

""어?""

어라? 어째서 리시아도 얼굴에 물음표를 띄웠지?

"어⋯⋯. 소마의 이름은 [소마]가 아니었어?"

"어? 소마는 당연히 성이잖아. 카즈야가 이름이야."

"그게, 소마 카즈야라고 그랬잖아."

"⋯⋯아."

저질렀다. 이 세계에서는 유럽과 마찬가지로 이름이 앞으로 온다. 그러니까 나는 카즈야 소마라고 했어야 했다. 아, 그런가! 그러니까 다들 나를 [소마 왕]이라고 불렀나. 잘 생각해 보면 성씨에 왕이 붙는 건 부자연스러웠다. 세습제였다면 몇 명이나 같은 이름의 왕이 나와 버릴 테니.

"지, 지금부터 정정할 수 있을까."

"무리겠지? 다들 소마라고 생각하고, 대외문서는 이미 [소마 카즈야] 명의로 되어 있을 텐데."

"아, 정말이지! 설마 이런 실수를 저질렀을 줄이야……."

"뭐, 뭐 괜찮지 않을까요. 그렇지, 공적인 자리와 사적인 자리를 나누어서 부르는 건 어떨까요. 오늘처럼 사적인 날에는 [카즈야 경]이라고 부를 터이니."

아이샤의 조언에 나는 더더욱 낙담했다.

"다른 사람도 아니고 아이샤한테까지 조언을 받다니……."

"카즈야 경의 마음속에서 저는 대체 어떻게 취급되는 건가요!"

"어떻게 취급되냐니……. 얼빠진 다크 엘프?"

"너무해요!"

"정말이지, 언제까지고 바보 같은 이야기나 하지 말고, 빨리 가자."

눈물을 머금을 아이샤를 상대하고 있었더니 리시아가 그리 재촉했다.

으음……. 가자고는 해도, 어디로 갈지 안 정했는데 말이지.

"두 사람은 어디 가고 싶은 곳이 있어?"

"없어."

"카즈야 경을 따를 뿐입니다."

"음. 둘 다 생각하는 척이라도 좀 하자고."

통째로 맡겨도 곤란한데 말이지. 잘 생각해보면 성 아래를 돌아다니는 것도 처음이고. 이전에 성 아래로 내려왔을 때는 말을 타고 지나갔으니까. 흠……. 그렇다면 더더욱, 여러 가지를 둘러보는 편이 좋을지도. 적당히 돌아다니는 것만으로도 새로운 게 많이 있을 테니까.

"뭐, 천천히 돌아다니기로 할까."

파르남 중앙 공원.

왕도 파르남의 중앙 부근에 있는 큰 공원이었다.

공원이라고는 해도 놀이기구는 없고 수목이나 꽃들이 심어져 있을 뿐이지만, 부지 면적을 따지자면 공원 안에 도쿄돔 세 개는 족히 들어간다. 공원 중앙에는 이 또한 커다란 분수가 있고 국왕 방송의 수신기가 설치되어 있어서, 방송이 있으면 백 미터 떨어진 장소에서도 보일 정도로 거대하게 비출 수 있었다. 분수 주위에는 마치 원형 투기장처럼 관람석이 설치되어 있어서 지난번 국왕 방송 때에는 수만 명이 이 분수 광장에 모였다고 했던가.

차라리 이 광장에서 생방송을 하면 재미있을지도 모르겠다.

주나 씨가 중심이 되어 진행하는, 국왕 방송을 사용한 방송 프로그램 제작이 본궤도에 오르면 꼭 기획해 보고 싶다. 언젠가 이 분수 광장이 엘프리덴의 가수들에게 [무도관]이나 [야외음악당] 같은 무대가 될지도 모른다.

……뭐, 뜬구름 잡는 이야기는 제쳐 놓고, 우리는 그런 중앙 공원에 왔다.

"자연이 있어서 무척 멋진 장소네요."

"도회지 한가운데인데도 공기가 맑은 것 같아. 으음~."

아이샤는 두리번두리번 주위를 둘러보고 리시아는 크게 기지 개를 켰다.

"어라? 하지만 전에는 이렇게까지 공기가 맑지는 않았던 것 같은데……."

"그야 열심히 정비했으니까 말이지."

얼굴에 물음표를 띄운 리시아를 보고 나는 가슴을 펴고서 대답했다.

"정비라니, 이 공원에 뭐라도 했어?"

"공원만이 아냐. 파르남의 지하는 전역에 걸쳐서 정비했고, 좀 더 말하자면 법도 정비했으니까. 위생환경은 몇 개월 전과 비교하면 차원이 다를 거라 생각해."

솔직히 말해서 내가 정비하기 전의 이 나라 환경은 중세 유럽 의 도시 국가와 같은 수준이었다. 즉, 더러웠다. 길에는 말똥이 당연하다는 듯이 굴러다녔고 집에서는 생활 폐수가 길가의 도 랑으로 흘러들어 여름에는 지독한 악취를 풍겼다고 한다. 위생 이라는 개념 자체가 존재하지 않았기에 이런 문제들은 계속 방 치되었던 것이다. 말똥 같은 경우에는 마르면 분진이 되어 흩날 리고, 그것을 들이마신 국민들은 호흡기 계통에 다양한 질환을 앓게 되는데도.

그래서 우선 나는 위생문제 대책으로 [상하수도]의 정비를 진 행했다.

"상하수도라니……. 어느새 그런 걸 만든 거야?!"

"아니, 이건 그렇게 수고가 들지도 않았어. 원래 파르남의 지하에는 종횡무진으로 지하도가 있었으니까. 거기에 강물을 끌어들이기만 하면 되었으니 다행이었지."

"그거, 왕족용 탈출로잖아!"

리시아의 말대로, 파르남의 지하에 있는 길은 적이 침공하여 왕도가 함락당할 지경에 이르렀을 때 왕족의 탈출로로 사용되는 곳이었다. 적에게 통로가 발각당했을 때를 대비해서 간단히 쫓아올 수는 없도록 미로 형태였고, 규모를 따지면 파르남 전역에 걸쳐 존재했다. 게다가 3층 구조였다. 지하 상하수도로 정비하기에 딱 적당했다.

우선 왕도 근처를 흐르는 강에서 물을 지하 1층으로 끌어들여, 이제까지 지하수에 의지했던 우물이나 공중목욕탕 등에 지하 상수도로 사용한다. 지하 3층은 하수도로 사용하고 최종적으로는 왕도 밖에 건설한 침전지에서 여과시켜 다시 강으로 방류된다. 시내를 돈 지하 1층의 상수는 최종적으로 3층으로 흘러드는 구조로 되어 있다. 참고로 지하 2층은 매립해서 지하 3층의 악취가 올라오지 못하게 막는 구조로 만들었다.

"상하수도 같은 걸로 바꿔 버리면 유사시에는 어떻게 하려고!"

"왕족이 왕도에서 탈출해야만 하는 시점에서 이미 나라로서는 끝이잖아? 나라면 왕도까지 적이 밀려든 시점에서 항복할 테니까."

"그렇게 맥없이?"

"리시아, 왕이라는 건 국민만 같은 편으로 만들어 두면 안전해."

이것도 마키아벨리의 가르침이었다. 그가 이르길,

[자신을 지키고 싶다면 요새를 쌓는 것보다 국민에게 증오를 사지 않도록 해야 한다.]

군주에게는 국내에 모반자, 국외에 외적이라는 두 종류의 적이 존재한다.

국민에게 지지받는다면 모반자는 동료를 모을 수도, 백성을 반란으로 유도할 수도 없으니 포기할 수밖에 없을 것이다. 반대로 국민에게 증오를 산다면, 그 국민을 도우려는 외적이 차고 넘칠 테니까 금세 멸망하게 될 것이다, 라고 한다.

"설령 왕위를 잃는다고 해도 국민만 남아 있으면 재건할 길도 있어. 반대로 왕만 살아남아 봐야 자신의 지킬 국민이 없다면 다른 적에게 집어 삼켜질 뿐이야."

"……타산적인 이야기네."

"그게 현실이야. 뭐, 그렇게 되어서 상하수도는 비교적 간단하게 만들었지만…… 침전지가 말이지……. 아, 저기 나무그늘에 앉자."

서서 이야기하는 것도 뭣해서, 우리는 공원에 있는 나무그늘에 자리를 잡고 앉았다.

앉아서 잠시 있으니 아이샤는 나무에 몸을 기대고 꾸벅꾸벅 졸기 시작했다. 조금 어려운 이야기에 따라오지 못한 거겠지. 호위로서는 저래도 괜찮나 싶기도 했지만, 뭐 아이샤라면 자면서도 지켜줄 것이다. 나는 이야기를 계속했다.

"하수를 그대로 강으로 흘려보낼 수는 없어. 생활 폐수에는 병원균이나 기생충이 포함된 경우가 있으니까. 그걸 막기 위해서라도 물을 한 번 모으고 모래랑 자갈 같은 걸로 여과하는 장소, 다시 말해 침전지가 필요해."

"벼, 병원균?"

리시아는 고개를 갸웃거렸다. 이 세계의 사람에게는 익숙지 않은 단어인 듯했다.

뭐, 지금은 아직 그렇게까지 과민하게 굴 필요도 없겠지. 이 나라에 공해라는 개념은 아직 없다. 그건 이 나라의 생활, 기술 수준으로는 설령 하수를 그대로 흘려보내더라도 큰 영향은 없다는 의미이기도 했다. 하지만 지금부터 나라를 키우면서 기술 수준도 올릴 수 있다면 반드시 공해 문제가 생긴다. 대비는 빠를수록 좋다. 미나마타병이나 이타이이타이병, 욧카이치 천식 등을 경험하고 일본인은 공해를 배웠지만 굳이 이 나라 사람들에게 그런 경험을 시킬 필요는 없다.

"그래서, 그 침전지가 어쨌는데?"

"어, 그 침전지를 만들 목적으로 금군 부대에 구멍을 파라고 시켰는데…….."

"루드윈 경의 부대한테 뭘 시키는 거야."

하지만 업자한테 부탁하면 비싸게 먹힐 테고, 마침 금군 병사들이 '공병 기술'을 익혔으면 하는 참이었으니까. 구멍을 파고, 흙을 쌓고, 굳힌다. 참호를 파는 연습으로는 안성맞춤이었다. 이 세계의 전쟁은 아직 평지에서 치르는 회전이 주된 전술인 모양이니, 제1차 세계 대전 무렵 같은 참호 전술을 사용할 수 있는 집단은 그만큼 앞서가는 존재가 되겠지. 뭐, 그건 제쳐 놓고.

"침전지를 파게 했더니 마물의 뼈가 대량으로 나왔어."

"뼈?"

"그래, 뼈. 드래곤이나 거인 같은 것들의 뼈가 무더기로."

마치 마물의 무덤 같았다고, 실제로 본 금군 병사는 이야기했다.

드래곤, 거인, 가고일 등. 한눈에도 인간의 것이 아님을 알 수 있는 뼈가 대량으로, 그리고 난잡하게 잔뜩 나온 것이었다.

참고로 이 중에서 드래곤만큼은 마물이 아니었다.

드래곤은 와이번과 비교가 안 될 정도의 마력을 지녔고 지능도 높으며, 또한 인간의 모습으로도 변신할 수 있다나. 인간족과는 상호 영토 불가침의 동맹을 맺고, 이 대륙의 중앙에 있는 [성룡(星龍) 산맥]에 독자적인 국가를 구축했다. 그 성룡 산맥의 수장인 마더 드래곤은 드래곤 중에서도 특히 강하고 아름다운 개체라고 하여 이 세계의 사람들에게는 신앙의 대상이기도 했다. 다시 말해 드래곤은 경외해야 할 신수이자 인간이나 드래고뉴트 등과 같은 한 종족이기도 한 것이었다. 이야기를 다시 원래대로 되돌리자.

그런 뼈들을 조사한 학자의 말에 따르면, 그 지층도 수천 년 전의 것이었다고 한다.

"거기에 던전이 있었다는 거야?"

리시아는 고개를 갸웃거렸지만 나는 고개를 가로저었다.

"지층이라고 했잖아. 그건 수천 년 전 '지표면'이었다는 말이야."

"지표면이라니…… 설마 그럴 리가. 던전에서 마물이 나오는 경우는 이따금 있지만, 그렇게 대규모인 경우는 없어. 그야 말로 마왕령이라도 아닌 한, 지표면에 마물이 넘쳐나는 경우는……앗!"

리시아는 숨을 삼키고, 자신을 생각을 떨쳐내려는 듯이 머리를 내저었다.

"잠깐만! 마계가 출현한 건 10년 전이라고?!"

"그러니까 그 이전에도 마물이 지표면을 배회하던 시대가 있었다는 거겠지. 생각해 보면 이 대륙 각지에는 던전이 있고 그 안에는 마물이 서식해. 수천 년 전에는 이 대륙에 존재했던 마물이 무언가의 이유로 사라지고 그중의 일부가 던전 등에 틀어박혀서 생존했다. 학자의 생각은 그래."

마치 절멸했을 터인 공룡이 비경에서 살아 있기라도 한 것처럼.

혹은 절멸했을 터인 바이러스가 또다시 대유행하는 것처럼.

다만 그것이 진실인지는 지금 단계에서는 알 수 없었다.

"그럼 뭐야?! 북쪽 나라들을 멸망시킨 마물이나 마족은, '나타난' 게 아니라 '돌아온' 거야?!"

"그건 알 수 없어. 지금 단계에서 이렇다고 단정하는 건 위험해."

우리는 무엇과 싸우려는 것인가. 무엇이 적인가.

간단하게 판단을 내려도 될 문제가 아니었다.

"게다가 하나 더 신경 쓰이는 게……."

"아직 더 있어?!"

"뼈 문제는 제쳐 놓고, 침전지는 만들어야만 했으니까 말이지.

그래서 마물의 뼈는 학자에게 발굴 기록을 남기게 하고 파냈는데, 그중에 가장 크고 보존 상태가 좋았던 드래곤의 뼈가 한 마리 분량이 통째로 행방불명이 되었어. 전시용으로 분해한 상태로 파르남 왕립박물관 보관소로 옮겼을 텐데…….”

“도둑맞았다는 거야?”

“차라리 그렇다면 다행인데…… 아니, 다행은 아니지만. 전체 길이가 20미터에 가까울 드래곤의 전신 골격은, 분해해서 운반하는 것도 큰일이었을 테지. 그런데도 파르남 성벽 밖으로 반출된 흔적이 없어. 하지만 현재로 뼈는 여전히 행방불명이야. 마치 홀로 멋대로 움직이기 시작해서는 하늘을 날아서 도망친 것처럼 말이지.”

“! 설마 스컬 드래곤?!”

“학자도 그걸 의심했던 모양이더라.”

스컬 드래곤. 그런 마물이 있다나.

한번 날뛰면 나라가 궤멸한다는 드래곤은, 막대한 마력을 몸 안에 담고 있어서 사후에도 유해에 남는다고 한다. 보통은 마력도 서서히 빠져나간다지만 그 드래곤이 억울하게 죽었을 경우(정확하게는 사후, 나쁜 환경에서 오랫동안 방치되었을 경우), 극히 드물게 [스컬 드래곤]이 되는 경우가 있다나.

이 스컬 드래곤은 나라가 특A급으로 인정하는 해악 생물이었다. 날개를 지닌 개체는 뼈뿐이라 날개에 막도 없는데 하늘을 날고, 생물을 죽음에 이르게 만드는 독기를 흩뿌린다. 그 드래곤이 생전에 가졌던 기술인 [드래곤 브레스] 등도 사용할 수 있기에, 한번 나타나면 군을 총동원하여 격퇴해야만 하는 살아 있는(죽은?) 재해였다. 하물며 소국이라면 [성룡 산맥]에 사는 용들에게 조력을 청해야 할 필요마저 있다.

하지만 이번 경우에는 그게 아닐 테지.

"혹시 그렇다면 파르남은 이미 독기로 가득 찼을 거야. 그렇게 되지 않도록 학자들도 마력 검사는 한 모양이고. 그 화석에는 마력은 없었을 테지."

"그래……. 다행이네."

"하지만 바로 그러니까 알 수가 없단 말이야. 드래곤의 뼈는 어디로 사라졌지?"

드래곤의 뼈가 사라진 뒤로 이미 한 달 가까이 흘렀다. 그럼에도 전혀 발견할 수 없었다는 건, 역시 무언가의 방법을 이용해서 성벽 밖으로 반출해 버렸다는 걸까.

그렇다면 목적은 뭐지? 마력이 빠져나간 뼈의 이용 가치는 별로 없다던데. 이미 마법의 촉매로서도 가치는 없으니 고작해야 박물관 같은 곳에 전시해서(물론 그때에는 성룡 산맥의 허가가 필요하지만) 관광객을 불러 모으는 정도인 것이다.

모르겠다. 그래서 답답했다.

나는 그 자리에 털썩 드러누웠다. 리시아가 쌀쌀맞은 눈빛으로 흘려봤지만 개의치 않았다.

"옷, 더러워질 텐데?"

"빨면 돼. 지금 내 지위라면 그냥 놔 둬도 빨아 줄 거니까."

"왕이 더러운 모습을 보이면 안 되잖아."

"뭐, 위엄은 중요하다지만……. 귀찮아."

"떠맡긴 쪽인 내가 할 말은 아니겠지만, 그만둬."

"예 예. 으음~, 역시 완전히 쉬는 날은 좋구나~."

크게 기지개를 켰다. 정신의 어느 일부분도 일하지 않는 상황이라니 어찌 편하지 않겠는가. 생각해보면 이 세계에 온 뒤로 계속 일만 했다. 할 일, 해야 할 일, 해야만 하는 일이 산더미라서 항상 머리를 움직였다. 이렇게 아무것도 생각하지 않아도 되는 시간, 최고.

"아~……. 이대로 녹아내려서 흙으로 돌아가고 싶은 기분이야~."

"…………."

그런 내 모습을 보고 리시아는 무언가 생각에 잠기는 것 같더니, 조심스러운 말투로 말했다.

"무릎베개…… 할래?"

무릎을 꿇어 나란히 모은 허벅지에 소마의 머리를 얹었다.

무릎베개를 하는 방법에는 해 주는 쪽에서 봤을 때 세로 방향과 가로 방향이 있다는 모양인데, 이건 세로 방향이었다. 내려다보면 소마의 눈동자에 내 얼굴이 거꾸로 비쳤다. 허벅지와 허벅지 사이에 소마의 뒤통수가 있어서 어쩐지 근질근질했다.

"어, 어쩐지…… 묘하게 부끄러운데."

소마의 얼굴은 새빨갰다. ……나도 비슷한 느낌이겠지.

"이거 '해 주는 쪽'이랑 '받는 쪽', 어느 쪽이 부끄러울까?"

"글쎄……. 의외로 '보고 있는 쪽'이 아닐까?"

"아하하. 그럴지도."

아이샤가 자고 있지 않았다면 어떤 표정을 지었을까.

약혼자다운 모습을 보았다며 얼굴을 새빨갛게 물들였을까. 아니면 "공주님께서 그런 걸 하시게 둘 수는 없습니다! 베개가 필요하시다면 제가 하겠습니다!" 같은 엉뚱한 소리를 꺼냈을까. 저 아이가 소마에게 가진 호의에서는 이따금 충성심 이상의 것이 느껴지니까……. 어쩐지 후자 쪽일 것 같다고 생각해 버렸다.

"……이러면 약혼자로 보이려나?"

"뭐, 명목상 그런 것뿐이지만 말이지."

"명목상……."

소마는 무슨 일이 있을 때마다 "나와 맺은 혼약은 임시적인 거고 왕위는 한동안 맡는 것뿐."이라고, 지극히 가까운 사람들에게는 이야기했다. 아마도 소마는 이 나라가 어느 정도 안정된다면 왕위는 내게 양도할 생각이겠지. 내게 자기가 진행하는 개혁을 친절하게 공들여서 설명해 주는 것도 그를 위한 것으로 느껴졌다. 그런 소마의 생각을 헤아릴 수 있을 정도로는, 나도 소마라는 인간을 알 수 있게 되었다고 생각한다.

소마는 과도한 부도 명예도 바라지 않는다. 그저 평온하게 살고 싶을 뿐이다. 그런 소마에게 [노블리스 오블리주]에 속박당하는 [국왕]은 천직과 정반대라고 할 수 있겠지. 아버님께서 결정하신 일이라고는 해도, 그런 귀찮은 일을 떠넘겨 버렸다는 사실을 미안하게 생각한다.

……하지만 지금 이 나라는 소마를 중심으로 변하려 하고 있다.

주변 여러 나라가 구태의연하게 [곰팡이 슨 낡아빠진 왕국]이라고 여기던 이 나라가 점차 변화한다. 연일 심각해지는 식량 문제에 대처할 수 있었던 것은 소마의 수완 덕분이었다. 하쿠야나 폰초 씨 같은 사람들도 소마니까 관직에 오른 것이었다. 가령 내가 왕위를 넘겨받는다면 그들을 계속 거느릴 수 있을까?

게다가 무엇보다도 나 자신이, 소마가 국왕으로 있기를 바란다. 그러니까,

"소마는……. 내가 약혼자인 게 싫어?"

입에서 자연스럽게 그런 말이 흘러나왔다.

소마는 눈을 번쩍 뜬 뒤, 새빨개진 얼굴을 홱 돌렸다.

"……그렇게 말하는 건 치사하잖아."

"그, 그래?"

"그럼 리시아는 괜찮아? 내가 약혼자라도."

"상관없어."

묘하게 명확히 단언할 수 있었다는 사실에 스스로도 살짝 놀랐다.

다만 말한 뒤에는 살짝 부끄러워졌다.

"그게, 나보다 소마 쪽이 국왕에 더 어울린다고 생각하니까."

"국왕에게 어울린다고 해서…… 좋아하지도 않는 상대와 약

혼하겠다는 거야?"

"왕족이란 그런 거라고?"

"나는 왕족이 아니니까. 게다가……. 역시나 연애 결혼이 좋아."

"그럼 소마는 내가 싫어? 앞으로도 사랑하지 않겠다고 단언할 수 있어?"

"으윽……. 그러니까 그렇게 말하는 건 치사하다고. 남자라면 여자애가 살짝 마음이 있는 척을 하는 것만으로도 반해버리는 생물이야. 리시아 같은 미소녀한테 그런 말을 듣는다면……. 의식하지 않을 리가 없잖아."

변명 같은 소리를 하는 소마. 평소 공무에서는 놀라울 정도로 현실적이고 냉정하면서 이런 일로 안절부절못하는 그의 모습이 이상했다.

"후후. 소마도 참, 나라는 움직이면서도 이쪽 방면으로는 깜깜하네."

"……경험치가 부족한 거야. 여러모로."

"나도 학업과 군무뿐이었으니까 그 정도는 아닌데?"

"남자랑 여자를 똑같이 취급하지 마. 연애에 대한 기본 스펙이 완전히 다르니까."

"저기……."

그런 이야기를 나누고 있었더니 우리를 향해 조심스러운 목소리가 날아들었다.

돌아보니 어느샌가 깨어 있던 아이샤가, 쓴웃음을 세 배로 졸인 것 같은 표정으로 이쪽을 보고 있었다.

"저는 언제까지 자는 척을 하면 될까요."

""………….""

둘이서 펄쩍 뛰었다.

　공원을 뒤로하고 우리는 성 아래 산책을 재개했다.

　시각은 마침 정오를 지난 정도이고 배도 고픈 참이라, 셋이서 주나 씨가 일하고 있다는 라이브 카페에 가 보기로 했다. 양쪽으로 상점이 늘어선 돌이 깔린 골목길을 걷고 있자니 리시아가 "그러고 보니 아까 이야기 말인데……."라며 물었다.

　"확실히 [법도 정비했다.]고 그랬지. 뭘 했는데?"

　"아. 정비한 건 [골목의 보행자 천국화]랑 [쓰레기 처리 공영화]였지."

　"……미안. 전혀 모르겠어."

　뭐, 그럴 테지. 어느 쪽이든 위생 문제와 직결되는 거지만.

　"우선 [골목의 보행자 천국화] 말인데, 이건 단순히 큰길 이외의 도로로 말이 출입하는 걸 금지했어. 상품 운송용 짐마차는 특례로 했지만, 그것도 아침 몇 시간으로만 한정했어. 아까부터 거리 한가운데를 걸었는데 말한테 안 치였잖아?"

　"그러고 보니……."

　리시아가 주위를 두리번두리번 둘러봤지만 말의 모습은 보이지 않았다.

"이건 단순히 말의 교통사고를 줄이거나 안심하고 물건을 살 수 있는 환경을 갖추어 경제를 활성화한다는 의미도 있지만……. 주안점으로 둔 건 말똥 처리야."

"말똥?"

"기본적으로 이동 중인 말똥은 아무 곳에서 싸잖아? 방치된 말똥이 건조돼서 바람에 실려 날아다니면 들이마신 인간의 폐에 해를 끼쳐. 그리고 평소에 위생적이지 않은 장소일수록 말똥은 더 쉽게 방치되지. 말의 통행을 대로로 한정하면 회수하기도 쉬우니까. 이러면 폐렴 같은 병에 걸리는 사람도 지금보다는 훨씬 줄어들겠지."

"어! 고작 그것만으로?!"

"……그래. '그것만'으로 구할 수 있는 생명도 있었을 테지."

"아으…….."

조금 매정한 말투가 되어 버렸지만, 사람의 생사와 관련된 문제를 '그것만'이라는 식으로 넘어갈 수는 없었다.

"뭐, 무리도 아닌 부분이긴 해. 이 나라에는 아직 위생학이라는 개념 자체가 생기지 않았어. 의료 종사자들 중에서조차 이해하고 있는 사람은 단 둘뿐이었고."

전에 이 나라는 마법이 있는 탓에 기술 체계가 뒤죽박죽이라고 이야기했던 것 같은데, 그건 의학 방면으로도 마찬가지였다. 역시나 이세계라고 할까, 이 세계에는 [회복마법] 같은 게 있었다. 이것은 체내의 마력을 특수한 파동으로 변환하여 육체의 자연 치유력을 높이는 것이라나. 효능이 있는 것은 찰과상,

자상, 타박상 등의 외상. 엄청난 수준의 사용자일 경우, 막 절단된 팔이라면 원래대로 붙여 놓을 수도 있다고 한다.

이것만 보면 신의 위업이라고 생각해 버리겠지.

반면에 자연 치유력으로는 치료할 수 없는 바이러스성의 감기나 전염병을 마법으로 치료할 수는 없었다.

증상 완화를 위해서 약초를 달이는 약사가 있을 뿐이었다. 또한 자연 치유력이 약해진 노인 등에게는 외상이 있어도 효과는 얻을 수 없다나. 구조만 안다면 뭘 그렇게 간단한 일을, 그리 생각할지도 모르겠지만, 이 나라에 사는 대부분의 사람들은 아직 바이러스는커녕 미생물의 존재마저도 모르는 것이었다. 없는 지식에 억지로 해답을 내리려고 하기에 무심코 자신들의 상식 범위 안에서 해답을 도출하고 만다.

〈회복 마법이 통하지 않는다〉=〈신의 위업으로도 낫지 않는다〉=〈악마의 저주다〉

그런 도식이 머릿속에서 완성되어 버리고, 병의 치료에는 수상한 주술 상품이 거래된다.

"이 항아리를 사면 병이 사라진다." 같은 장사가 평범하게 이루어지고 마는 거니까 웃을 일이 아니었다. 그런 걸 살 거라면 목에 대파라도 감고 잠이나 자라.

하지만 희망의 씨앗은 있다. 아까 말한 의료 종사자 두 사람이다.

그 두 사람을 중심으로 의료 기술의 쇄신을 진행할 수 있다면……

"잠깐만, 소마. 혼자서 뭘 중얼중얼 그러는 거야."

리시아의 말에 제정신을 차렸다.

"미안해. 살짝 생각이 깊어졌어."

"정말이지……. 그리고 또 하나인 [쓰레기 처리 공영화]라는 건?"

"그 말 그대로야. 리시아는 이 나라의 일반적인 쓰레기 처리 방법은 알고 있지?"

"[타는 쓰레기]랑 [타지 않는 쓰레기]로 나누어서, 타는 쓰레기는 태우고 타지 않는 쓰레기는 묻는다. 맞지?"

"호오, 의외로 시원스러운 대답이네."

"왕족이니까 세상 물정을 모를 거라고 생각했어? 바보 취급하지 마. 사관 학교에 다녔을 때는 기숙사 생활을 했으니까."

과연. 생각했던 것만큼 세상 물정을 모르지도 않았구나…….

"하지만 틀렸어."

"어?"

"나는 '일반적인' 이라고 그랬잖아. 리시아의 대답은 그래도 상류 계급의 발상이야. 일반 상식과는 동떨어져 있어."

"그, 그럼 일반 상식은 어떻다는 거야!"

"아이샤, 신호의 숲에서는 쓰레기는 어떻게 처리하지?"

"어, 쓰레기 말인가요?"

갑자기 자신에게 이야기가 돌아오자 아이샤는 눈을 동그랗게 떴지만 금세 생각에 잠겼다.

"그렇군요……. 태우네요."

"그것뿐인가?"

"그것뿐입니다."

"그럴 리가 없잖아! 타지 않는 건 어떻게 하는데!"

리시아가 반발했지만 아이샤는 그저 어안이 벙벙하다는 태도였다.

"아뇨, 애당초 타지 않는 게 쓰레기로 나오나요?"

"나오지! 부서진 도구라든지, 그런 건 어떻게 하는데."

"고쳐서 씁니다."

"……어?"

"음식물 쓰레기는 비료로 묻습니다. 고칠 수 없을 정도로 깨진 도자기 등은 잘게 부수어서 땅에 뿌립니다. 금속류 도구는 부서져도 고쳐서 사용하고요. 그럼에도 고칠 수 없는 물건은 고물상(철 등의 폐품을 회수하는 상인)에게 팝니다. 쓰레기로 나오는 건 나무 조각이나 망가진 가죽 갑옷 같은 건데……. 그것들은 장작과 함께 태워 버리죠."

"……?"

이번에는 리시아가 눈을 동그랗게 뜰 차례였다. 그런 대화에 무심코 웃고 말았다.

"하하, 지금 건 아이샤가 정답이네."

"소마……."

"그렇게 풀 죽지 마. 남들의 시선을 신경 써야 하는 상류 계급이나 장비가 생사와 직결되는 군대 같은 곳이라면 도구는 항상 새것이나 마찬가지여야겠지. 하지만 일반 가정은 그렇지 않아. 아무리 그래도 아이샤의 이야기는 극단적이지만, 왕도의 백성도 비슷하거든. 다른 건 음식물 쓰레기도 태워 버린다는 걸까. 그리고 목제 도구처럼 부피가 큰 쓰레기는 연말에 광장에 쌓아 올리고 태우는 풍습이 있잖아? 그러니까 쓰레기는 타는 것밖에 없다는 건 마찬가지야."

이 세계에는 아직 플라스틱이나 스티로폼처럼 특별하게 처리해야지만 재활용할 수 있는 물건은 없다. 대부분의 도구는 철및 돌, 흙(유리나 도자기도 포함)이나 나무도 만들어져 있다. 철은 녹이면 재활용할 수 있고, 돌 같은 것은 놔두기만 해도 시간이 지나면 자연과 동화된다. 예외인 것은 마도구들로 만들어진 인공의 물질(마법물질)인데, 이건 존재 그 자체가 귀중해서 쓰레기로 폐기되는 경우는 거의 없다.

그리고 금속류 말인데, 이건 가격도 나름대로 나가는 터라 일반 시민은 철저하게 수리해서 사용한다. 철 따위는 두들겨서 펴는 것도 쉬우니까 말이다. 그래도 도저히 어떻게 할 방법이 없어져서 이래서야 다시 사는 편이 차라리 싸겠다고 생각했을 때는, 고물상에게 푼돈으로 팔아 치운다. 고물상은 이런 금속들을 모아서 녹이고, 또다시 같은 금속 제품으로 주조하는 것이다. 하지만 이건 개인이 하는 일이니까 좋은 설비도 공을 들일 시간도 없으니 결과적으로 질이 나쁜 금속밖에 만들 수가 없다. 녹여서 굳혔을 뿐이니까 그 과정에서 불순물이 얼마든지 섞여 버리기 때문이다. 결과적으로 나라에는 질이 나쁜 금속이 나돌게 된다.

이 나라는 자원이 빈약하다. 질이 나쁜 금속이 나돈다면 결국

에는 다른 나라에서 질이 좋은 금속을 수입해야만 하는 상황이
된다. 이 지출을 억누르고 싶다. 하지만 개인이 하는 고물상에
불순물 없이 질 좋은 금속으로 재이용하라고 해 봐야 억지스러
운 이야기다.

"그래서 말이야. 쓰레기 처리를 공영화……그러니까 나라가
진행하기로 했어. 개인이라면 어려워도 나라라면 돈도 전용 시
설도 준비할 수 있으니까 공을 들일 수 있잖아. 버려진 목재에
남은 못 하나하나까지 뽑아내서 철로 재이용할 수 있는 형태로
할 거야."

"그건 굉장하지만……. 고물상의 일을 빼앗는 게 되지 않을
까?"

"그건 괜찮아. 그 일에는 고물상을 그대로 공무원으로 채용하
니까."

애당초 그들은 저임금 노동자였다. 약간의 돈을 지불하여 부
서진 금속을 매입하고 녹여서 굳힌 뒤에 장식 길드에 넘긴다.
그러나 질 나쁜 금속밖에 못 만들기 때문에 후려치기를 당해서
수중에는 거의 남지 않는다고 한다. 실제로 이 세계의 고물상이
라는 직업은 히에라르키의 최하층인 듯했다. 다루는 물건이 쓰
레기이기도 하다 보니 경원시 되고 있었다.

"하지만 나라의 사업이 되면 수익금은 국고로 들어가. 나라가
마련한 좋은 설비에서 질 좋은 금속으로 다시 주조되며 장인 길
드와의 교섭도 나라가 진행하니까 후려치기를 당할 걱정도 없
지. 그리고 그들에게는 매월 이 나라의 평균 수준의 월급이 지

급되고. 아마도 이전의 벌이와 비교하면 열 배 이상은 되지 않을까?"

"그건……. 전혀 문제없겠네."

실제로 고물상들의 불만은 전혀 들어오지 않았다. 오히려 쓰레기 처리 문제 담당이 된 대신을 재처리 시설 시찰로 파견했을 때는, 종업원 일동이 눈물을 흘리면서 감사했다던가.

"하지만 그거, 잘못하면 다른 나라에서 수입하는 것보다 비싸지는 않아?"

리시아의 그런 지적에 나는 "뭐, 그렇지."라며 고개를 끄덕였다.

"지금 단계에서는 살짝 마이너스 정도일까. 하지만 국내에 지불하는 것과 국외에 지불하는 건 의미가 완전히 달라. 국외에 지불한다면 그건 자본 유출이지만, 국내에 지불한다면 그걸로 자국의 경제를 돌리게 되지."

"또, 또 경제구나……."

군인으로서의 소양이 강한 리시아는 아무래도 이런 분야가 서툰 모양이었다. 군에는 군의 관료 조직이 있다니까 사관은 병참선 유지에만 신경 쓰면 되는 거겠지.

"그럼, 군사. 외교적인 이야기도 하자. 자국 내에서 자원을 절약할 수 있다면 더 이상 다른 나라에서 수입자원을 가지고 외교 카드로 이용할 수는 없어. 예를 들자면, 지금도 우리 나라를 호시탐탐 노리는 아미드니아 공국이 우리 나라로 수출하는 물량을 정지하겠다, 그런 이야기를 꺼낸다면 어떻게 할래?"

"……곤란하네. 재개시키기 위해서 어떤 조건을 들이밀지 모르니까."

"그렇지. 그런 사태를 방지한다는 목적도 있어."

어느 나라라고는 이야기하지 않겠지만, 내가 있던 세계에도 자국에서 산출되는 희소 자원을 외교의 도구로 삼아 다른 나라에 압력을 가하는 나라가 있었다. 뭐, 그 대상이 된 섬나라가 진지하게 새로운 자원국에서 수출 루트를 확보하거나 대체 기술을 개발하여 결과적으로는 도리어 수출국의 희소 자원 가치가 대폭락하는 상황이 벌어졌지만.

"사용하는 자원을 절약할 수 있다면 다른 나라에서 수입을 막더라도 피해를 줄일 수 있고, 평시라면 남는 만큼은 미리 저장해서 유사시를 대비할 수 있어."

"과연. 그러니까 적자가 되더라도 공영화하는 의미가 있는 거구나."

리시아는 군사, 외교 측면에서의 이해는 빨랐다. 아마도 학습 능력의 높낮이가 취향에 따라서 여실하게 드러나는 타입인 거겠지.

참고로 이런 이야기는 나누는 동안, 아이샤는 "그런 것보다 밥을 먹고 싶다."라며 한참 동안 먹이를 앞에 두고 '기다려'를 당한 강아지처럼 울 것 같은 표정을 짓고 있었다.

라이브 카페 [로렐라이]는 햇살이 비치는 골목 구석에 있었다.

주나 씨가 일하는 가게였다. 라이브 카페라는 말 그대로 로렐라이들의 노래를 들으면서 오후의 티타임을 즐기는 장소였다. 밤에는 그대로 재즈 바가 된다나. 일본에도 이런 가게가 있었던가?

"얼굴을 비치려는 거잖아? 빨리 들어가자."

"배가 고픕니다……."

리시아와 아이샤의 재촉으로, 우리는 [로렐라이]의 문을 열었다.

가게로 들어온 순간, 주나 씨의 노랫소리가 들렸다.

그 노랫소리를 듣고 나는 무릎부터 털썩 주저앉을 뻔했다. 그러고 보니 이 노래를 가르쳐 줬지.

역시 주나 씨. 나도 제대로 부를 수 있을지 의심스러운 영어 노래를 완벽하게 소화해 내고 있었다.

"호오. 멋진 노랫소리로군요. 역시 주나 경."

"무슨 말인지는 모르겠지만 좋은 곡이네."

아이샤도 리시아도 연신 감탄했다. 응, 그야 좋은 곡일 테지.

주나 씨한테 내가 있던 세계의 노래를 가르쳐 주기로 약속했는데, 잘 생각해 보면 내가 아는 노래는 할아버지의 영향으로 기억한 옛날 노래나 취미인 애니메이션, 특촬물 노래뿐이었다. 그렇다고 해서 가장 먼저 가르쳐주는 노래가 애니메이션 쪽인 것도 좀 어떠려나 싶었기에, 나는 애니메이션 노래인 것 같지만 애니메이션 노래가 아닌 이 곡을 가르쳐 주기로 했다.

닐 세다카의 [Better Days Are Coming].

로봇 애니메이션 [기동전사 Z건담]의 전반 오프닝, 아유카와 마미의 노래 [Z 시대를 넘어서]의 원곡이라고 하면 더 잘 알 수 있을까. 개인적인 의견이지만, 주나 씨의 노랫소리는 일반곡이라면 야쿠시마루 히로코, 애니메이션 쪽이라면 모리구치 히로코의 노래에 잘 어울린다고 생각한다. 이 목소리로 [탐정 이야기]나 [물의 별에 사랑을 담아]를 듣고 싶다.

차분한, 쇼와 모던 같은 분위기인 가게 안. 한쪽 구석에 있는 테이블 자리에 앉아서 잠시 주나 씨의 노래를 들었다.

몇 분 뒤, 노래를 마친 주나 씨가 이쪽으로 와 주었다.

"아니, 폐⋯⋯."

"안녕하세요, 주나 씨. 기억해 주실지는 모르겠지만, 저는 *에치고 왕국의 비단 도매상 후계자인 카즈야입니다!"

나는 주나 씨의 시선을 제압하듯이 빠른 말투로 그리 지껄여 댔다.

그것만으로도, 유능한 여성인 주나 씨는 사정을 헤아려 준 모양이라.

"그래, 맞다. 카즈야 씨였죠. 오랜만이에요. 아버님은 건강하신가요?"

"예. 너무 건강에서 요전에도 어머니한테 바람피우던 걸 걸려서 큰일이었어요."

"그런가요. 카즈야 씨도 여성을 대할 때는 조심하세요."

---

* 일본의 암행어사 이야기로 유명한 미토 고몬이, 자신의 신분을 '에치고의 비단 도매상'으로 위장한 것의 패러디.

그렇게 이야기를 맞추어 주었다. 아무래도 이렇게 남들의 시선이 있는 장소에서 '폐하'라며 고개를 숙여도 곤란하니까 말이지. 이래 봬도 잠행이거든. 하지만 엉터리 같은 내 말에 곧바로 맞추어 주는 이 애드립 능력. 더없이 왕성에 필요한 인재였다.

"여기 급료의 다섯 배를 드릴 테니까, 제 전속 비서가 되지 않겠어요?"

"말씀은 고맙지만, 제 노래를 손님들께서 즐겨 주시는 이 일을 천직이라고 생각해서요. 죄송합니다."

온화하게 거절당했다. 응. 거절하는 방법에도 품위가 있구나.

"그것참 안타깝네요. 하지만 들판의 꽃은 방에 장식해 두는 것보다 그대로 들판에 자유로이 피어 있으니까 아름답다고도 하니까요."

"어머, 장식해 두는 게 아니라 즐기기 위해서라면, 꽃은 꽃병 안에서도 빛나는 법이에요."

"과연. 그렇다면 즐길 수 있는 소양을 갈고닦아야겠네요."

"예. 꽃이 그 사람의 손길에 꺾여도 좋다고 생각할 정도로."

"하하하하하."

"우후후후후."

함께 웃는 나와 주나 씨. 그런 우리를 보고 리시아는 살짝 질렸다는 태도였다.

"뭔가 두 사람의 대화는 서로 속을 떠보려고 다투는 것 같아."

……그렇다나. 그건 아니야, 리시아. 이건 아마도,

[어떻게든 애를 쓰는 동생을 부드럽게 혼내는 누나의 그림]

……이겠지. 나이는 거의 차이가 없을 텐데 말이야.

"후루루루루루룩……. 역시 젤린 우동은 맛있네요."

우리는 그대로 카페 [로렐라이]에서 점심을 먹기로 했다.

나온 젤린 우동 한 그릇을 *완코소바 한 그릇 정도의 시간 만에 먹어치우며, 아이샤는 "한 그릇 더 주세요!"라며 그릇을 웨이터에게 건넸다. 카페는 그런 식으로 먹을 장소가 아니잖아…….

"그건 그렇고, 카페에서 젤린 우동인가요……."

"입에 안 맞으세요?"

주나 씨가 걱정하는 표정을 지었기에 나는 "아, 아뇨."라며 고개를 가로저었다.

"이런 좋은 분위기인 가게에서 우동을 먹는 것도 좀 어떠려나 싶어서."

"그 방송 이후로 먹어 보고 싶다는 사람이 많아서요. 게다가 아직 식량난의 영향을 벗어나지 못해서 이렇게 저렴한 식재료는 고마울 따름이에요."

"손을 쓰고는 있는데……. 역부족이라 죄송해요."

"아뇨, 폐……. 카즈야 씨는 잘 해주고 계신다 생각해요."

주나 씨가 상냥하게 미소를 지으니 어쩐지 마음이 따스해지고 말았다.

---

* 이와테 현 모리오카 시의 명물 요리. 작은 그릇에 담은 메밀국수를 손님이 원하는 만큼 계속 제공해 주는 음식.

퍽, 퍽.

응, 그러니까 리시아. 테이블 밑으로 내 정강이를 걷어차지 말라고.

"어쩐지 소마는 주나 씨한테만큼은 태도가 다르지 않아?"

"어, 후루루룩…… 저도 그건…… 후루루룩…… 느끼고 있어요."

"……어쩔 수 없잖아. 아름다운 누님과 이야기를 나누면 긴장되는걸. 그리고 아이샤는 먹든지 말하든지 하나만 해."

"후루루룩."

먹는 쪽이냐. 그런 태클은 너무 뻔하니까 넘어갔다.

"……나한테도 예쁘다고 그런 주제에."

"아니, 리시아랑 주나 씨의 아름다움은 방향성이 다르다고 생각하는데?"

"어, 어떻게 그 말을 들은 거야!"

아니, 들리지 않게 하고 싶다면 좀 더 볼륨을 낮추라고.

……아까 무릎베개로 묘하게 의식해버린 부분도 있으니까 말이지.

"그, 그냥 흘려들어도 되는 거잖아."

"그럴 수 있겠냐. 나도 건강한 남자니까 너무 의식하게 만들 법한 말은 하지 마."

"어머어머, 얼굴이 새빨개요. 두 분 다 순진하시네요."

주나 씨는 말다툼을 벌이는 우리를 보면서 싱긋 미소 지었다.

그 옆에서 아이샤는 토라진 듯이 우동을 후루룩거렸다.

"후루루룩……. 왜 공주님의 호의는 알아차리시면서……후 루루룩……저는 그냥 넘어가시나요……후루루룩. 아, 한 그릇 더 주세요."

"주제 넘는 말인 것 같지만……. 그런 식이니까 진심으로 받 아들여지지 않는 게 아닐까요?"

"주나 경?! 제 어디에 문제가 있다는 건가요?!"

"그 식탐이에요. 처음에 왕성에서 뵈었을 때는 왕과 직접 담 판을 짓는 늠름한 여성으로 보였는데, 최근의 아이샤 씨는 그저 먹기만 할 뿐이라 실망이에요."

"뭐, 뭐라고요오오오오?!"

아이샤가 "거짓말이라고 해주세요 폐하, 공주님." 그런 느낌 으로 이쪽을 봤다.

나와 리시아는 미소를 띠며 나란히 양손으로 '×'를 만들었다.

그게 말이지, 주나 씨의 의견에 100퍼센트 동의하는걸.

"명백하게 폰초 씨의 장기를 빼앗고 있지."

"늠름하던 아이샤 씨는 어디로 가 버렸을까."

"으에~엥! 숲에는 이런 다양한 요리가 없었던 게 문제라고 요!"

"애당초 약혼자가 있는 나를 유혹해서 어쩌려고……."

"""어?"""

세 사람이 어리둥절했다. 무슨 이상한 소리라도 했나?

"저기…… 소마? 이 나라는 유복하다면 일부다처도 인정된 다고?"

"반대로 실력이 있는 여성이라면 일처다부도 가능하죠. 드문 일이지만."

"일부일처로 한정 지어 버렸다가 무슨 일이 벌어졌을 때 가문이 끊어지고 말 테니까요."

리시아, 주나 씨, 아이샤가 진지한 표정으로 말했다.

정말이냐……. 어, 아니. 정말이겠지. 이 세계는 아직 중세의 암흑시대를 벗어나지 못한 정도의 사회인 것이다. 출생률도 안정적이지 않고 위생이나 의료 미발달, 그런 데다가 난세이기까지 하다면 평균 수명까지 살아남는 경우가 드물겠지. 게다가 [가문]이라는 개념을 소중하게 여기는 중세사회에서는, 기를 수 있는 재력만 있다면 후세는 많은 편이 낫다. 그렇기에 일부다처제인 거겠지. 그건 나로서도 이해할 수 있다.

"하지만 리시아의 어머님 말고 다른 왕비님이랑 만난 적은 없는데……."

일부다처제라면 왕이었던 리시아의 아버지에게도 아내가 좀 더 있어도 되는 거 아닐까. 나도 빨리 후세를 만들라며 하쿠야한테 독촉당하고 있으니.

"아, 원래 왕권을 가지고 있는 건 어머님이야. 전전대 국왕의 딸이지."

"그 국왕, 데릴사위였나!"

"그래. 결혼한 뒤로는 국정은 아버님께 맡겼지만 말이지. 그래서 아버님은 어머님을 소홀히 하고 다른 비를 들일 수는 없었다는 거지. ……사생아가 없다고 단언할 수도 없지만."

"어라? 그럼 나는 그 국왕한테서 왕위를 물려받았는데 괜찮은 건가?"

"문제없어. 아버님이 앞장섰다고는 해도 어머님의 승낙 없이 선양할 수는 없는걸."

그러니까 그 선양은 왕의 독단이 아니라 여왕인 왕비님도 승낙했다는 건가.

"게다가 왕위 계승권을 가진 건 나밖에 없었으니까, 어차피 사위로 들이는 형태가 되었으니 큰 차이는 없다고 생각해. 왕권이 나한테 가는지, 배우자한테 가는지의 차이일 뿐이고."

"……그럼 리시아가 왕이라도 되는 거였잖아?"

"소마의 개혁 하나하나에 내 재가가 필요하다고? 귀찮잖아?"

"그건…… 확실히."

리시아는 결코 편협하지는 않지만 일일이 재가가 필요했다면 개혁은 좀 더 늦어졌을 테지. 또한 최고 의사 결정자와 개혁 추진자가 따로따로라면, 그 틈을 노리고 쓸데없는 풍파를 일으키는 개혁 반대파가 나타났을 수도 있다.

"리시아의 아버님이 단번에 모든 것을 양도한 건 영단이었구나……."

"그러네……. 지금 생각하면 솔직히 굉장하다고 느끼게 되네."

뭐, 그 여파가 우리한테 온 건 아니지만. 둘이서 한숨을 내쉬었다.

"그러니까 소마가 바란다면 일부다처는…… 가능해."

"리시아는 그대로 괜찮겠어?"

"달갑지는 않지만, 그걸로 소마가 계속 왕위에 있어 준다면."

"이해심이 너무 넘치잖아……."

"나를 포함해서 여덟 명까지라면 허락할게."

"많기도 하네! 그렇게나 있다면 책임을 못 진다고!"

하렘을 건설할 수 있다는 말을 들으니 불끈거리지 않는 건 아니지만……. 뭘까, 고생하는 미래밖에 상상할 수 없었다. 여성에게 강하게 나갈 수 있는 타입도 아니니까, 수가 늘어나면 늘어날수록 점점 주눅이 들어 버리는 모습이 눈에 선했다.

"그런데 그 숫자의 기준은 뭐야?"

"일주일에 하루는 독점할 수 있으니까."

이 세계의 일주일은 8일이었다. 참고로 한 달은 매월 4주이니까 따라서 32일까지. 그런 한 달이 총 12개월이면 1년이니, 이 세계의 1년은 384일이었다.

아니, 그런 이유야?!

그러자 주나 씨와 아이샤가 무언가 소곤소곤 이야기를 나누고 있었다.

"여덟 명이라면 일주일에 한 번뿐이잖아요."

"그렇지도 않을 것 같은데요? 자신의 날과 상대의 날에 서로를 초대한다면……."

"과연. 일주일에 한 번뿐이라고 단정할 수는 없겠군요! 역시 주나 경입니다."

"……하지만 독점하고 싶지도 않나요?"

"으으, 고민되네요."

아니, 아이샤도 주나 씨도 왜 이런 화제에 어울리는 건데?!

동시에, 라든지……. 그런 쪽으로 흥미가 없는 건 아니지만, 그를 위해서는 왕위를 계속 유지해야만 한다. 즉위에 따른 고생이 싫다는 현실적인 성격과 남자로서의 이상을 추구하고 싶다는 욕구로, 마음의 바늘은 연신 이리저리 삐걱대고 있었다.

어쩐지 굉장히 마음이 불편해진 그때,

"안 되는 거예요! 절대로 안 되는 거라고요, 할!"

"왜 알아주지 않는 건데!"

먼 자리에서 군의 사관복을 입은 젊은 남녀가 말다툼하는 소리가 들렸다.

남자 쪽은 붉은 머리카락이 특징적인, 키가 큰 인간족이었다. 키는 190은 될 것 같았다. 어깨가 넓고 사관복 너머로도 탄탄한 체형임을 알 수 있었다.

여자 쪽은 단발 보브컷 금발 위에 삼각형 귀 두 개가 있는, 작은 체구의 여자였다. 요랑족일까?

"저 아이는 요호족이네."

리시아가 그리 말했지만 차이를 알 수 없었다.

"꼬리를 보면 알 수 있어. 여우 꼬리잖아."

"같은 개과니까 요견족이라고 뭉뚱그리면 안 되나?"

"그런 말을 했다가는 요랑족도 요호족도 화낼 거야. 요견은 코볼트를 가리키는 말이니까, 인간으로 치자면 원숭이랑 같은 취급을 당한 느낌인걸."

"……나중에 그런 종족 간의 터부에 대해서 가르쳐 줘."

역시나 이세계. 어디서 지뢰를 밟을지 알 수 없구나.

그런 생각을 하고 있자니 요호족 소녀가 비통하게 말했다.

"부탁인 거예요, 할. 지금 카마인 공령으로 가면 안 돼요! 육군대장 게오르그 카마인 공은 새 국왕과 반목하고 있어요. 내란이 벌어질지도 모르는 거예요!"

"바로 그러니까 가는 거잖아. 싸움이 벌어진다면 입신양명의 기회라고."

할이라고 불린 열여덟 살 정도의 청년은 그러면서 사납게 웃었다.

반면에 요호족 소녀의 얼굴은 어두웠다.

"할은 전쟁을 너무 간단하게 생각하는 거예요. 할의 아버님은 그런 할이 걱정되어서 당신을 복귀시킨 거예요."

"아버지는 상관없잖아! 오랫동안 카마인 공을 섬겼으면서, 형세가 불온해지니까 왕도에 은둔해 버린 겁쟁이야! 시키는 대로 할 필요 따위 없어!"

"할의 아버님은 알고 계신 거예요. 대의 없는 반항을 하려는 건 카마인 공이라는 사실을 말이죠."

계속 다투는 두 사람. 그런 둘을 보고 리시아는 짝, 손뼉을 쳤다.

"누군가 했더니, 남자 쪽은 할버트 마그나 사관이네."

"아는 녀석이야?"

"육군 집안의 명문, 마그나 가의 적자야. 사관 학교 시절부터 전투 능력으로는 월등했지. 졸업 후에는 육군에 배속되었을 텐데……. 집으로 돌아왔구나."

"의외로 이름이 알려진 녀석인가. 그럼 여자 쪽은?"

"글쎄……. 육군에서는 본 적 없는 얼굴인데……."

"저 사람은 카에데 폭시아 씨에요."

리시아 대신에 주나 씨가 대답해주었다. 어라, 어떻게 아는 거지?

"그녀는 이 가게의 단골이니까요. 아마도 금군 소속의 마도사라고 그랬어요."

"금군이라면 토 속성 마도사인가?"

이 세계의 마법은 화(火), 수(水), 토(土), 풍(風), 광(光), 암(暗)의 여섯 속성으로 나뉜다.

화, 수, 토, 풍은 각각 그것들을 조종하는 공격마법이고, 광은 기본적으로 치유계 마법이다. 암만큼은 특수해서 엄밀하게는 암, 어둠을 조종하는 마법은 아니고, 전술한 다섯 속성에 해당되지 않는 특수마법을 총칭해서 [암 속성]이라고 부른다.

내 【리빙 폴터가이스트】도 마법 계통을 따지자면 암 속성이었다.

이 세계의 인간은 반드시 이들 여섯 속성 중 하나의 적성을 지녀서 크든 작든 마법을 사용할 수 있다나. 리시아랑 아이샤가 훈련하는 모습을 보면 알 수 있듯이, 무기나 참격에 자신의 적성인 마법을 부여할 수도 있다. 그런 가운데, 남들보다 강한 현상을 일으키는 자를 마도사라고 부른다. 마도사는 불꽃을 조종하거나, 소용돌이를 일으키거나, 지면에 커다란 구멍을 뚫거나, 함선을 침몰시키는 등 굉장한 힘을 지녔다.

그런 마도사가 군에 소속되는 경우, 속성에 따라서 파견되는 군이 바뀐다.

화 속성이라면 육군, 풍 속성이라면 공군, 수 속성이라면 해군, 토와 암(거의 없다는 모양이지만) 속성은 금군에 소속되고, 위생병과 같은 역할인 광 속성은 균등하게 배치된다.

솔직히 이렇게 유연성이 결여된 배치 방법에는 반대하지만 육해공군은 삼공의 지배하에 있는 터라 관여할 수가 없었다. 언젠가 구조를 개혁하고 싶구나.

그런 생각을 하는 사이에도 카에데와 할버트의 말다툼은 계속되었다.

"카마인 공이 그런 애송이 왕한테 질 리가 없잖아!"

"최근의 카마인 공은 이상한 거예요! 내부에서 다투어 봐야 주변 국가를 이롭게 할 뿐이에요!

아미드니아는 전전대 엘프리덴 왕에게 빼앗긴 영토 탈환을 노리고 있어요. 동토가 대부분인 톨기스 공화국은 풍요로운 대지와 부동항을 원하죠. 내란이라도 벌어진다면 반드시 개입할 거예요. 카마인 공이 그걸 모르지는 않을 건데……."

호오. 카에데 쪽은 주변 국가의 상황을 잘 알고 있는 듯했다.

이 세계의 지도에서 왕국 서쪽에 있는 [아미드니아 공국]은, 전전대 엘프리덴 국왕의 확장 정책 때문에 왕국에게 국토의 거의 절반을 빼앗기는 꼴이 되었다. 그 후로 50년 가까이 지났지만 아직도 잃은 땅을 회복할 기회를 호시탐탐 엿보고 있었다. 이 나라의 명확한 적국이었다.

아미드니아 남쪽, 이 대륙의 남단에 위치한 [톨기스 공화국]은 카에데의 말대로 국토 대부분이 동토로 뒤덮인 극한의 나라였다. 이 세계는 지도를 봤을 때, 남쪽으로 가면 갈수록 기온이 내려간다. 이 대륙이 (일본인의 감각으로 따지자면) 남반구에 있는지, 남쪽과 북쪽의 인식이 반대인지, 혹은 마법 같은 불가사의한 현상의 영향인지는 모르겠지만 엘프리덴도 남쪽으로 가면 갈수록 추워지고 북쪽으로 가면 갈수록 더워진다나.

그런 상황이기에 [북상 정책]은 톨기스 공화국의 국시였다.

다만 국경을 접한 나라 중 그란 케이오스 제국은 강력하기에 분쟁을 일으킬 수는 없었고, 용병 국가 제므는 동맹국이라서 마찬가지로 침공은 불가능. 그렇기에 북상을 하려면 아미드니아나 엘프리덴으로 한정되는 것이었다.

어느 쪽이든 이 나라에 틈만 있다면 파고들려 하는 골치 아픈 나라들이었다.

"주변국이 노리고 있는데도 카마인 공은 무슨 생각을 하시는 걸까요."

"……다른 사람도 아니고 카마인 공이야. 틀림없이 무언가 생각이 있겠지."

"할은 스스로 생각하지도 않는 건가요!"

"실제로 왕과 관계를 끊은 많은 귀족들이 부하들을 이끌고서 카마인 공 밑으로 모여들고 있잖아? 그들을 잡아두지 못한다는 사실이, 왕이 무능하다는 증거잖아!"

"신임 국왕 폐하가 유능한지 무능한지는 몰라요. 하지만 이제까지 실정을 범하지는 않았어요! 게다가 카마인 공 밑으로 모인 귀족들 대부분은 신임 국왕 폐하의 재정 개혁으로 이권을 빼앗기거나 부정을 추궁당하거나 해서 재산이 몰수된 사실에 불만을 품은 자들인 거라고요?! 그들을 복권시킨다고 해서 정말로 이 나라가 나아지리라고 생각하는 건가요!"

카에데가 그렇게 몰아붙이자 할버트는 이리저리 시선을 헤맸다.

"……카마인 공이라면 제대로 생각하고 있을 거야."

"또 카마인 공이 어쩌고, 할의 의견은 없는 건가요!"

"시, 시끄러워! 그럼 카에데는 미래가 보인다는 거야, 뭐야!"

"알 수 있는 거예요!"

갑자기 태도를 바꾸어 강하게 나오는 할버트를 향해 카에데는 분명하게 단언했다.

"저는 알 수 있는 거예요! 그 사람은 무서운 사람이에요. 신임 국왕 폐하는 분명히……."

"자자, 스톱."

나는 카에데의 말을 가로막듯 두 사람 사이로 끼어들었다.

갑작스러운 난입자의 존재에 둘은 눈을 동그랗게 떴다. 나는 "네, 네놈은 뭐야!"라며 놀라는 할버트 쪽은 무시하고 멍한 표정인 카에데를 향해 웃음을 지었다.

"너무 술술 떠들어댄다면 권력을 써서 구속해 버릴 거라고?"

"윽, 당신은!"

카에데 쪽은 이미 내 정체를 알아차린 듯했다.

"응, 그러니까 조용히 해. 정말이지, 어디까지 이해하고 있는지는 모르겠지만, 이런 장소에서 너무 확신에 찬 소리를 하면 나라의 손실로 이어질 테니까 말이야."

"죄, 죄송해요. 하지만, 어째서 당신이 이곳에······! 설마 반항적인 할을 체포하기 위해서?! 아닌 거예요! 할은 머리가 나쁠 뿐이지 반항 같은 건······."

카에데는 무언가 엉뚱한 방향으로 착각해서는 변명을 시작했다. 조금 전까지의 분석력은 어디로 가버렸는지 할버트를 위해 필사적으로 변호했다.

"아니, 일개 병사가 어떻게 생각하는지는 흥미 없으니까."

"그, 그럼 어째서 이곳에?"

"갑자기 휴일을 받았으니까 말이지. 주나 씨의 가게에 얼굴을 비치러 왔을 뿐이야."

"그, 그런 건가요······."

명백하게 안도한 모습인 카에데.

반면에 할버트는 아까부터 이쪽으로 노려보고 있었다.

"이 자식, 갑자기 끼어들어서는 뭘 카에데를 위협하고 앉았느냐."

"저, 저기 할? 저는 위협당한 게 아니라······."

"시끄러워! 너는 잠자코 있어!"

"햐웃!"

테이블을 쾅 두드리며 일어서는 할버트의 험악한 모습에 카에데는 겁을 먹었다.

"······네가 위협해서 어쩌자는 거야."

"시끄럽다고 했잖아!"

그의 손이 내 가슴팍을 붙잡으려 뻗어 나오고,

"윽."

도중에 멈췄다. 지금 한순간, 할버트는 우리 여성진 셋에게 둘러싸였다.

미인 셋이 둘러싼다는 멋진 시추에이션일 터인데……. 전혀 부럽지 않았다. 리시아는 허리에 차고 있던 레이피어를 뽑아들어 칼끝을 할버트의 목덜미에 내질렀고, 아이샤는 (대검은 방해가 되어 두고 왔다.) 아이언 클로로 그의 안면을 움켜쥐었고, 그의 등 뒤에 선 주나 씨가 미소 그대로 등에 과도를 대고 있었다. 우와……. 우리 여성진의 전투력이 너무 높아…….

"아니, 주나 씨도 말인가요."

"저희 가게에서는 폭력 행위가 일절 금지되어 있사오니(싱긋)."

"아, 예……."

아무리 그래도 이런 상태에서는, 기세등등했던 할버트도 식은땀을 흘리고 있었다. 몸을 꿈쩍도 할 수가 없는지, 아이샤의 손가락 사이로 분한 듯이 이쪽을 노려보고 있었다.

"이 자식……. 더럽잖아! 남자 주제에 여자 그림자에 숨어서는."

"그렇게 말해도 말이지, 보호받는 게 일이나 마찬가지니까. 오히려 내가 호위도 없이 전선에 나서는 편이 문제라고 생각하는데."

내가 그리 말하자 여성진은 응 응, 고개를 끄덕였다.

"그걸 알고 있다면 성가신 일에 고개를 들이밀지 말라고, 정말."

리시아에게 혼이 났다. 아, 예. 죄송합니다, 자중하겠습니다.

할버트의 짜증스러운 시선이 날아와서 꽂혔다.

"……이 자식, 대체 뭐하는 놈이냐?"

"흠……. 그렇다면 어느 시대극 명대사로 대답할까. [할버트, 짐의 얼굴을 잊었는가.]"

"뭐?"

"왜 갑자기 잘난 척이야."

리시아가 춉을 넣었다. 아니, 한번 말해 보고 싶어서.

그러자 이번에는 아이샤가 나를 대신에서 소리를 질렀다.

"물렀거라! 이분이 누구인지 아느냐!"

아아, 그거도 말해 보고 싶었던 명대사인데, 아니 왜 아이샤가 말하는 건데!

"말하기 황송하옵게도, 제14대 엘프리덴 국왕(잠정)이신 소마 폐하이시느니라!"

그 드라마의 BGM이 들리는 것만 같은데 기분 탓이겠지.

일단 나는 이 실없는 다크 엘프의 머리를 가볍게 두드렸다.

"목소리가 커. 잠행이라고 그랬잖아."

"앗……. 죄, 죄송합니다, 폐하!"

"폐하라니……. 설마 당신이 국왕인가?!"

새삼스레 놀라는 할버트. 이 자리에서 그 사실을 몰랐던 것은 그 하나뿐이었기에 참으로 맥 빠지는 느낌이 들었다. 일단 레이피어+아이언 클로+나이프에 포위되어 있으면 차분하게 이야기를 나누지도 못할 테니까 모두 물러나게 했다.

안도하는 할버트를 응시하며 나는 물었다.

"그래서 할버트 마그나. 나를 칠 거라고?"

"그, 그건……."

시선을 피하는 할버트. 이봐, 고작 그 정도의 각오였나?

"그건 마그나 가의 총의라고 생각해도 되겠나?"

"뭐?! 아버지는 상관없잖아!"

"상관없을 리가 있나. 나는 그저 따를 뿐인 병사들은 몰라도, 귀족 계급의 반역자는 법에 따라서 판단할 거야. 명확한 반심을 가지고 있는 거니까. 그때 적용되는 건 [국가 반역죄]인데……. 중죄라고. 적어도 삼족 이내의 친족까지 연좌로 처벌받지."

"뭐……."

할버트는 말을 잃었다. 사실을 들이밀었을 뿐인데 말이지.

"아니……. 그건 아무리 그래도……."

카에데가 끼어들려고 했지만 나는 손을 들어 그것을 제지했다.

"말해 두겠는데, 이건 개인적인 원한으로 말하는 게 아냐. 이 나라의 법에 그렇게 정해져 있으니까 말이야. 정말이지, 아무리 장수하는 종족이라면 증손, 고손까지 보는 게 일반적이라지만 연좌 범위가 너무 넓잖아. 나로서는 죄가 없는 어린아이한테까지 형벌이 미치는 이런 법률은 냉큼 개정하고 싶지만, 할 일이 가득해서 거기까지 손이 미치지 않는 게 현실이야."

"…………."

"할버트 마그나. 너는 마그나 가라는 어엿한 귀족 출신이야. 그러니까 혹시 네가 삼공 측에 붙고, 삼공이 반란을 일으키고 ﾞ

내가 이긴다면 너와 3족인 친족은 처형당해. 법으로 그리 정해져 있으니까 어쩔 수 없잖아?"

내 의사가 아니라 법에 따라 심판한다. 거기에 재량은 일절 개입되지 않는다.

"그럼 다음으로 삼공 측이 이겼을 경우를 생각해 보자고."

"! 그, 그래. 우리가 이기면 문제없잖아!"

"그런 경우, 그녀는 어떻게 될까?"

나는 카에데의 어깨에 손을 올렸다. 할버트가 명백히 동요하고 있었다.

"설마 카에데를 인질로 잡을 속셈이냐!"

"그런 짓은 안 해. 다만 그녀의 소속은 금군이야. 삼공이 반란을 일으킨다면 그녀는 '이쪽'으로 출진하겠지. 다시 말해 네 적이 된다는 말이야."

그리고 나는 카에데를 지그시 봤다.

"참고로 할버트와는 어떤 관계지?"

"소, 소꿉친구인 거예요."

"소꿉친구……라."

아까부터 둘의 언동에서는 서로를 걱정하는 심정이 엿보이는 것 같기도 했는데……. 뭐, 이 자리에서 지적해 봐야 별 의미도 없나.

"소꿉친구라면 남들 이상으로 '정'도 있겠지. 그래서? 삼공 측에 붙는다면 넌 카에데를 어떻게 할 생각이지?"

"어떻게……. 뭐가 말이냐."

"지금은 삼공 측이 이겼을 경우를 이야기하고 있어. 그렇게 된다면 나는 토벌당했을지도 모르고, 어쩌면 수급을 취하는 건 너일지도 모르지."

"흥! 그렇다면야 입신양명은 틀림없겠네."

"……그렇겠지. 그래서, 그때 카에데는 어떻게 될 것 같나? 패배한 쪽의 병사 중에 이런 귀여운 아이가 있다. 그것을 알게 된 '승리한 쪽의 병사가 무엇을 하느냐'……. 현역인 너라면 쉽게 상상할 수 있잖아?"

내 지적에 할버트의 얼굴은 눈에 띄게 새파래졌다.

아마도 '그런' 장면을 상상해 버린 거겠지. 전쟁에서 결판이 난 뒤에 승자의 패자 유린은 솔직히 자주 있는 일이다. 약탈, 방화, 부녀 폭행, 학살……. 그런 만행이 버젓이 벌어지는 것이 전쟁의 광기 어린 부분이다.

할버트는 그럼에도 망설임을 떨쳐내듯이 소리를 질렀다.

"카마인 공의 군은 잘 통솔되고 있어! 그런 파렴치한 짓은 하지 않아!"

"육군의 내부 사정은 모르겠지만, 지금 카마인 공령에 있는 건 정규 군인만이 아냐. 내게 부정을 추궁당하거나 이권을 빼앗기거나, 그런 이유로 반기를 든 귀족들도 있지. 그 녀석들한테는 이제 미래가 없어. 패배한다면 죽음과 가문의 단절이 기다리고 있으니까 말이야. 그러니까 개인 재산을 털어서 제므의 용병들을 대량으로 고용하고 있다더군."

용병 국가 제므.

아미드니아 서쪽, 톨기스 북쪽에 있는 중간 규모의 국가로, 원래는 용병대장 제므가 고용주였던 나라를 자신의 재능으로 멸망시키고 건국한 용병의 나라다. [영구 중립]을 표방하고 있지만 주요 산업은 각국에 용병을 파견하는 것으로, 요컨대 '요청만 있다면 모든 나라에 용병을 파견한다.' 라는 의미다. 이 용병들이 굉장히 강하기에 각국도 '적으로 돌리는 것보다 동료로 삼아두는 편이 낫다.' 며 용병 계약을 맺고 있다.

 "무슨 말도 안 되는 소리를! 금군 중에는 계약을 맺은 제므의 용병도 포함되어 있잖아! 그런데 삼공군에까지 용병을 파견한다면 아군끼리 싸우는 꼴이 된다고!"

 "어, 그렇지는 않아. 금군 쪽의 고용 계약은 상당히 예전에 끊었으니까."

 마침 좋은 기회니까 이 나라의 군사 제도에 대해서 이야기하자.

 이 나라의 총병력은 대략 10만이라고 한다. 내역은 이렇다.

 게오르그 카마인 공이 지휘하는 육군이 4만.

 엑셀 월터 공이 지휘하는 해군이 1만.

 카스토르 바르가스 공이 지휘하는 공군이 1천.

 (다만 비룡^{와이번} 기사 하나는 육군 백 명에 필적한다고들 한다.)

 이 가운데 공군만큼은 병사 하나하나에 이르기까지 기사 계급인 자로 구성되어 있지만, ([와이번 한 마리+기사 하나 혹은 둘]로서, [와이번 기사]만으로 구성되어 있으니까 당연하다.) 육군과 해군의 경우에는 대부분이 직업 군인이다.

 그들은 삼공령 안에서 밤낮으로 훈련을 진행하고, 삼공령이

제공하는 급료를 받는다. 자치권이나 토지의 이익에 따른 납세 면제 등, 삼공령에 주어진 다수의 특권은 그들을 길러내기 위한 것이라고 할 수 있다.

그리고 나머지 4만 남짓이 금군인데, 이쪽 내역은 더욱 복잡했다. 국왕 직속인 근위기사단과 금군 소속인 직업 군인. 거기에 삼공령 이외의 귀족령(이쪽에는 삼공령 만큼의 권한은 없다.)이 지닌 사병이 더해진다. 또한 용병 국가 제므와의 고용 계약에 따라 파견된 용병 부대도 금군의 지휘 하에 있지만, 이쪽은 이미 고용을 중단했다.

금군이 삼공령의 군대보다 적은 이유는 이 나라의 이념과 관련이 있다.

본래 이 나라는 다양한 종족이 몸을 맞대듯이 탄생한 국가다. 그래서 가장 인구가 많았던 인간족이 왕이 되었지만, 다른 종족의 권리를 지키기 위해서 육해공군의 수장은 다른 종족 중에서 선출하게 되었다.

그리고 혹시 폭군이 즉위하여 다른 종족을 탄압하기 시작할 경우, 금군을 상회하는 숫자인 삼공군이 배척할 수 있도록 체제를 갖춘 것이었다. 반대로 말하면 삼공 중에 찬탈을 꾀하는 이가 나타난다고 해도, 그들 중 어느 하나라도 왕의 편이 된다면 진압이 가능해지는 체제라고도 할 수 있었다.

평화로운 시대였다면 제대로 된 체제라고 할 수 있었을지도 모르겠다. 그러나 지금은 마왕령이 출현하고 각국이 서로의 틈을 살피는 난세다. 이렇게 의사 결정 기관이 제각각인 체제로는 갑작스러운 사태에 대응하지 못할 가능성이 있다. 실제로 나는 개혁을 진행하고 싶은데 삼공들은 침묵을 지키기로 작정한 상태이기도 하니까 말이다.

자, 이야기를 용병 고용 계약 해제로 되돌리자.

"잠깐만, 제므의 용병 계약을 해제했다니 어떻게 된 거야?!"

"어, 그러고 보니 말을 안 했던가."

할버트보다 리시아 쪽이 더 놀라서 소리를 치는 모습에는 쓴 웃음이 나왔다.

"그 말 그대로야. 용병 따윈 돈을 먹어치우기만 할 뿐이라 도움이 안 되잖아."

마키아벨리도 [용병과 혼성군은 신용해선 안 된다.]라고 했다. 그가 이르기를,

[용병은 이익을 바탕으로 이어지는 것이기에 더욱 큰 이익이 제시된다면 간단히 상대 쪽으로 넘어가 버린다. 또한 싸우는 것도, 고용주를 지키는 것도 자신을 위한 일이기에 충성심 따윈 처음부터 기대할 수 없다. 무능한 용병이라면 본래 고용하는 의미가 없고, 유능한 용병이라면 자신의 재능으로 고용주의 지위를 빼앗게 될 것이다.]라고.

판타지 소설이나 RPG 등에서는 이따금 주인공 캐릭터의 직업으로 [용병]이 등장하기도 하지만, 실제로 용병 일은 그런 이미지와는 크게 동떨어져 있다.

굳이 말하자면 전장에서 돈을 버는 자들이라는 말이다. 나라나 주군을 향한 충의는 없고, 이해타산에 따라 바로 배신한다.

패전이라도 당한다면 그 자리에서 도망. 승전일 때라도 난폭하게 행패를 부린다. 같은 숫자의 상비군과 비교하면 유지비는 저렴할지 몰라도 장기적으로 보면 마이너스다.

"우리한테는 그렇게나 돈을 뿌려댈 여유 따윈 없으니까 말이지."

"그렇다고 해도. 용병 계약은 제므와의 우호를 나타내는 증표이기도 하다고?!"

"확실히 외교 자세는 험악해지겠지만, [국방에 천금을 걸지라도 조공에 털끝 하나 나누지 말지어다]라고 한 건 리시아잖아? 그 녀석들은 제국이랑은 다르게 자기들이 공세를 취할 여유는 없으니까. 공물로 시간을 벌어도 의미가 없어."

뭐, 바로 그러니까 삼공 측에 용병을 파견하는 형태로 보복하는 거겠지만. 나는 할버트를 똑바로 쳐다봤다.

"그렇게 피에 굶주린 용병들이 삼공 측에 있어. 그 녀석들이 패잔병 가운데 있는 카에데 같은 여자를 그냥 내버려 둘 것 같나? 카에데가 용병들에게 희롱당하고는 더 이상 용건이 없다는 듯 살해당하려고 할 때, 너는 대체 어디서 뭘 하고 있을 셈이냐?"

"그건……"

머뭇거리는 할버트. 그 우유부단한 태도에 화가 치밀었다.

"내 목을 내들고서 기뻐하겠느냐! 승리의 개가를 올릴 게냐! 어느 길바닥에서 남자들에게 마구 희롱당한, 소꿉친구의 시체가 굴러다니고 있을지도 모르는데!"

"큭……"

내가 화를 내자 할버트는 무너지듯 테이블에 양손을 짚었다.

대답할 말이 없는지 입을 한일자로 꾹 다물었다. 그런 그의 모습을 카에데는 걱정스레 지켜보고 있었다. 그 모습을 보고……

나도 다소 냉정해졌다.

"할버트 마그나. 지금 네가 고르고자 하는 선택지는 막다른 길이다. 내가 이기면 너는 처형되겠지. 삼공 측이 이기면 카에데는……. 무사히 넘어갈 수 없을지도 몰라. 일생일대의 도박을 할 거라면, 적어도 바라는 미래가 놓인 테이블을 골라라."

"…………."

"경솔하게 행동하기 전에 떠올려 봐라. 너는 대체 무엇을 바라는지. 그건 무엇을 위한, 누구를 위한 건지. 주위를 둘러보고 생각해 봐."

"무엇을 위해서……. 누구를 위해서……."

할버트가 주위를 둘러봤다.

그리고 걱정스레 그를 보고 있는 카에데와 눈이 마주쳤다. 서로를 바라보는 둘 사이에 말은 없지만, 할버트는 쓰인 것이 떨어진 듯한 표정을 짓고 있었다.

……나머지는 그 스스로가 결정할 일이다.

"미안해, 주나 씨. 영업 방해였네. 우리는 이만 갈게."

마지막으로 소란을 피운 것을 사죄하자 주나 씨는 조용히 고개를 가로저었다.

"아뇨……. 폐하의 말씀, 가슴에 잘 새겼어요."

그리 말하더니 주나 씨는 무언가 망설이는 모습을 내비쳤다.

말하고 싶은 게 있을 텐데, 그 말을 꺼내도 될지 망설이고 있었다. 그런 기색이었다. 잠시 기다리자 주나 씨는 이윽고 결심한 듯이 고개를 들었다.

"폐하께……드릴 이야기가 있어요."

"저기, 소마. 좀 물어보고 싶은데."

"응?"

왕성으로 돌아가기 위해서 부른 마차 안, 옆에 앉은 리시아가 내게 물었다.

아이샤는 마부를 맡았기에 마차 안에는 단둘뿐이었다.

"아까 일. 그거 할버트를 설득하려고 그런 거였어? 반역자는 법의 이름으로 심판하겠다고 그런 것치고는 어쩐지 진지했는데."

"……아직 거스르기 전이니까. 이랬는데 배반하려고 한다면 용서하지 않아."

"이러니저러니 해도 상냥하구나."

"동료에게 상냥하고 적에게는 가혹하게. 그게 국민에게 지지받는 왕일 테지만, 그렇다고 좋아서 가혹하게 하는 건 아냐. 적은 적을수록 좋아."

"역시……. 상냥하네."

리시아는 내 어깨에 머리를 툭 기댔다.

◇　◇　◇

————다음 날.

집무실에서 서류 작업을 정리하자니 하쿠야가 들어왔다. 그리고,

"마그나 가 당주 그레이브 마그나 경이 아들 할버트 마그나 경과 금군 마도사 카에데 폭시아 경을 데리고 폐하께 알현을 청했습니다."

그렇게 보고했다. ⋯⋯아무래도 아직 말썽거리는 이어지는 모양이었다.

리시아와 호위인 아이샤를 데리고 알현장에 도착하자 이미 세 인물이 무릎을 꿇고 있었다. 홀로 앞으로 나와 머리를 숙이는 인물은 백발이 성성한 머리카락의 중년 남성으로, 갑옷을 두른 모습은 그야말로 역전의 무인이라는 분위기였다. 그 뒤에 있는 둘은 어제 만난 카에데 폭시아와 할버트 마그나였다. 그렇다는 것은 둘보다 앞에서 머리를 숙이고 있는 이 남성이 할버트의 아버지 그레이브겠지.

"셋 다 고개를 들라."

""옛.""

할버트와 카에데가 고개를 들었지만, 나는 할버트의 얼굴에 시선이 못 박혔다. 어째선지 얼굴을 몇 방이나 얻어맞은 흔적이 있었기 때문이었다. 뺨이 붓고 눈 주위가 새파랬다. 어제는 없었으니까 우리와 헤어진 뒤에 생긴 거겠지.

"할버트⋯⋯. 무척 남자다워진 모양이군."

"큭⋯⋯. 옛!"

한순간 분하다는 표정을 지었지만 어제처럼 덤벼들지는 않았다. 어제 우리가 돌아간 뒤에 무슨 일이 있었던 거겠지.

나는 아직 머리를 숙이고 있는 그레이브에게 말을 걸었다.

"그레이브 마그나, 고개를 들라."

"제 자식의 불찰을 부디, 부디 용서해 주십시오!"

그런 비통한 대답이 돌아왔다. 바닥에 이마를 부딪치고 있었다. 한쪽 무릎을 세우고 있어서 알아보기는 힘들지만, 아마도 엎드려서 비는 상태겠지.

"불찰이라면 어제 일 말인가?"

"옛! 자세한 이야기는 카에데에게 들었습니다. 직무 밖의 일이라고는 해도 폐하께 욕설을 거듭하고, 더군다나 반항적인 삼공에게 가담하겠다고 호언하다니 그야말로 언어도단⋯⋯! 하오나 제 자식은 아직 미숙합니다. 부족한 머리로 드린 말씀이오니, 폐하의 분노는 지당하오나 그 질타는 부디 교육을 게을리한 제게 주시옵소서!"

저기⋯⋯. 장황하기는 했지만, 말하는 건 [자신이 벌을 받을 테니까 아들의 목숨만은 살려 달라]는 이야기인가. 애당초 나는 화 같은 건 안 났는데 말이지.

"어제 그 일은 잠행 중의 일. 시끄럽게 만들 생각은 없다. 보아하니 상응하는 제재는 받은 모양이고."

"옛, 과분한 말씀이십니다."

머리를 잔뜩 숙이고 사죄하는 그레이브. 할버트와 카에데도 황급히 재차 머리를 숙였다.

그리고 그때 그레이브가 머리를 들었다.

"하오니 폐하. 거듭된 무례임은 알고 있사오나 말씀드리고 싶은 바가 있습니다."

"뭐지?"

"그게……. 너무 많은 이가 듣지는 않았으면 하는 이야기이옵니다만……."

비밀스러운 이야기인가. 나는 리시아, 아이샤, 하쿠야, 그레이브, 할버트, 카에데를 남겨놓고 다른 위사 등을 물러나게 했다. 아이샤는 어울리지 않는 것 같기도 하지만, 그녀가 있어 준다면 비밀스러운 이야기를 하는 척하면서 사실은 나를 암살하는 것이 목적, 같은 상황에도 대처할 수 있겠지.

"다른 이는 물렸다. 그래서, 할 이야기는 뭐지?"

"예. 그게 말씀이온데……."

천천히 이야기를 시작하는 그레이브.

그 이야기에 나온 내용을 듣고서 할버트는 눈을 크게 뜨고, 카에데는 고개를 숙이고는 주먹을 힘껏 움켜쥐고, 하쿠야는 눈을 감고, 아이샤는 그런 모두의 모습에 불안해하고…….

"…………."

리시아는 말도 없이 무표정 그대로 굳어 있었다. 뺨에는 눈물이 선을 그리고 있었다.

나는 어떠냐면, 복잡한 기분이었다. 분노, 어이없음, 체념, 슬

폼……. 가슴속에서 그런 감정이 이리저리 뒤섞였지만, 그것을 밖으로 드러내지 않도록 애썼다. 가능한 한 냉정하게, 평온하게, 다른 이들이 감정을 알아차리지 못하도록 나는 말했다.

"그런 이야기를 해서……. 너는 내게 어찌하라는 거지?"

"아무것도. 그저 폐하께서는 알고 계셨으면 하여."

"……무겁군."

나는 일어서서는 카에데와 할버트에게 명령했다.

"금군 소속 마도사 카에데 폭시아. 귀공의 통찰력은 일개 마도사로 두기에는 아깝고, 또한 위험해. 근위기사단장 루드윈 밑에서 참모로 일하도록 명령한다."

"어, 아, 예!"

"육군 소속 할버트 마그나. 금군으로 전속을 명령한다."

"?! 제가 금군, 이란 말입니까?!"

"그렇다. 카에데의 부관이 되어 그녀를 보좌하라. 그녀의 직책은 실질적으로 금군의 넘버2야. 아직 어린 여성이니 아래에서 가벼이 볼 우려가 있어. 그럴 경우에는 네가 그들이 제대로 말을 듣게 만들어라. 알겠나!"

"……옛!"

이리하여 금군에 새로이 젊은 사관이 추가되었다.

다만 새로운 전력의 가입을 기뻐할 만큼 마음에 여유는 없었다.

격렬한 감정을 억누르고, 악문 입에서는 단 하나의 본심만이 흘러나왔다.

"정말이지, 이놈이고 저놈이고……."

♔ 막간 이야기 2 ✦ 엑셀 월터 공의 한숨

　이 나라의 귀족제에 대해서 이야기하자.

　이 나라의 신분은 왕족, 삼공을 제외하면 크게《귀족 및 기사》,
《평민》,《노예》까지 셋으로 나눌 수 있다. (국민이 아닌 [난민]은
이 중 어느 것에도 소속되지 않는다.)

　노예 제도에 관해서는 다른 기회에 설명하겠지만,《귀족 및
기사》와《평민》을 나누는 것은 [영지가 있느냐 없느냐]이다.

　그렇기에《귀족 및 기사》는 그대로《영주》라고 부를 수도 있
고, 그 영지에 사는《평민》은《영민》(《노예》는 개인재산으로
취급되기에 포함되지 않는다.)이라고도 할 수 있다.《영주》는
영지에 다양한 권한을 가지지만 동시에 나라에 군역 같은 의무
를 진다.

　《귀족 및 기사》의 칭호와 영지는 세습되는 것이 기본이지만
《평민》중에서 공이 있는 자는 나라에서 영지와 칭호를 내려
《귀족 및 기사》(내정분야에서 공이 있으면 귀족, 군공이라면
기사)가 되는 경우가 있다. 또한 이것은《귀족 및 기사》계급인
가문과의 혼인(이 경우, 영지는 자신의 것을 나누어받게 된다.)
으로도 가능하다. 이 경우에는 특히《신귀족 및 신기사》라고도

불린다. 사실은 구분 따위 없지만 '선천적인 귀족 혹은 기사가 아니라 벼락출세한 자'라며, 융통성 없는 이들이 그리 부르는 것이었다. 《신귀족 및 신기사》도 세습은 인정된다. (대개 3대를 거치면 가문으로 인정되는 모양이다.)

반대로 《귀족 및 기사》 계급의 사람이라도 죄를 범하면 그 크기에 따라서 《평민》이나 《노예》의 신분으로 격하되는 경우가 있다. 이 경우, 나라에서 영지와 칭호를 몰수하고, 최악의 경우에는 일족 전체가 신분이 추락하게 된다. 조금 전에 말했던 것처럼 《귀족 및 기사》가 자신들을 《신귀족 및 신기사》와 구별하는 이유도, 이 격하를 겪지 않고 3대 이상 가문을 지켰다는 자부심이 있기 때문일지도 모른다.

《귀족 및 기사》 계급은 자신들의 영지를 스스로 통치할 필요는 없다.

《기사》는 특히, 1년의 대부분을 군에서 보내야만 하기 때문에 영지 경영은 가문 사람에게 맡긴다. 근위기사단장 루드윈 아크스 등이 이에 해당된다. 또한 《귀족》 중에도 마찬가지로 영지 경영을 가문 사람에게 맡기고 왕도 파르남에 거처를 두어, 내정 관료의 수장이나 국민의회의 의장 같은 중요 직책에 부임하여 일하는 이들도 있다. 이것을 특별히 《왕도 귀족》이라 부르며 전임 재상(현임 시중)인 마르크스 등이 그렇다.

다만 그런 《왕도 귀족》의 숫자는 현재 전년도의 절반 가까운 정도까지 줄어들었다. 없어진 이들은 소마가 진행한 재정 지출 재검토 당시에 부정이 발각된 자들이다. 죄를 추궁당한 자들은 왕도에서의 직위를 해제하고 영지에서 근신 처분이 되었다. 죄가 가벼운 자는 부정으로 착복한 만큼의 자금을 변제하고 일족 중 누군가에게 상속 자리를 양도한 뒤 은거하면 가문 존속이 허락되지만, 무거운 자들은 전 재산을 몰수당하고 [격하]된다.

다만 부정을 저지를 법한 패거리가 그런 [격하] 권고에 순순히 따를 리도 없기에, 사병이나 재산을 정리하고 도망치려 한다. 그러나 그런 속셈 따윈 꿰뚫어 보고 있던 소마와 하쿠야가 국경선을 봉쇄했기에 다른 나라로 재산을 가지고 나갈 수가 없었다. 영지에 머무르는 것도 외국으로 망명하는 것도 불가능해진 그들은, 결국 카마인 공령으로 향하게 된다. 왕과 대립하는 게오르그 카마인 아래에서 반항의 기회를 엿보는 것이다.

그런 카마인 공령의 중심도시 [랜들].

왕도 파르남과 비교하면 규모는 뒤처지지만 그래도 다른 도시와 비교하면 대규모로, 이곳만으로도 도시 국가가 될 수 있을 만큼 인구도 많았다. 육군대장 게오르그 카마인이 거처하는 성이 있어 그 성의 아랫마을로 발전한 도시였다. 다만 역대 육군대장은 도시 경영에 무관심해서, 국왕의 방침에 따라서 풍경이 어지럽게 바뀌는 파르남과는 달리 백 년 전과 달라지지 않았을 노스탤직한 거리가 펼쳐져 있었다.

그런 랜들의 한구석에 마차 한 대가 서 있었다.

마차 안에 있는 것은 20대 중반 정도의 미인이었다. 남자가 본다면 거의 틀림없이 감탄의 한숨을 흘렸을 미모. 사복과 비슷한, 단단히 차려입은 정장 위로도 알 수 있는 풍만한 보디라인. 다만 옷 엉덩이에서 튀어나와 있는 파충류 같은 꼬리와 푸른 머리카락 사이에 난 작은 사슴뿔이 그녀가 평범한 인간이 아니라는 사실을 이야기하고 있었다.

그녀는 마차 안에서 거리의 소란을 귀 기울여 듣고 있었다.

술집이 가까운 것이리라. 주정뱅이들이 주정을 부리는 소리가 잘 들렸다.

[정말이지, 새로운 왕은 말이지……. 우리를 대체 뭐라고 생각하는 거야……. 딸꾹.]

[그러게. 오랫동안 나라를 떠받친 건 우리라고.]

[그걸 그 왕이 업신여기고 멋대로 정치를 해대잖아!]

[알베르토 왕은 왜 그런 애송이한테 나라를 넘겼지…….]

[그 녀석을 섬기는 가신도 그렇지! 경험도 없는 애송이들뿐이잖아! 검은 옷만 입는 그 음험한 녀석은 뭐야! 그 돼지 같은 남자는 또 뭐고!]

[크크크, 어차피 자기한테 아부 부리는 녀석들만 중용하는 거겠지.]

[어떻게 봐도 애송이가 쉽게 빠지는 함정이지! 우리처럼 경험이 풍부한 사람을 몰아내고 자기한테 아첨하는 녀석들의 말만 듣는 거야. 그런 왕이 오래 갈 리가 없어.]

[그래! 우리 손으로 저 가짜 왕에게서 나라를 되찾는 거야!]

[오오! 사랑하는 왕국을 위하여!]

[[[사랑하는 왕국을 위하여!]]]

'왕국을 위하여, 인가요……. 꽤 자기들 좋을 대로 말씀들을 하시네요.'

마차 안의 여성이 한숨을 내쉬었다. 그 모습도 하나하나 섹시했다.

'나라를 배신하는 부정이란 행위를 계속한 것은 당신들이잖아. 그리고 그걸 심판당하는 단계에서 도망쳐놓고는 왕이 몰아냈다니, 그런 뻔뻔한 소릴 잘도 하네. 게다가 왕이 자신에게 아첨하는 자들만 중용한다? 그 인재 모집을 보고서도 하는 말인가. 그 왕이라면 자신에게 불만을 품은 자라도 가치가 있다면 쓰겠지. 하쿠야 경도 폰초 경도 유능하니까 쓰고 있는걸. 당신들이 쓰이지 않는 건 단순히 무능하기 때문이야.'

그것조차도 모르고 있으니 조롱할 생각마저 들지 않았다.

'소마 폐하가 왕권을 물려받은 뒤로 벌써 몇 개월이 지났는데, 이렇다 할 실책도 없고 국민들의 지지도 잃지 않았어. 오히려 걱정되던 식량 문제를 확실하게 해결하는 그 수완은 비범하다고 할 수 있겠지. 선대 국왕 알베르토 공의 혜안은 확실히 놀랄 만도 하지만, '왜 저런 애송이한테.' 같은 의견은 넌센스야.'

여성은 창살에 팔꿈치를 대고 뺨을 괬다.

'건국될 무렵에는 긍지 높은 뜻을 지녔던 귀족들이 이렇게까지 열화되다니……. 시조 분들도 땅속에서 울고 있지 않을까.'

외모는 20대 중반이지만 건국 이후로 500년 이상 지난 이 나라의 여명기를 아는 여성은, 예전의 동포들을 떠올리고 애절하

게 미소 지었다. 교룡의 혈족인 그녀가 그들의 곁으로 불려갈 ^{시 서펜트}
때까지는 앞으로 500년 이상의 시간이 더 필요할 것이다.

"이럴 때, 오래 사는 종족은 괴롭구나. 단명하는 종족과의 이별에는 익숙해졌다고 생각했는데, 보고 싶지 않은 것까지 봐야만 하다니. [죽은 뒤의 일 따윈 알게 뭐냐.]라며 떠난 '당신'이 무척 부럽네요."

그리 말하며 삼공 중 하나, 해군대장 엑셀 월터는 자조 섞인 웃음을 흘렸다.

[바다의 공주님.]

마차 밖에서 들린 목소리에 엑셀은 자세를 바로 했다.

"⋯⋯뭐지?"

[옛, 【카나리아】에게서 보고가 들어왔습니다.]

"보여줘."

[옛, 여기에.]

마차 문틈으로 서간이 들어왔다.

엑셀은 서간을 받아들고는 펼쳐서 내용을 훑어봤다.

읽어 내려가는 사이에 점차 웃음이 흘러나왔다.

'그래⋯⋯. 당신은 그를 그렇게 판단했군요. 그럼에도 곁에 있기로 했다, 라고. 흠⋯⋯. 그건 상관없지만, 문장에서 배어 나오는 정담(情談)과도 닮은 분위기에는 속이 쓰리는 것 같아요. 정말이지⋯⋯. 젊다는 건 좋네요.'

엑셀은 손에 들고 있던 서간을 '한숨으로 얼어붙게' 하고는, 그 서간에서 손을 뗐다. 얼어붙은 상태로 낙하한 서간은 마차

바닥에 부딪힌 순간에 산산이 부서졌다.

'정정하지. 오래 살다 보면 생각지 않았던 새로운 빛과 만나게 되는 일도 있어. 이런 기분을 죽어 버린 '당신'은 느끼지 못하겠지?'

쌤통이네.

엑셀은 실제 나이 따윈 전혀 느껴지지 않는, 소녀 같은 미소를 띠었다.

제5장 ✴ 전설의 영감

파르남 성, 알현실.

용사 소환이나 유재령 수상식에도 사용된 이 장소에 현재 수많은 이들이 늘어서 있었다. 그들은 이 나라의 재무 관료들이었다. 모두 하나같이 피곤한 표정을 내비치고 있었다.

뺨은 핼쑥하고 눈 밑에는 다크 서클을 드리우고서 메마른 웃음을 짓는 사람이나 당장에라도 쓰러질 것 같은 녀석까지 있었다. 그럼에도 눈빛만큼은 다들 반짝반짝 빛났다.

그것은 수라장을 헤쳐 나온 전사의 눈빛이었다.

내가 왕이 되고 파산 직전이었던 재정의 개혁에 나섰을 때, 그들은 내 손발이 되어 수레를 끄는 말처럼 일했다.

관료 중에도 사욕을 채우던 자들은 진작에 파면당해 성실한 이들만이 남았기에, 그들은 그야말로 자는 시간도 아껴가며 일했다.

어느 이는 종일 서류의 숫자를 비교했고, 어느 이는 각처의 예산이 정상적으로 사용되고 있는지 확인하기 위해서 하루의 대부분을 말 위에서 보냈다. 집에는 그저 잠만 자려고 돌아가는 나날이었다.

아니, 집으로 돌아가지 않고 성의 수면실에서 자고, 깨어나면 곧바로 일에 매달리는 나날이었다.

가정이 있는 사람도 있었다. 자식이 있는 사람도 있었다. 신혼인 사람도 있었다.

그러나 가족과 보내는 시간……. 그것들을 뿌리치고 그들은 계속 일했다. 일을 우선시하는 것에 아내가 불만스러워하는 얼굴, 놀아 주지 않는다며 쓸쓸해하는 아이의 얼굴, 순수하게 남편을 걱정하는 신부의 얼굴…….

그런 얼굴들에서 시선을 돌리고, 지금 이 순간만큼은, 그런 심정으로 열심히 일했다.

오로지 이 나라를 파산에서 구해내기 위해서.

오로지 이 나라에 사는 사랑하는 이들을 지키기 위해서.

그런 그들을, 나는 옥좌에 앉아서 바라보고 있었다. 아마 내 안색도 그들과 큰 차이는 없겠지. 사용하지 않는 의식을 교대로 쉬게 했다고는 하지만, 업무량은 통상의 다섯 배. 상시 일에 매달리다 보니 육체는 몰라도 정신적인 무언가가 깎여 나가는 것만 같았다.

"다들, 얼굴들이 아주 좋아졌군."

나는 일어서서는 그런 그들에게 조용히 이야기했다.

그리고 그들에게 다가가서, 어느 야윈 남자의 어깨에 손을 얹었다.

"눈은 공허하니 생기도 없이, 마치 구울 같은 좋은 얼굴이야."

""………….""

"나는 안다. 제군이 자는 시간도 아껴가며 일하고, 온종일 숫자와 씨름하고, 가족의 제지를 뿌리치고 성으로 출근했던 그 나날을. 제군이야말로 그야말로 내 보물이다! 자랑스러워 해라! 제군은 깎여 나간 그 정신만큼 이 나라의 백성을 구한 것이다!"

"""우오오오오오오오오오오오오오오오!!"""

야위고 창백한, 누가 보더라도 인도어파인 이들이 바바리안처럼 함성을 지르며 일제히 울부짖었다. 주먹을 치켜들고 [소마 폐하! 소마 폐하!]라고 연호했다. 그 열광이 조금 수습되기를 기다렸다가, 나는 이야기를 계속했다.

"제군의 활약 덕분에 당면한 예산을 확보할 수 있었다. 이것으로 프로젝트 [베네티노바]를 본격적으로 시작할 수 있어. 이 프로젝트가 달성된다면 이 나라의 식량 문제는 완전히 해결된다. 그것도 모두 제군이 직무를 다하여 궁핍했던 경제를 다시 되돌리고 예산을 짜내었기에 가능한 일! 백성을 대신해서 감사를 표하마!"

"소마 폐하!" "소마 폐하!"

"제군은 이 나라의 숨은 공로자다! 영웅처럼 역사에 이름이 남지는 않겠지. 그러나 제군은 영웅 한 사람이 전장에서 구하는 것보다도 아득히 많은 이들의 목숨을 구한 거다! 그 사실은 바로 나, 소마 카즈야가 평생 기억하겠다! 제군이야말로 이름 없는 영웅이다!"

"우리의 왕께 영광을!"

"소마 폐하와 엘프리덴에 영광 있으라!"

"제군은 정말로 잘해 주었다. 그러니 상을 내리마. 내일부터 닷새 동안 휴식을 취하라! 가족에게 돌아가서, 몸을 누이고 기력을 되찾도록 하여라!"

"""우오오오오오오오오오오오오오오오오오오오오오오오오오오!!"""

오늘 중 가장 큰 함성이 터졌다. 기분은 알 수 있었다.

나들 휴식에 굶주렸던 것이다. 블랙 공무원이라서 미안하네.

"사실은 보너스라도 주고 싶었지만, 제군이 기껏 짜내어 준 예산에 손을 대서야 본말전도지. 정말로 미안하다."

"""…………."""

"대신에 재상과 협의한 결과, 성내의 술 창고에 있는 괜찮은 가격의 와인을 한 사람 당 한 병씩 주기로 했다! 축배를 들든지 돈으로 바꾸든지 마음대로 해라!"

"""우오오오오오오오오오오오오오오오오오오오! 폐하! 소마 폐하!"

환희로 들끓는 관료들을 보며 나는 감개무량하게 고개를 끄덕였다.

"…………."

다만 옆에서 보고 있던 리시아만큼은 이 광경에 질린 모습이었다.

"소마……. 너, 지쳤지."

"……부정하진 않을게."

집무실로 돌아오자마자 리시아가 걱정스럽게 말했다.

음, 뭐 확실히 그 기세는 아니지. 다시 생각해 봐도 어떻게 되었던 걸까, 그런 생각밖에 안 들었다.

"새벽이 다 될 때까지 일했으니까 말이야. 수면 부족으로 기분이 들떠 버렸던 거겠지."

여전히 집무실 구석에 설치된 침대에 누우며 대답했다.

[딱히 호화롭게 만들라고 하지는 않을 테니까 자신의 방을 만드십시오. 나라의 대표가 집무실에서 머무르다니, 부하들에게 기강이 서지 않습니다.]

하쿠야가 입에 침이 마르도록 그리 이야기했지만, 일어나자마자 일에 매달릴 수 있다는 편리성을 버릴 수가 없어서 그대로 유지하고 있었다.

적어도 조금 더 나라가 진정될 때까지는, 여기서의 생활은 계속될 것이다.

그러자 리시아가 침대 한편에 앉았다. 그 순간, 작고 보기 좋은 형태의 엉덩이가 갑자기 눈앞에 나타났기에 나는 무심코 고개를 돌렸다.

리시아는 항상 딱 맞는 사관복을 입고 있는 터라 허리의 라인을 잘 알 수 있었다.

"하지만 소마는 의식을 교대로 쉬게 할 수 있잖아?"

"어, 음……. 응, 그렇지. 하지만 대규모 프로젝트에 필요한 예산이 조금만 더 하면 갖추어지는 단계였으니까, 마지막에는 모든 의식을 풀로 가동해서 일해 버렸거든."

그리 말하자 리시아는 작게 한숨을 내쉬었다.

"노력한다는 건 알겠지만……. 걱정시키지 마. 소마를 대신할 사람은 없으니까."

"하하, 그때는……. 또 다른 용사를 소환하면 되지 않을까?"

"바보! 그 이상 말하면 후려갈겨 버릴 거야!"

리시아가 내 얼굴을 자신 쪽으로 확 돌렸다. 그녀의 눈은 진심으로 화를 내고 있었다.

"다른 용사를 소환한대도 그 사람은 소마가 아냐. 나는 소마가 좋은걸."

"어, 응……."

"이것만큼은 잊지 마. 나는 소마가 왕이었으면 해. 대신할 왕같은 건 필요 없어. 혹시 아버님이 왕위를 돌려받겠다고 한대도 나는 소마 곁에서 아버님과 싸울 거야."

진지한 표정으로 굉장한 이야기를 선언하니 나는 그저 끄덕끄덕 고개를 움직일 수밖에 없었다.

뭐라고 할까, 배짱이 두둑한 어머니의 편린을 본 것 같았다. 리시아는 좋은 신부가 되겠구나. 그 집안의 사위(예정)가 나라는 사실은 아직 썩 와 닿지 않지만.

리시아는 그런 내 반응에 우선은 납득한 모양이었다.

"그래서? 예산이라고 했는데, 뭘 하는데 그렇게까지 손을 쓰는 거야?"

"어, 일단 도시를 하나 만들까 해."

"도시?"

나는 리시아에게 작업 책상에서 이 나라의 지도를 가져오게 하고, 전체적으로 보면 기역 모양으로 구부러진 국토의 관절 부분을 가리켰다.

"여기에 연안 도시를 만들 거야. 그와 동시에 도로 건설을 진행할 거고. 연안 도시에서 각 도시로 이어지는 교통망을 정비하면 해운과 육운 양쪽을 컨트롤할 수 있어. 유통을 상당히 스무스하게 할 수 있겠지. 왜 이렇게 좋은 땅에 손을 안 댔는지 알 수 없을 정도야."

참고로 거기서 더 북동쪽으로 가면 삼공 중 하나인 해군대장 엑셀 월터가 다스리는 해안도시 [라군 시티]가 있다.

현시점에서는 이 나라 최대의 교역항이라면 바로 이곳 [라군 시티]이지만, 이곳은 동시에 해군기지이기도 해서 전함의 도크도 존재했다.

세계의 물품들이 모이는 교역항과 기밀 의무가 있는 해군기지의 공존은 자못 언밸런스했다. 유사시에는 교역이 멈추고 말 것이다.

그런 의미에서도 새로운 교역항을 갖춘 도시의 건설은 급선무였다.

"이 연안도시는 이 나라의 심장, 그곳에서부터 순환되는 교통망은 혈관이야. 유통이 스무스하면 남쪽에서 부족한 물자를 북쪽의 남는 장소에서 옮길 수 있어. 이게 어떤 의미인지 알겠어?"

"으음……. 공급 과다로 가격이 떨어진 물자를 매입해서,

수요가 늘어서 가격이 올라간 장소에 판매하면 잔뜩 벌 수 있다……든지?"

"아니아니, 우리는 상인이 아니니까. 왕이 그런 짓을 하면 안 되잖아."

"그럼 아니야?"

"부유하게 만들고 싶은 국민한테 돈을 뜯어내서 어쩌려는 거야…….."

뭐, 해외와의 교역으로 한정한다면 그게 올바르겠지만, 국내의 경우에는 개인이 아니라 나라로서 생각해야 한다.

"확실히 처음에서 그렇게 마구 벌어들이는 상인들도 나오겠지. 하지만 그러는 사이에 상품의 부족분이 해소되고 수요와 공급의 밸런스가 맞춰진다면, 올라간 가격도 서서히 내려가. 국내에서 가격의 균일화를 노릴 수 있다는 거지. 그러니까……."

"이제까지 비싸서 손을 댈 수 없었던 상품도 살 수 있게 된다?"

리시아의 해답을 듣고 나는 만족스럽게 고개를 끄덕였다.

"지금 이 나라에 가장 수요가 늘어나고 있는 건 식료품이야. 그걸 안정적으로 보급할 수 있게 만들려면 유통 루트의 확보는 급선무지. 게다가 이 나라의 국경선 중 절반 이상은 바다와 접하고 있어. 해산물이라면 풍부하게 얻을 수 있다는 말이야. 그걸 내륙으로 옮기면 식량 문제를 단숨에 해결할 수 있겠지."

"지금도 건어물이나 염장식품이라면 내륙으로 옮길 수 있는데?"

"그럼 건어물이나 염장식품을 계속 먹을 수 있겠어? 나라면 질릴걸."

"그도…… 그러네."

말린 전쟁이라든지, 맛있지만 아무리 그래도 매일 먹고 싶은 생각은 없다.

스며든 염분으로 방부나 항균을 하니까 질렸다고 해서 다른 맛으로 바꿀 수도 없다.

애당초 쉽게 상하는 생선 같은 건 말려 봐야 며칠도 안 가기도 한다. 바로 그렇기에 얼마나 빨리 어패류를 내륙으로 전달할 수 있느냐가 중요하다.

"그러기 위해서 교통망을 정비하는 거구나."

"그런 거지. ……자, 그럼."

나는 크게 기지개를 켜고는 눈을 감았다.

"조금만 자게 해 줘. 일어나면 같이 신도시 건설 예정지로 가자. 루드윈 경 일행이 선발대로 작업을 시작했을 테니까……. 그걸 보러 가야지……."

"알았어. 잘 자, 소마."

"어, 잘……?!"

오른쪽 뺨에 부드러운 감촉. 놀라서 눈을 떴지만 리시아는 떠난 뒤였다.

아아……. 이게 잘 자라는 인사의 키스……. 그, 그렇구나. 외국 같은 곳에서는 드문 일도 아니지. 응, 괜찮아, 늘 있는 일이라고. 전혀 특별한 일이 아냐. 리시아도 가벼운 기분으로 했을테지. 딱히 깊은 의미는 없을 거야. 아마도. 분명히.

············결국 잠들지 못했다.

전에 이 나라의 기술 체계가 이상하다는 이야기를 했을 때, [강철제 군함은 있다. 다만 거대한 시 드래곤이 끌고 있다.]라고 한 것을 기억할까. 신도시 건설 예정지에 도착한 나와 리시아를 맞이한 것은 바로 그런 강철제 전함이었다.

전함 [알베르토].

선대 국왕의 이름을 딴, 금군이 소유한 유일한 함선이자 왕국 해군의 기함이었다. 형태는 러일전쟁 당시 연합함대 기함 [미카사]과 닮았다. 주포는 앞뒤로 하나씩 총 네 문이고 측면에는 부포가 늘어서 있었다. 다만 주포도 부포도 배에 실린 물건이지 이 함선의 고정포대는 아니었다. 그리고 내연기관을 탑재하지 않았기에 굴뚝이 없는 것도 다른 점일까.

동력이 되는 것은 해룡류(수장룡인 플레시오사우루스와 닮았지만 목은 두껍고 짧으며 산양 같은 뿔이 나 있다.)였다. 이 전함은 거대한 해룡류가 견인하여 바다를 나아간다. 통상적인 선박이라면 한 마리로 충분하지만 이 함선은 두 마리였다.

마침 좋은 기회니까 이 나라의 기술이 얼마나 언밸런스한지 설명하도록 하자.

전체적으로 보면 산업 혁명에조차 이르지 않은 이 세계의 기술력에 이런 근현대적인 전함이 존재하는 건 이상하다 생각할지도 모르겠다. 그러나 이 세계에는 마법의 힘이나 불가사의 생

물 때문에 불가능한 것이 가능해지고 마는 것이다.

철일지라도 부력을 계산한 형태라면 물에 띄울 수 있다. 즉, 전함 바깥쪽만이라면 중세 수준의 기술력으로도 만들 수 있는 것이다. 그것이 산업 혁명 이후까지 만들어지지 않았던 이유는, 그런 철 덩어리를 움직이는 기관이 없었기 때문이다. 배를 움직이는 수단이 돛으로 바람을 이용한다는지 노를 젓는 것밖에 없는 시대에는, 철로 만든 배 따윈 그저 띄워 놓는 소품이었던 것이다.

그러나 이 세계에는 철로 만든 배를 견인할 수 있을 만큼 강력한 수룡류가 있었다. 그들을 조교해서 끌게 만들면 원양 항해도 가능해진다. 그렇기에 철로 배를 만들 수 있었던 것이다.

전함에 탑재된 대포도 그렇다.

이 세계에는 화약이 이미 존재한다. 이것 자체는 크게 이상한 일이 아니다. 지구의 역사에도 중국 3대 발명으로 취급되는 흑색 화약이 등장하기 전에도 화약이 사용되었던 흔적이 있다. 2세기의 삼국지 시대에는 쳐들어오는 제갈량의 병기를, 진창성을 수비하는 장수가 화약 병기(아마도 폭죽 같은 것)로 분쇄했다는 기록이 있을 정도다.

그러나 이 세계에 화승총은 없다.

이미 마법이 원거리 공격 수단으로 사용되어 버렸기에 총이 발달하지 않은 것이다. 토 속성 마도사라면 돌을 산탄총처럼 날릴 수 있고, 화 속성 마도사라면 네이팜 폭탄처럼 일격을 떨어뜨릴 수 있고, 풍 속성 마도사라면 터무니없는 사정거리의 바람

칼날을 발생시킬 수 있고, 수 속성 마도사라면 사정거리는 짧을 지라도 수압으로 장애물을 관통할 수 있다.

또한【부여 술식】이라는 것도 있어서, 이것은 물체에 다양한 효과를 지닌 술식을 부여하여 더욱 튼튼하게 만들거나 더욱 높은 절단력을 지니게 만들 수 있는 것이다. 이에 따라, 많은 술식을 넣을 수 있는 질량이 큰 무기일수록 강력해지는 경향이 있는 것이다. 그렇기에 탄환보다도 화살이, 화살보다도 투창이 강력해진다. 좀 더 말하자면 질량이 작은 탄환에는 설령 공격 술식을 넣을지라도 방어 술식을 넣은 갑주를 관통할 수 없다. 이런 부분의 사정도, 총이 발달하지 않은 원인이라 할 수 있겠지.

다만 철포는 없어도 대포는 존재한다. 이것은, 물 위에서는 어째선지 수 속성 이외의 마법이 크게 제한되어 버리기에 원거리 공격 수단으로 발달한 것이었다.

이 세계의 마법은 대기 중에 포함된 마소(魔素)라 불리는 물질에 사람이 발하는 특수한 파동을 더하여 다양한 현상을 일으키는 것이라고 한다. 그 마소에도 (암을 제외한) 속성이 있으며 대기 중의 함유량은 지형에 따라서 크게 다르나. 물 위라면 수 속성의 마소가 많아서 다른 속성의 마법은 약체화된다⋯⋯. 그런 구조였다.

이 때문에 수상전에서 마법을 사용하려고 해도 수 속성 이외의 마법은 약체화되고, 또한 수 속성의 마법은 사정거리가 부족한 (그래도 물의 흐름을 조작해서 조함 같은 행동을 할 수 있기에, 해군에는 수 속성 마도사가 배속된다.) 사태가 되는 것이다. 그렇기에 함선에 공격하는 수단으로 대포는 발달할 수 있었다. 결국 기술은 수요가 있기에 발달하는 것인 듯했다.

여담은 그만하고. 전함 알베르토로 이야기를 되돌리자.

이 알베르토를 보고 나는 생각했다. 한 척만으로 어쩌라고. 구축함이나 순양함 같은 것이 호위하기에 전함이나 항모는 위력을 발휘한다. 이래서는 그저 허수아비로구나.

"그건 뭐, 해군과 행동하는 것이 전제인 함선이니까."

리시아의 해명이 서글펐다. 어찌 봐도 무용한 물건인데.

"그렇다면 기함도 해군에 맡기는 편이, 정비 비용을 아낄 수 있지 않나?"

"하, 하지만 자재 운반에는 쓸 수 있었잖아."

"그건……뭐, 그렇지……."

연안 도시 건설을 위한 자재를 운반하는 데에, 쓸데없이 커다란 이 전함을 사용한 것이다. 안의 무장을 떼어내면 상당한 적재량을 확보할 수 있었으니까. 교통망이 정비되지 않은 현 단계에서 육상으로 운송하는 것보다는 몇 배는 빨리 자재를 운반할 수 있었다.

"하지만 그렇다면 처음부터 수송함으로 만들었다면야 더욱 효율적이었을 텐데."

"정말이지! 비관적인 소리만 하지 말라고."

"이제까지 예산과 계속 싸우다가 이런 돈 먹는 식충이를 보니까 나도 모르게……."

그러자 저쪽에서 아이샤가 루드윈을 데리고 다가왔다.

"폐하, 루드윈 경을 불러왔습니다."

"폐하. 그리고 공주님도. 신도시 건설 예정지에 잘 오셨습니다."

미남 근위기사단장 루드윈 아크스는 그리 말하고는 미소와 함께 경례했다. 왕성에서는 항상 백은색 갑옷을 걸치고 있었는데 이곳에서는 비교적 가벼운 차림이었다. 하얀 셔츠에 가죽 조끼를 걸친 것이 해적 영화에 나오는 미남 선원 같은 느낌이었다.

나는 이 도시 건설에 금군을 투입했다. 물론 토목건설 길드의 장인들도 대량으로 고용했지만, 규모가 규모인 만큼 인원이 부족했던 것이다.

그래서 금군을 투입하여 인해전술로 단숨에 정리해 버리고자 생각했다. 모처럼 금군 병사들이 공병 스킬을 익힌 참이니 사용하지 않는 건 아깝잖아. 이곳에 있는 건 금군 상비군 중 2할로, 나머지 8할은 각 도시로 이어지는 교통망 정비에 투입했다.

"그래서, 공사 진척 상황은 어떻지?"

"이미 구획 정비는 완료했습니다. 공정은 순조……로웠습니다만……."

루드윈은 모호한 말과 함께 쓴웃음을 지었다.

[그러니까 건설을 그만두라고 하지 않았나!]

[저기, 영감님. 이 도시 건설은 국왕 폐하의 명령으로 진행하는 거라니까.]

건설 사무소로 쓰는 텐트에서 그렇게 다투는 소리가 들렸다.

[그 국왕 폐하를 위해서 하는 말이야! 여기에 마을을 만들어서는 안 돼!]

[영감님이 영 못 알아들으시네. 딱히 여기서 퇴거하라고 그러지도 않았잖아.]

[못 알아듣는 건 네놈들이야!]

……아니, 말다툼이라기보다는 노인 쪽이 일방적으로 화를 내는 느낌인가.

나는 루드윈에게 물었다.

"그러니까 지역에 사는 노인이 신도시 건설에 맹렬히 반대한다고?"

"예. 이 땅에서 어부로 일하는 우르프 씨입니다."

"……억지로 땅을 사들이지는 않도록 명령했을 텐데?"

"그건 물론입니다. 본래 주민은 모집할 예정이었으니 기존 주민은 그대로 거주할 수 있고 땅값도 받지 않습니다. 경관을 정비할 때에는 무상으로 집 재건축도 진행할 예정입니다."

"으~음……. 좋은 조건이라고 생각하는데 말이지."

보아하니 이 주위에는 쇠퇴한 어촌밖에 없는 듯했다. 이런 외진 곳에서는 평범하게 생활하는 것도 큰일이겠지. 혹시 도시가 생긴다면 대규모 인구 유입과 함께 그런 불편은 사라질 터. 그렇게 장래성 있는 장소에서 쫓겨나는 것도 아니고 오히려 무상으로 집도 다시 지어주겠다는데, 대체 이 조건 어디에 저렇게 반항할 요소가 있다는 걸까.

"저 노인은 왜 저렇게 반대하는 거지?"

"그게⋯⋯."

[그러니까, 해신님께서 분노하실 거라고 하지 않느냐!]

또다시 텐트 안에서 노성이 들렸다. 해신님?

"그게, 이곳은 해신님의 영역이라 집을 세우면 그의 분노를 사게 된다더군요."

"해신이라니, 이 세계에 그런 것까지 있나?"

다른 이들에게 물으니 다들 고개를 절레절레 가로저었다.

"그런 건 들은 적 없어."

"저도 모릅니다."

"아마도 노인의 헛소리라고 생각합니다만⋯⋯."

다들 짚이는 바는 없는 모양이었다. 해신이라.

[해신님 같은 건 들은 적 없다고. 이상한 종교로 공사를 방해하는 건 그만두지 않겠나.]

[종교가 아니야! 해신님은 분명히 존재해! 해신님의 성역을 침범한다면 언젠가 해신님의 분노를 사서 멸망한다고! 실제로 해신님은 거의 백 년마다 날뛰어!]

응?

[내가 어릴 적에도 한 번, 해신님이 날뛴 적이 있었지. 그때 해신님의 성역에 집을 세웠던 자들은 다들 해신님에게 먹혀 버렸단 말이다.]

그거 혹시⋯⋯. 나는 텐트 안으로 들어갔다. 안에는 젊은 금군 병사와 볕에 그을린, 수건을 머리띠처럼 이마에 동여맨 영감이 마주 보고 있었다.

"미안하군, 노인. 그 이야기, 자세히 들려주지 않겠나?"

"뭐냐, 네놈은. 나는 지금 이 사람과……."

"아, 아니, 폐하!"

"폐하?!"

병사가 갑자기 일어서서 경례하는 걸 보고 노인은 얼빠진 소리를 냈다.

"안녕하신가. 엘프리덴 국왕(대리)인 소마 카즈야다."

"……우르프, 이옵니다."

내가 악수를 청하자 우르프는 긴장한 표정으로 응했다.

악수를 마치고 나는 곧바로 본 이야기를 꺼냈다.

"그래서, 우르프 씨. 아까 이야기 말인데."

"?! 그, 그게 말입니다! 폐하, 부디 도시 건설을 다시 생각해 주십시오!"

"영감, 폐하한테까지 그런 헛소리를……."

"아니, 듣고 싶다."

나는 막으려는 병사를 손짓으로 제지했다.

"그 이야기, 좀 더 자세하게 들려주지 않겠나."

"무, 물론이옵지요."

그리고 나는 우르프 영감에게서 이 땅의 전설에 관해 설명받았다.

아무래도 이 땅은 본래 해신님의 땅이었다는데 땅의 신과의 싸움에 패배해서 잃어버렸다고 한다. 그러나 해신님은 지금도 이 땅은 자신의 것이라고 생각하는지, 이 땅에 사람이 집을 세우면 그 집의 사람을 없애 버리는 모양이었다.

그래서 근처 어촌에서는 이곳에 집을 세우지 않기로 했다나.

우르프 영감의 그 이야기를 듣고 리시아와 아이샤는,

"너무 막연해서 잘 모르겠어."

"들어 봐야 헛수고였네요."

어이가 없다는 태도였지만 나는 달랐다.

도중에 루드윈과 부하들에게 지도를 준비케 해서 어디 부근까지가 해신님의 성역에 해당되는지 정중하게 물었다. 그리고 어느 정도 '해신님의 성역'이라는 녀석의 범위를 좁히자, 나는 그 지도를 보며 루드윈에게 고했다.

"도시 계획을 대폭적으로 변경하겠다."

"잠깐만, 소마. 갑자기 무슨 소리를 하는 거야?!"

"폐하께서는 이 노인이 하는 말을 믿으시는 겁니까?"

"지금부터 변경한다면 공사 기간이 대폭 틀어집니다만……."

리시아, 아이샤, 루드윈이 저마다 그리 말했다. 기분은 알겠다. 나도 이런 성가신 짓은 하고 싶지 않았다. 하지만 신도시의 평온을 생각하면 할 수밖에 없었다.

"소마, 설마 해신님이 있다고 정말로 믿는 거야?"

"아니, 해신님 따윈 없겠지."

"그럼……."

"리시아, 전승이라는 건 사람의 기억이야."

나는 내 관자놀이를 가리키며 말했다.

"전승은 구전되는 것. 그럼 어째서 구전되느냐면, 선인들이 그럴 필요가 있다고 판단했으니까. 가치가 없는 건 구전되지 않아. 구전되었으니까, 그 전승 안에 [교훈]이 있거나 [생활의 지혜]가 포함되어 있다는 말이지."

"이 해신님의 천벌도 그렇다는 거야?"

"그래. 이 전승의 [교훈]에 해당하는 건 '특정한 장소에 집을 짓지 말 것'이야. 그 교훈을 무시하고 집을 지으면 그 집은 반드시 사라지지……."

그리고 나는 우르프 영감을 똑바로 바라보며 말했다.

"해일로, 말이지?"

우르프 영감이 눈을 번쩍 떴다. 갑자기 부들부들 떨기 시작했다.

"그, 그렇습니다! 해일이지요! 그 부근에 집을 세웠던 사람들은 모두, 그 집과 함께 통째로 떠내려가 버렸습니다!"

"혹시 그 해일이 오기 전에 큰 지진이 있지 않았나?"

"어, 어떻게 그걸?!"

우르프 영감은 마치 지금 떠올랐다는 듯이 말했다. 어쩌면 사람이 집과 함께 통째로 떠내려가는 광경이 너무도 쇼크라서 무의식적으로 기억을 봉인했던 걸지도 모른다.

"그러니까 해신의 분노라는 것의 정체는 [해저 지진으로 발생한 해일]인 거지."

지구에서도 지진의 메커니즘이 어느 정도 해명된 것은 극히 최근이다.

그야말로 지구의 내부 구조가 해명된 20세기까지 기다려야만 했다. 그때까지는 지진이라는 것은 현상으로 체험했어도 실제로 발생하는 이유는 [화산 활동 때문]이라든지 [지하수가 증발해서 생긴 공동이 붕괴했기 때문] 같은 식으로 일컬어졌다.

나는 내 손과 손을, 뉴스 프로그램의 지진 특집 같은 것에서 흔히 볼 수 있는 [플레이트가 플레이트 밑으로 파고드는 그림] 같은 형태로 만들고 설명했지만, 다들 시선을 이리저리 헤매고 있었다.

"저기…… . 미안해. 잘 모르겠어."

"플레이트? 진동? 폐하께서는 마법 이야기를 하시는 건가요?"

"저도 전혀 모르겠군요. 그런 어려운 이야기는 왕도 학원에서도 배운 적이 있는지 없는지……."

누구 하나 이해하지 못한 모양이었다. 시대가 아직 도달하지 않았으니 무리도 아니었다.

"뭐, 그럼 메커니즘 이야기는 됐고. 어쨌든 그런 지진이 해저에서 일어나면 큰 해일이 발생하는 경우가 있거든. 그러니까 우르프 영감님이 말하는 [해신님의 분노]는 성역에 집을 지어서 발생하는 게 아니라 주기적으로 일어나는 일이야."

"아니…… . 집을 짓지 않아도 일어나는 건가."

우르프 영감도 눈을 동그랗게 떴다.

나는 지도에 그려진 이 나라의 해안선을 따라 손가락을 움직였다.

"이참에 좀 더 이야기하자면, 이 나라의 해안선은 [기역]으로 구부러졌고 여기는 가장 오목한 부분에 해당돼. 이런 장소는 다른 해안선보다 해일의 피해가 크거든. 이유는……. 말해도 이해 못 할 테니까 그냥 그런 거라고 생각해 줘."

차라리 해안선 미니어처를 만들고 거기로 물을 흘려서 파도가 수렴되는 모습을 보여 주면 이해할 수 있을지도 모르겠지만. 수고스러우니까 나중에 해도 되겠지.

"하지만 그렇게나 위험한 장소라면 신도시 건설도 위험하지 않나?"

리시아의 지적에 나는 신음했다.

"으음……. 여기보다는 나을 테지만 만안 지역은 다들 비슷비슷할 테고, 여기가 가장 나라의 중심에 가까운 항구인 건 확실해. 이야기를 듣자 하니 백 년에 한 번이라는 긴 주기로 일어나는 거라 그렇고, 해일이 발생할 것을 상정한 도시로 만들면 괜찮을 거야."

그리고 나는 루드윈과 지도를 보며 앞으로의 계획을 세웠다.

"우선 전체적으로 흙을 쌓아서 땅의 높이를 올리자."

"지금부터 말입니까? 인력으로는 상당한 시간이 걸릴 텐데요."

"금군 내의 토 속성 마도사들을 우선적으로 돌리는 거야. 다른 공사 기간에 영향이 미치겠지만 이럴 수밖에 없어."

"알겠습니다. 그리고 보니 월터 공령(公領)의 해안도시 [라군 시티]에는 방조제라는 것이 있다고 들었는데 여기에도 만들까요?"

"방조제인가……. 경관을 해칠 것 같은데 말이지. 가능하다면 관광지로도 쓸 수 있는 법한 교역 도시로 하고 싶거든. 게다가 미증유의 큰 해일에는 역시나 못 견딜 것 같고."

"그럼 안 만드는 것으로?"

"……그러네. 오히려 방조제에 의지하지 않는 도시 구조를 만들고 싶군. 토목 건설 길드에는 치수 전문가도 있을 테니 초빙해서 의견을 듣자고."

"알겠습니다. 그리고 구체적인 도시 계획 말인데……."

"우르프 영감님 덕분에 대략적인 해일 도달 범위는 알았어. 거길 피하는 형태로 거주 구역, 상업 구역, 공업 구역을 두지. 물론 영사관 같은 중요시설도 말이야."

"도달 범위 안의 개발은 진행하지 않는 겁니까?"

"어항이나 선착장은 어쩔 수 없겠지. 남은 부분은 해변 공원으로 정비하고."

"과연. 떠내려가는 걸 전제로 정비하는 거로군요."

"그래. 그리고, 우르프 영감님."

"예이? 왜 그러십니까?"

"국가 공인 이야기꾼으로 임명해 줄 테니까 아까 그 [해신 전설]을 구전해 줘. 취급은 공무원에 자격제로 할 테니까 죽을 때까지 구전할 다음 세대를 육성할 것."

"제, 제가 공무원입니까?!"

"그래. 아까 그 [해일 도달 범위에 집을 세우지 마라.]에 더해서 [지진이 오면 해일이 온다고 생각해라.], [해일이 올 테니까 높은 곳으로 대피해라.]도 제대로 덧붙여 줘. 해신님의 분노라는 걸로 해도 되니까, 구전되기 쉬울 법한 이야기로 정리해줘."

"……알겠습니다! 남은 인생을 모두 걸겠사옵니다!"

"좋아. 그런데 도시를 둘러싸는 성벽 말인데……."

남자 셋, 희희낙락해서 도시 계획을 이야기했다.

그런 남자들의 모습을, 리시아와 아이샤는 쓴웃음을 지으며 보고 있었다.

"폐하……. 어쩐지 즐거워 보이시네요."

"재미있겠지. 예산을 짜내는 작업에 비하면 말이야."

"어째서일까요. 이제야 간신히 폐하의 젊은이다운 모습을 본 것 같네요."

"젊은이다운 모습…… 인가. 소마가 젊은이답지 못한 모습인 건 틀림없이……."

"? 왜 그러시나요, 공주님?"

"아니. 아무것도 아냐. ……저기, 아이샤."

"예?"

"아이샤는 소마를…… 좋아해?"

"예! 경애합니다!"

"……그래. 그러네. 소마가 웃을 수 있도록 우리도 잘 받쳐 주자."

"예! 물론입니다!"

그런 대화를 나누었다는 것을 나는 전혀 깨닫지 못했다.

◇ ◇ ◇

그로부터 30년 정도 후, 이 땅을 지진과 미증유의 큰 해일이 덮치게 되었다.

대지는 탁류로 뒤덮이고 많은 배가 떠내려갔지만 인적 피해는 놀라울 정도로 적었다. 이 땅에 사는 이들은 모두 이야기꾼의 [해신 전설]을 듣고 자랐기에, 지진이 오자마자 곧바로 대피 행동을 취할 수 있었기 때문이었다.

그런 재난 뒤, 이 도시의 해변 공원에는 [왕과 영감의 동상]이 세워지게 되었다.

신도시를 건설할 때, 왕에게 목숨을 걸고 직언하여 해일에 대비해야 한다고 이야기한 노인과, 그 직언을 받아들인 총명한 왕의 모습을 본뜬 동상이라나. 두 사람이 들었다면 [너무 거창하다]고 쓴웃음을 지었으리라. 특히 이야기꾼이었을 터인 자신이 [전설의 영감]으로서 자손 대대로 구전되는 쪽이 된 우르프 영감은 땅속에서 어떤 표정을 지었을까.

♟ 제6장 ✦ 구원

　나는 할버트 마그나. 열아홉 살.

　엘프리덴 왕국 육군에서도 이름이 알려진 마그나 가의 적자이자 본래는 왕국 육군의 사관이었지만, 이런저런 사정에 따라 금군으로 이적되어 버렸다. 게다가 상사라는 사람이 '~거예요.'가 말버릇인 소꿉친구 토 속성 마도사 카에데 폭시아였다. 그런 녀석한테 명령을 받다니……. 정말로 농담이었다면 좋았을 텐데.

　게다가 지금 하고 있는 이건 뭐지? 나는 지금 검이 아니라 야전삽(날 부분이 둥글게 되어 있어서 근접무기로도 쓸 수 있는 삽)을 휘두르고 있었다.

　금군에 출동 명령이 내려져서 현지로 가 보니, 흙을 돋우고 안을 오목하게 만들고는 거기에 끈적끈적한 액체(?)를 흘려 넣은 다음 측면을 자갈로 굳혀서 양쪽에 묘목을 심는 일이 기다렸다. 그리고 왕도에서는 익숙한, 낮에 빛을 흡수해서 밤이 되면 발광하는 발광이끼가 든 가로등을 세우는 작업의 반복이었다. 즉, 도로 공사였다. 여름은 지나갔지만 아직 뜨거운 햇살 가운데, 흙을 파고는 쌓기를 반복했다.

　"왜, 금군이, 도로 공사 따윌, 해야, 하는 건데."

"거기. 쓸데없이 떠들지 말고 빠릿빠릿 일하는 거예요."

땀을 훔치며 올려다보니 간이 망루에 서서 현장 지휘를 맡고 있는 카에데가 메가폰으로 난간을 통통 두드리고 있었다. 저건 저것대로 덥겠지. 평소에는 바짝 서 있는, 트레이드마크인 여우 귀도 늘어져서 강아지 귀처럼 보였다.

"저기, 카에데. 이거 정말로…….."

"안 되는 거예요! 할은 부하인 거예요. 제대로 현장 감독이라고 부르는 거예요."

"……감독. 이거 정말로 금군이 할 일인가?"

"최근 금군의 업무는 이런 느낌인 거예요."

"이런 건 건설업자한테 맡기면 되잖아."

"아무래도 인원이 부족한 거예요. 왕국 안에 도로망을 구축하는 계획인 거예요. 왕도의 실업자도 고용한 모양이지만, 워 캣의 손이라도 빌리고 싶을 정도예요."

그렇다고 해서 보통, 군대에 이런 일을 시키나?

"게다가 이런 장소에 건설업자만 올 수는 없는 거예요. 촌락에서 떨어질수록 강력한 야생동물도 나오니까요. 그렇다고 모험가를 호위로 고용하면 비싼 비용이 들 테고."

"결국에는 값싼 노동력이라는 건가……."

"알았으면 빠릿빠릿 일하는 거예요."

"너, 토 속성 마도사잖아. 마법으로 하는 편이 빠르지 않냐?"

"이런 곳에서 마력을 소비해서는 안 되는 거예요. 그럼 할이 대신 산에 터널을 뚫어 줄래요?"

"…………."

흙을 파서는 쌓는 작업으로 돌아갔다.

마법 없이 터널을 파는 것보다는 나았다. 어느 시대의 노역이냐…….

낮이 되었다. 캠프로 돌아가면 두 시간의 휴식이 주어진다.

다들 텐트 안으로 들어가서 밥을 먹거나, 담소를 나누거나, 간이침대(들것에 털이 난 정도의 물건)에서 낮잠을 자거나 했다. 식후의 수면은 그 왕이 장려한다는 듯했다. 아무래도 그러는 편이 작업효율이 올라간다나. 최근의 금군 업무는 문자 그대로 '3식, 낮잠 포함'이다만……. 작업 내용을 알면 결코 부러워할 일이 아니겠지.

어쨌든 밥을 먹지 않으면 오후를 버틸 수 없다. 지급된 도시락을 먹어치웠다.

오늘의 도시락은 고기와 싱싱한 채소를 끼운 빵이었다. 맛있다. 고기는 매콤달콤한 맛을 내어 피로가 가시는 것 같았다. 듣자하니 '생강 구이'라는 요리라는데, 그 왕이 고안한 요리라나. 왕도에서 요랑족이 만드는 '된장', '간장', '미림'이라는 조미료 생산이 궤도에 올랐기에 시험 삼아 만든 메뉴라는 모양이었다.

금군에게는 자주 이렇게 왕이 시험 삼아 만든 메뉴가 베풀어졌다. 식사만큼은 금군으로 전속되어서 잘 되었다고 생각하는 부분이었다. 육군에서 먹은 식사는 질보다 양인 'The 남자밥' 같은 느낌이었으니까 말이지. 솔직히 여기서 한 번이라도 밥을 먹으면 더는 육군으로 돌아가고 싶지 않을 것이다.

"그 왕……. 요리 재능만큼은 인정해야겠어."

"정말로 맛있는 거예요. 폐하께서 생각하신 요리는."

어느샌가 옆에 카에데가 앉아서 같은 메뉴를 먹고 있었다.

"게다가 싱싱한 채소를 먹을 수 있다는 것도 굉장한 거예요. 왕도에서 길을 연결한, 여기서 가장 가까운 마을에서 준비한 거예요. 병참선을 쉽게 유지할 수 있는, 길의 힘은 위대한 거예요."

"갓 만든 도로가 벌써 도움이 되는 건가."

"이런 수송력이 있다면 식량 문제는 거의 해결되었다고 할 수 있는 거예요. 부족한 곳에서는 남은 곳에서 가져오면 되는 거니까. 이제부터는 보존 기간 때문에 수송할 수 없었던 식품도 보낼 수 있게 되는 거예요."

"……거기까지 내다보고서 하는 건가. 그 왕은."

"굉장한 사람인 거예요. 무서울 정도로 선견지명이 있는 사람이에요."

아니, 그걸 제대로 이해하고 있는 너도 굉장하다고 생각하는데. 조금 맥 빠지는 면도 있지만, 카에데는 기본적으로 고스펙이다. 마법도 쓸 수 있고 머리도 명석하다. 그렇기에 왕에게 발탁되었을 테지. ……소꿉친구라는 입장으로서는 조금 분하다는 심정도 있다.

……나도 더욱 노력해야지.

"그럼, 다 먹고 나면 할은 자는 건가요?"

"그러네……. 피곤하니까 좀 자 둘까."

"그럼 무릎베개를 해 주는 거예요."

"푸흡!"

마시고 있던 차를 뿜고 말았다.

순식간에 주위의 시선이 모여들었다. 대부분은 나를 향한 남자들의 살의였다.

소꿉친구의 호의적인 시선을 제외하더라도 카에데는 귀여웠다. 특별히 손꼽을 정도는 아니지만 스타일도 나쁘지 않고, 여우 귀나 꼬리도 차밍 포인트였다. 금군 안에서 아이돌로 취급되는 것도 납득하고 만다. 왕은 카에데가 얕보이지 않도록 내게 부하를 통솔하라고 그랬지만, 솔직히 카에데가 부탁하는 것만으로도 이 녀석들은 기꺼이 사지로 뛰어들 거라 생각한다. 그만큼 카에데와 친한 내게는 살의를 보내지만.

"쿨럭……. 무슨 소릴 하는 거야!"

"얼마 전에 왕도의 공원에서 공주님이 국왕 폐하께 해 드렸다며 화제가 된 거예요."

"남들 눈이 있는 장소에서 잘도 하네……."

뭐, 약혼자니까 딱히 이상한 일은 아닌가. 사이가 나쁜 것보다는 훨씬 나으니까.

"내년에는 후세도 볼 수 있겠다며 화제예요. 이름을 맞히는 도박은, 폐하께서 소환된 이세계 사람이기도 하다 보니 후보가 좁혀지지 않는 모양이지만요."

"……남의 일이라도 다들 제멋대로 그런 소릴 한다니까."

"?!"

갑자기 들린 목소리에 놀라서 돌아보니, 어깨를 늘어뜨리고 한숨을 내쉬는 소마 왕과 얼굴을 새빨갛게 붉힌 리시아 공주님이 텐트 입구로 들어온 참이었다.

"여어. 둘 다 잘 지냈나?"

소마 왕은 싹싹한 느낌으로 그리 말을 걸었다.

"잘 지낸 거예요. 폐하도 공주님도 별일 없으신 것 같네요."

"뭐, 별일 없지? 리시아."

"그래. 조금은 왕으로서 자각을 가져 줬으면 할 정도야."

소마 왕과 공주님은 그대로 자연스럽게 우리 테이블에 앉아서 카에데와 담소를 나누기 시작했다.

어, 이거, 무슨 상황이지? 나와 카에데 맞은편에 소마 왕과 공주님이 앉아 있고, 입구 근처에 카페에서도 봤던 다크 엘프가 서 있었다. 푸른 머리카락의 여성이 없는 만큼은 다행이라고 생각해 버리는 건, 그때의 일이 트라우마가 되었다는 증거겠지.

그러자 소마 왕이 이쪽으로 이야기를 돌렸다.

"할버트도 금군에는 익숙해졌나?"

"예! 문제없습니다!"

"딱딱하네. 그때의 위세는 어디로 갔어."

"그때는 정말 죄송했습니다! 폐하께 큰 무례를……."

"국왕의 명령이다. 존댓말은 그만둬. 그리고 폐하라고 부르는 것도. 소마면 돼."

"아니, 하지만……."

"'할', 못 들었나. 이건 명령이야."

"……알겠습, 알았어……. 소마."

"그러면 돼. 마침 편하게 이야기할 수 있는 동년배가 있었으면 했거든."

소마 왕……. 소마는 만족스럽게 고개를 끄덕였다. 대체 뭐야, 정말.

뭐, 본인이 괜찮다고 한다면야 상관없나. 나도 왕을 상대로 딱히 경의를 가진 것도 아니니까.

"그래서……. 소마는 왜 여기에?"

"시찰이야, 시찰. 도로 건설의 진척 상황을 보러 왔어."

"확인 안 해도 성실하게 하고 있어."

"그런 모양이네. 여기로 올 때 지나왔어."

"감사하라고. 엄청 고생했으니까 말이야."

"맛있는 밥이랑 보수도 나오잖아. 충분히 갚고 있어."

반말에도 금세 익숙해졌다. 소마도 애당초 왕이라는 분위기가 아니니까.

우리 식사가 끝나는 타이밍을 맞추어 소마는 일어섰다.

"그럼 둘 다, 도로 시찰에 좀 어울려 주지 않겠나. 리시아한테 도로 건설에 관해서 설명하고 싶거든."

"……카에데만 가면 안 되나? 여기 최고 책임자잖아."

"실제로 만드는 걸 보여주고 싶으니까. 게다가 이럴 때, 상사의 부탁을 들어줘서 연줄을 만들어 두면 나중에 도움이 될 텐데?"

"대체 어떻게 도움이 된다는 건데."

"그러네……. 지금 젤린 우동을 인스턴트로 만드는 연구를 시켰거든. 뜨거운 물에 넣는 것만으로 언제 어디서든 진지에서도 젤린 우동을 먹을 수 있는 물건인데, 시험용 제품을 이 부대로 돌리는 정도라면……."

"이쪽입니다, 폐하. 안내해 드리지요."

나는 일어서서 소마 폐하에게 경례했다. 인스턴트 젤린 우동. 좋잖아. 안 그래도 적은 진중 메뉴를 늘릴 이 기회, 놓칠 수는 없었다. 이런 손바닥 뒤집기를 공주님이나 카에데가 싸늘한 시선으로 보고 있지만 개의치 않았다.

그게, 식사는 최우선 사항이니까!

나, 카에데, 소마, 공주님, 호위인 다크 엘프까지 다섯 명은 도로를 포장 중인 장소로 왔다. 거기서 소마는 내게 작업 순서를 실제로 해 보라고 의뢰했다.

우선 길 양쪽이 되는 부분에 흙을 쌓았다.

"이렇게 양쪽으로 흙을 쌓은 한가운데에, 저쪽에 있는 끈적끈적한 걸 흘려 넣는 거야."

소마는 공주님에게 길을 어떻게 만드는지 설명하고 있었다.

"저 끈적끈적한 건 뭔데?"

"[고대 콘크리트]……. 화산재랑 석회를 섞은 거야. 시간이 지나면 굳는 성질을 지녔지. 그러면서도 독특한 점도가 있어서 쉽게 금이 가지도 않으니까 얼마나 튼튼한지는……. 저걸 보면 알 수 있지 않을까?"

그리 말하며 소마가 가리킨 것은, 어지간한 건물보다도 커다란 왕도마뱀이었다. 그 왕도마뱀은 뒤에 바퀴가 달린 컨테이너를 몇 량이나 끌고 있었다. 컨테이너 안에는 공사에 사용하는 자재와 병사용 군량 등이 가득 실려 있었다.

왕도마뱀 [라이노사우루스].

왕뿔리자드라고도 불리는, 코 위에 난 거대한 뿔 두 개가 특징인 초거대 도마뱀이었다. (소마라면 [코뿔소랑 코모도왕도마뱀을 합쳐서 둘로 나누고 열 배 정도 거대화시킨 느낌]이라고 표현했으리라.) 잡식성이고 온화, 사람도 잘 따르는 터라 대도시 등에서는 이런 식으로 대량의 짐을 끌게 하고자 사육된다. 또한 한번 날뛰기 시작하면 손을 쓸 수 없는 돌진력을 지녀서 공성병기로 이용되는 경우도 있다.

"저 라이노사우루스가 전력으로 질주해도 금이 가지 않을 정도야."

"그건 굉장하네. 그렇게나 단단해?"

"아니, 오히려 적절한 연성이 있으니까 가해지는 힘을 흘릴 수 있는 거지. 내가 있던 세계에서는 이 콘크리트를 사용한 2,000년 이상 전의 건물이 남아 있어."

2,000년이라니, 이 나라의 건국보다도 네 배나 더 옛날의 건물이 남아 있단 말인가. 굉장한데.

"그리고, 도로 양옆에 세운 가로등은 왕도랑 같은 거야. 야생 생물이 많으니까 밤에 행동할 일은 별로 없을 거라고 생각하지만, 이걸로 밤에도 길을 헤맬 일은 없겠지. 그리고 심고 있는 가로수 말인데, 신호의 숲이 원산지인 [퇴마수]야.”

“퇴마수?”

“아이샤, 설명을 부탁해.”

“예! 이 퇴마수는 마물이나 야생 생물이 싫어하는 파동을 항상 방출하는 모양입니다. 아마도 자이언트 보어에게 먹히는 것을 막기 위한 거겠죠. 신호의 숲에서는 촌락 주위에 이 퇴마수를 빽빽하게 심어서 마물이나 동물들의 침입을 막는 용도로 사용하고 있습니다.”

“과연. 간이 결계 같은 거구나.”

공주님의 해답에 소마는 만족스럽게 고개를 끄덕였다.

“그 지방의 지혜라고 할까. 뭐, 길처럼 광범위한 것에 빽빽하게 심었다가는 생태계에 어떤 영향이 있을지 모르니까 말이지. 완전히 막지는 않고 적당히 간격을 띄워서 다가오기 어렵게 만드는 정도로만 했어.”

“어째서? 완전히 막는 편이 나은 거 아냐?”

“그럼 말이지, 리시아. 계절에 따라서 사냥터를 바꾸는 회색 늑대나 레드베어가 길 때문에 이동하지 못하고 그 땅에 머무르다가, 먹을 게 사라져서 가축이나 민가를 습격하면 어떻게 할래? 아니면 마찬가지로 한곳에 머무르다가 먹을 게 사라진 대형 원숭이나 자이언트 보어가 마을로 내려와서 논밭을 먹어치운다든지, 그럴 때 본래는 산속에만 존재할 터인 거머리 같은 걸 마을에 마구 뿌려댄다든지……. 그런 사태가 벌어진다면?"

"절대로 하지 않는 편이 좋다는 건 알겠는데, 어떻게 그렇게
나 구체적이야?!"

"해수 대책은 지자체가 공통으로 품고 있는 문제니까 말이
지."

소마가 피곤하다는 표정으로 그리 밀했다. [지자체]라는 건
뭐지? 나와는 달리 그의 말을 이해한 것 같은 카에데는 그저 감
탄할 뿐이었다.

"후와~, 그렇게까지 깊이 생각하고 계시다니, 역시 폐하인
거예요."

"음. 뭐, 원래 있던 세계의 지식을 가져왔을 뿐이지만."

눈을 반짝이는 카에데와, 그런 카에데의 시선에 부끄러워하
는 소마.

그런 둘의 모습을, 공주님은 조금 뾰로통한 표정으로 보고 있
었다.

"저기, 공주님?"

"왜?"

"얼굴, 무서워요."

"그, 그래? ……하지만 남 일처럼 그런 소릴 할 입장은 아니
잖아?"

"예?"

그러고 있을 때였다.

"세상에!"

갑자기 터진 목소리에 무슨 일인가 싶어서 보니, 다크 엘프가 안색이 바뀌어서는 손에 든 종이를 보고 있었다. 떨리는 어깨에는 하얀 새가 앉아 있었다. 저건 전서 쿠이인가?

쿠이라는 새의 귀소 본능과 주인이 발하는 파동을 멀리서도 감지할 수 있다. 그런 습성을 이용하여 개인과 특정한 장소에 연락을 취할 수 있는, 국왕 방송 같은 반칙성 통신 수단을 제외하면 현재 가장 빠른 연락수단이었다. 전서 쿠이가 왔다는 말은, 어디선가 연락이 들어왔다는 걸까.

"왜 그래? 아이샤."

소마가 묻자 다크 엘프는 떨리는 입술로 말했다.

"지금 신호의 숲에서 연락이 왔는데, [대규모 산사태가 발생했다.]고 합니다!"

◇ ◇ ◇

"다크 엘프의 마을 수장인 아버님에게서 연락이 왔습니다. [어젯밤, 갑자기 산사태가 발생해서 마을 절반 정도를 삼켜 버렸다.] 최근 신호의 숲에는 오래도록 비가 계속 내리고 있다……고 합니다. 행방불명자…… 다수…… 으읏."

중간부터는 목이 메는지 말문이 막히는 가운데, 아이샤는 그리 보고했다.

고향이랑 가족이 터무니없는 재해를 입은 것이다. 당연히 쇼크를 받았을 테지.

……걱정되지만 달랠 시간은 없었다. 이런 상황에서는 무엇을 어찌 움직여야 하나. 묵묵히 생각에 잠겨 있자니 할이 "이봐, 좀 달래 주기라도 하는 게……."라고 말했지만, 내가 대답하기도 전에 카에데가 그의 귀를 잡아당겼다.

"국왕 폐하는 지금 깊이 생각을 하고 계셔요. 방해하면 안 되는 거예요."

끌려가는 할. 정말 좋은 소꿉친구잖아.

……좋아, 생각은 정리되었다. 나는 고개를 들고는 곧바로 행동을 개시했다.

"이 부대로 다크 엘프의 마을을 구원하러 가겠다!"

내가 그리 선언하자 할이 귀를 누르며 눈을 뻐끔거렸다.

"이 부대라니, 여기에는 쉰 명 정도밖에 없어."

"재해 구조는 시간과의 싸움이야. 왕도로 돌아갈 시간은 없어. 다행히도 여긴 왕도보다 신호의 숲에서 가까워. 우선 이 부대를 선발대로 파견하는 거야!"

그리고 나는 각자에게 지시를 내렸다.

"리시아, 왕도로 돌아가서 구원부대 파견을 요청해 줘. 그리고 하쿠야한테 말해서 식료품이랑 의료품, 텐트 같은 구조물자를 다크 엘프의 마을까지 보내게 해."

"알았어. 그런데……. 왕도 쪽에서 움직이고 있는 '의식'은 없어? 있다면 그걸로 연락을 취하는 편이 빠르지 않나?"

"무리야.【리빙 폴터가이스트】의 유효 범위는 100미터 정도밖에 안 돼. 인형이라면 유효 범위를 무시할 수 있지만, 서류 작업을 못 하니까 안 놔두고 왔거든."

이럴 거라면 인형을 하나라도 남겨 놓을 걸 그랬다. 그러면 이변이 발생했다는 것만이라도 전할 수 있었을지 모른다. ……이제 와서 후회해 봐야 어쩔 수 없나.

"그러니까 누군가 직접 요청하러 갈 수밖에 없어."

"알았어. 맡겨 둬."

"올 때 데려온 호위는 데려가! 도중에 무슨 일이 있기라도 하면 이도저도 안 돼."

"괜찮을 거라고 생각하지만……. 알았어. 너도 조심해."

리시아는 곧바로 달려갔다. 잘 생각해보면 일국의 공주님을 심부름꾼으로 쓰는 것도 엄청난 일이지만 리시아도 신경 쓰지 않을 것이다. 이런 부분은 이미 손발이 척척 맞았다.

"아이샤, 여기서 신호의 숲까지 얼마나 걸릴까."

"빠른 말로 반나절. 통상적인 행군 페이스라면 아무리 서둘러도 이틀은 걸리지 않을까요."

"이틀……. 재해 발생 시각은?"

"보아하니 심야 축삼시를 지날 무렵이라고."

"이미 반나절 가까이 지났나. 아무리 서둘러도 발생하고 이틀 반……. 72시간까지 반나절밖에 없다는 건 좀 힘겨운데."

그러자 할이 "대체 뭐야. 그 72시간이라는 건."이라며 물었다.

"이런 자연재해가 벌어졌을 때, 그 시점을 지나면 요(要)구조자의 치사율이 급등한다는 보더라인이 있거든. 그게 재해 발생 이후로 만 사흘. [72시간의 벽]이야."

"미안. 조금 더 알기 쉽게 말해 줘."

"72시간 이내라면 많은 목숨을 구할 수 있다는 말이야."

"과연……. 아니, 그렇다면 이런 곳에서 우물쭈물하지 말고 얼른 신호의 숲으로 가야 하는 거 아닌가?! 꼬박 이틀은 걸리잖아?"

"알고 있어. 마차는 없나?"

"애당초 오갈 때만 마차로 움직일 계획이었으니까 말이지. 50명이 이용할 마차를 준비하려면 그만큼 시간이 걸리고 말 거야."

"젠장. 뭔가 다른 이동수단은…… 앗!"

나는 어떤 사실을 알아차렸다. 다른 이들이 내 시선을 따라가더니 숨을 삼켰다.

내 시선이 자재가 담긴 컨테이너를 끄는, 코뿔소랑 코모도왕도마뱀을 합쳐서 둘로 나누고 열 배 정도 거대화시킨 느낌의 왕도마뱀 [라이노사우루스]가 있는 쪽에 향했다. 덩치는 커다랗지만 이래 봬도 기관차 수준의 속도로 계속 달릴 수 있다.

"……저기, 할, 카에데."

"뭐야?"

"왜 그러시나요?"

"멀미가 심할 텐데, 괜찮겠어?"

"저는 멀미에는 강한 거예요."

"……참을게."

"그런가. 그럼 나도 참도록 하지."

나는 금군 병사 50명에게 곧바로 호령을 내렸다.

"컨테이너 안의 자재를 전부 내려라! 다행히도 신호의 숲 근처까지 길은 뚫려 있지만, 숲속에서는 도보로 이동할 것이다! 짐은 가볍게 하도록! 내린 자재는 이 자리에 방치! 분실하더라도 책임은 묻지 않겠다! 내가 시말서를 쓰고 하쿠야한테 잔소리를 들으면 그만이야! 그리고 식료품만큼은 전부 가져가라! 구조를 하러 가서는 현지인한테 밥을 조르는 꼴사나운 짓을 할 수는 없지!"

"""예!"""

지시에 따라 컨테이너 안의 자재를 척척 내리는 금군 병사들.

역시나 토목 건설에만 매진한 덕분인지 움직임이 좋았다. 재주 좋게, 서로 협력하여 자재를 실어내는 모습은 숙련된 이삿짐업자로도 보였다. 실로 든든했다.

"아니, 우리는 군인이니까 말이지?"

"쓸데없는 말 하지 말고 움직이는 거예요, 할."

카에데는 체구 큰 남자 몇 명이 매달려서 옮길 법한 큰 자재를 마법으로 가볍게 나르고 있었다. 토 속성 마법이라는 건 요컨대 중력 조작의 마법인 듯했다. 아무것도 없는 장소에서 흙이나 돌을 만들어내는 게 아니라 기존의 흙이나 돌을 조종하는 종류였다. 그러니까 이런 곡예도 가능한 거겠지. 대활약이네. ……지금 가장 도움이 되지 않는 건 틀림없이 나구나. 평범한 육체노동밖에 못하는 내가 군인들 사이에 끼어 봐야 방해가 될 뿐일 것이다.

어쩔 수 없이 작업을 가만히 지켜보고 있자니 아이샤가 다가

왔다.

"폐하……."

가냘픈, 당장에라도 쓰러질 것만 같은 표정을 짓고 있었다.

인재 모집 때 이후로 아이샤는 호위로 항상 곁에 있었기에 다양한 표정을 보았다고 생각했다. 직언했을 때의 결의에 찬 얼굴, 늠름한 무인의 얼굴, 음식을 맛있게 먹는 어린아이 같은 얼굴, 그 음식을 못 먹게 했을 때의 버려진 강아지 같은 얼굴……. 여러 표정을 보았지만 이런 얼굴은 처음 봤다.

나와는 비교도 안 될 정도의 전투력을 지닌 소녀의 이런 가냘픈 모습에는 가슴이 아팠다. 아이샤는 항상 호위로서 나를 지켜 주지만, 지금은 내가 그녀를 지켜야 할 장면이겠지. 나와 거의 같은 정도의 높이에 있는 그녀의 머리에 손을 얹었다.

"폐, 폐하?"

"맡겨 줘."

끌어당겨, 그녀의 이마를 내 어깨에 얹었다.

"나는 힘도 없고 아이샤보다 훨씬 약하지만, 많은 사람을 움직이는 입장에 있어. 그러니까 맡겨 줘. 구할 수 있는 목숨은, 할 수 있는 한 모두 구하겠어."

"폐하…… 폐하아아아아!"

어깨에 얼굴을 파묻고 아이샤는 울음을 터뜨렸다. 그런 그녀의 머리를 나는 상냥하게 쓰다듬었다.

채비가 끝날 때까지, 흐느끼는 아이샤를 계속 달랬다.

신호의 숲은 이 나라의 남쪽에 있는 삼림지대다.

　이름의 유래는 거대한 영양의 모습을 한 신수(神獸)가 이 숲을 지켜주고 있다는 전설에서 따왔다나. 다만 근래에는 그 신수의 모습을 봤다는 사람은 없다고 그러지만 지금도 존재한다는 증거로, 가호 덕분에 이 숲은 메뚜기의 습격을 받지도, 가뭄으로 메마르지도, 한파로 얼어붙지도 않고 항상 푸르른 나무도 가득하다고 한다. 가호만으로 존재를 알리는 신수…… 정말로 있는 걸까. 그런 신수와 숲의 수호자를 '자칭' 하고 있는 종족이 다크 엘프족이었다.

　숲의 규모는 대략 후지산의 수해 정도는 되겠지. [숲]이라고는 하지만 실체는 다크 엘프족의 자치령으로, 본래 배타적인 일족이기에 다른 종족이 숲에 들어오는 것을 인정하지 않았다. 아이샤도 침입을 단속해 달라고 직언하러 왔으니.

　이번에 50명 가까운(후속 부대를 포함하면 수백 명) 인간이 구조를 위해서 숲으로 들어왔지만, 이것은 다크 엘프족 수장의 딸인 아이샤의 요청에 따른 것이라 특별 취급된다나. 그들은 숲에 살고 자치를 지키며 외부인의 개입을 싫어한다.

　실제로 산사태를 당했음에도 불구하고 왕도에 구조를 요청하지는 않은 듯했다. 혹시 아이샤에게 연락이 가지 않았다면 우리는 그런 재해가 발생했다는 사실조차 알 수 없었을 테지. 자신들의 문제는 자신들만으로 해결한다는 자세는 멋지지만, 그 때문에 잃은 생명의 숫자가 급증하다니 어처구니없다.

　"바깥 세계를 보려고 하지 않으니까 머리가 딱딱하게 굳는 겁니다. 제가 폐하와 접촉하고 폐하께서 제 의견을 받아들여 주시어 변화의 조짐이 보였거늘…….”

신호의 숲 안을 걸어가며 아이샤가 비통하게 말했다.

“숲속에서만 살 수 있는 시대가 아닙니다! 마왕령의 위협도 언제 남하할지 모르잖습니까! 숲속에 틀어박혀 있으면 여차할 때 신수님이 도와줄 거라 진심으로 믿고 있는 건가요! 신수님은 숲에 가호를 주는 존재이지 다크 엘프족의 수호신인 것도 아닌데!”

“어, 어어…….”

“그러니까 다크 엘프도 좀 더 넓은 세계를 배워야 합니다!”

아이샤가 뜨겁게 말했다. 오랜만에 멋진 모습을 보는 것 같았다.

“게다가 숲속에 있으면 폐하의 맛있는 요리를 먹을 수 없지 않습니까!”

……정정, 역시 아이샤는 아이샤였다.

뭐, 긴장하고 있는 것보다는 훨씬 낫지만.

다크 엘프의 마을에 도착하자마자 20대 정도의 미청년 다크 엘프가 마중을 나왔다.

“오오, 왕이시여! 잘 와 주셨습니다.”

단정한 생김새는 아이샤와 조금 닮은 것 같았다. 혹시 오빠일까. 키는 커서 190은 될 듯했다. 머리나 팔에 한 장신구를 보면 높은 신분임이 엿보였지만, 입고 있는 고급스러운 로브는 흙으로 더러워져 있었다. 조금 피곤한 것처럼 보였다.

그 청년 엘프 앞에서 아이샤는 자신의 가슴을 탁 두드렸다.

"아버님, 폐하를 모셔왔습니다."

"잘 와 주었다. 네가 왕과 친밀한 사이임도 신수님의 인도겠지."

"아버님?!"

내가 놀라자 청년 엘프는 피곤한 표정으로 미소 지었다.

"왕이시여, 처음 뵙겠습니다. 저는 다크 엘프의 수장이자 아이샤의 아비, 보던 우드갈드라고 합니다. 딸이 신세를 지고 있습니다."

"어— 예. 저기……. 젊으시군요."

"순수종인 엘프족은 일정 연령이면 육체의 성장이 멈춥니다. 수명도 인간의 세 배 가까이 길어서, 이래 봬도 이미 80년은 살았습니다."

과연. 이야기에서 볼 수 있는 엘프나 다크 엘프와 얼추 같다는 건가. 엘프족은 수명이 길고 젊은 시기도 길며 미남 미녀들뿐이라는 거 말이지. 하지만 하프엘프인 마르크스 시중은 평범하게 아저씨였지? 혼혈 같은 경우에는 수명이나 성장하는 방법도 달라지는 걸까. 그건 제쳐 놓고, 아이샤에게 작은 목소리로 말을 걸었다.

("어째 환영해 주는데? 다크 엘프는 배타적이라고 그러지 않았나?")

("아버님은 문화 개방파의 필두여서 바깥과의 교류에도 밝으

십니다. 폐하께 진정을 올리러 가는 것에 유일하게 찬성해 준 분도 아버님이셨습니다.")

("과연. 아이샤가 규칙 같은 것에 구속되지 않는 건 이 사람의 영향인가.")

나는 보던 씨와 악수를 나누었다.

"국왕(대리)인 소마 카즈야입니다. 아이샤의 요청으로 구조를 위해 왔습니다."

"잘 오셨습니다. 그리고, 왕이시니 존댓말은 그만하시어도 됩니다."

"……알았다. 이러면 되겠나?"

"예. 그건 그렇고, 설마 왕께서 직접 오실 줄은 몰랐습니다."

"우연히 시찰 중이었거든. 일단 가까운 곳에 있던 금군 50명을 선발대로 데려왔다. 며칠 뒤에는 지원 물자를 지닌 제2진도 도착할 테지."

"감사합니다. 본래라면 온 마을이 함께 왕의 행차를 환대하고 싶은 참입니다만, 아무래도 상황이 이러하오니 용서해 주시길."

"알고 있다. ……지독한 상황이야."

다크 엘프의 마을은 [퇴마수]가 원형으로 빽빽하게 심어진 곳 안에 있었다.

숲속에는 이런 마을이 곳곳에 존재하며 다크 엘프들은 그 안에서 생활하고 있다고 한다. 신호의 숲을 나라로 본다면 이 마을은 수도에 해당해, 이곳에 사는 다크 엘프의 숫자도 다른 곳과 비교하면 월등히 많았다.

그런 마을의 동쪽 삼분의 일 정도가 토사로 쓸려 나간 상태였다. 동쪽에 있는 작고 살짝 높은 정도의 경사면이 무너진 듯했다. 장마의 영향인지 훤히 드러난 땅에 상당한 양의 물이 흐르고 있었다. 이렇다면 지반이 상당히 물러졌을지도 모르겠다. 지금은 날씨가 개서 그나마 다행인가. 이 상태에서 비가 내린다면 재차 붕괴할 우려 속에서 작업을 진행했을 참이었다.

"피해 상황은?"

"이미 백 명 가까운 사상자가 나왔습니다. 행방불명자도 40명이 넘습니다."

많은데. 단시간에 얼마나 구할 수 있느냐가 승부처다.

"바로 구조를 시작하지. 다만 2차 재해의 위험이 있으니 여자들은 피난시키는 편이 좋겠어. 그리고 인원을 쪼개서 산을 지켜보도록 해. 조금이라도 산이 움직이거나 이상한 소리가 나거나, 그런 조짐이 있다면 보고하는 거다. 구조 중에 다시 무너진다면 이도 저도 안 돼."

"바로 진행하겠습니다. 그 밖에 뭔가 저희가 할 수 있는 일은 있을까요?"

"행방불명자의 리스트를 작성해 줘. 안부가 확인되는 대로 지워 나가는 거야."

"알겠습니다."

보던 씨와 이야기를 마무리하고 나는 아이샤와 금군에게 지시를 내렸다.

"아이샤."

"예!"

"여자들을 무너지지 않을 장소까지 대피시킨다. 장소는 보던 씨와 논의하고. 너는 호위로서 그들을 무사히 데려다줄 것."

"예, 알겠습니다!"

"좋아. 금군 전원은 지금부터 안부가 확인되지 않은 사람의 탐색 활동을 개시한다. 구멍 파는 스킬은 높겠지. 귀를 기울여 흙 속에서 도움을 요청하는 소리를 듣고, 신중하게 그들을 구조하라!"

"""예!"""

"하나 절대 무리하진 마라. 또 무너질 것 같으면 구조 중일지라도 물러나라. 구조하는 쪽에는 단 한 사람의 희생자도 용납지 않겠다. 알겠나!"

"""예!"""

금군 병사들의 대답에 고개를 끄덕이고, 나는 호령을 내렸다.

"지금부터 구조 활동을 개시한다!"

구조 활동은 총력전이었다.

모두 하나가 되어 자신이 할 수 있는 일을 한다. 안부가 확인되지 않은 이의 이름을 부르고 귀를 기울여 조금이라도 반응이 있으면 토사를 신중하게 치운다. 마을의 남자들도 금군 병사도 관계없이, 협력해서 토사를 치우고 쓰러진 나무를 해체하여 깔린 이들을 끌어낸다. 카에데는 마법으로 커다란 바위를 치우고,

마을 여성들은 식사를 준비하거나 부상자들을 돌보았다.

나는 나대로 할과 함께 탐색 활동에 나섰다.

"할, 그 두꺼운 나무 밑이야! 아직 호흡하고 있어!"

"뭐?! 목소리 같은 건 안 들리는데?"

"있다니까! 일단 파!"

할은 수상쩍다는 표정을 지었지만 그 장소를 파자 안에서 소녀의 손이 나왔다.

"진짜냐……. 기다려, 바로 구해줄 테니까!"

할이 토사를 파 다크 엘프 소녀를 끌어냈다. 원래 갈색 피부라서 알아보긴 힘들었지만 혈색이 나빠 보였다. 젖은 흙 속에 있었으니 당연했다. 늦더위가 있는 시기라서 다행이었다. 조금 더 가을이 깊었더라면 동사했을지도 모른다. 내가 모포를 가지고 돌아오니 할은 소녀를 안고서 등을 쓰다듬고 있었다.

"잘 버텼어. 이제 괜찮으니까."

"……으으……으아아아아아아아아아아앙."

"괜찮아! 이제 괜찮으니까!"

울음을 터뜨리고 만 소녀를 필사적으로 달래는 할.

이럴 때 남자는 안 된다고 생각했다. 나도 할도 당황해서는 그저 "괜찮으니까."라고 반복할 수밖에 없었다. 소녀를 모포로 감싸고 그녀가 진정되기를 기다렸다가 근처에 있던 금군 병사 하나를 불러 세웠다.

"이 아이를 안전한 장소로."

"예! 알겠습니다!"

병사에게 안긴 소녀를 배웅한 뒤, 할이 내게 물었다.

"잘도 저 아이가 있다는 걸 알아차렸네. 목소리 같은 건 안 들렸다고."

"이러는 동안에도 계속 탐색하고 있거든."

"탐색마법이라도 쓸 줄 아나?"

"미묘하게 다르지만……. 이걸 쓰고 있어."

할을 향해 내민 손바닥에, 흙에서 기어 나온 작은 물체가 폴짝 뛰어올랐다. 그걸 보고 할은 눈을 끔뻑였다.

"그건…… 쥐인가?"

"나무로 조각한 쥐야."

몸길이 10센티미터 정도의 나무를 조각해 만든 쥐였다. 이걸 내 능력【리빙 폴터가이스트】로 조종해서 파편 밑의 요구조자를 탐색하는 것이었다. 내 능력은 인형이라면 먼 거리까지 움직일 수 있는 것이지만, 아무래도 그건 생물을 본뜬 것이면 좋은 듯했다. 이러는 동안에도 나무 쥐 네 마리가 마치 진짜 쥐 같은 움직임으로 요구조자를 탐색하고 있었다.

"잘도 그런 걸 갖고 돌아다녔네."

"리시아랑 데이트하는 중에 노점에서 발견했지. 어디 쓸 만한 데가 있겠구나, 싶어서 호신용 여행 가방 안에 넣어뒀거든."

참고로 여행 가방 안에는 그 밖에 [무사시 도련님 인형(작은 사이즈)×2]도 들어 있어서, 그 녀석들한테는 현재 주위 경계를 시켰다. 산맥이 무너져서 길이 나빠진 상황에서도 체중이 가벼운 녀석들은 폴짝폴짝 뛰어다닐 수 있으니까 말이다.

"소마의 능력은 의외로 굉장하네."

"음. 내정 이외에는 처음으로 도움이 되는 것 같네……. 윽."

"잠깐, 갑자기 왜 그래?!"

나는 그 자리에 몸을 웅크리고, 토했다. 구토하는 나를 보고 할이 걱정스레 말을 걸었다.

"어, 야, 소마."

"우웨에엑……. 쿨럭, 쿨럭……."

"괘, 괜찮냐. 왜 갑자기 구토를 하는 거야."

"……쿨럭, ……미, 미안해. 탐색 중인 나무 쥐 한 마리가……파손이 심각한 시체를 갑자기 발견해 버려서……."

"파손이라……."

"눈알이 말이지,"

"아니, 됐어! 듣고 싶지 않으니까!"

할은 고개를 돌리고 귀를 막았다. 나는 눈앞의 토사를 쳐다봤다.

뉴스에서 재해 현장의 모습을 이야기할 때에 클로즈업 되는 것은 피해자의 비극과 생존자의 기적뿐이었다. 그러나 실제로 체험해 본 재해 현장은 더없는 지옥이었다. 일반인에게는 지독한 현실이었다. 마음이 꺾여 버릴 것만 같았다.

하지만 지금은 그런 소리나 하고 있을 수는 없었다.

"할! 왼쪽 전방 50미터 바위 아래에 요구조자 두 명 발견!"

"! 알았어!"

————지금은 그저 마음을 억누르고서.

필사적인 구조 활동은 계속되었다.

그 후로 많은 다크 엘프들이 토사투성이인 파편 안에서 구조되었다.

다들 어딘가 다치고, 구조된 뒤에도 낙관적으로 볼 수 없는 중상은 입은 이도 있었다. 토사 안에서 끌어냈지만 이미 숨이 끊어진 경우도 많았다. 구조자의 생사 비중은, 절반에서 살짝 죽은 자 쪽으로 기울고 있었다. 이 마을에 막 도착했을 때 보던이 말했던 '백 명 가까운 사상자' 중에서 죽은 이의 비율은 2할 정도였다는 걸 생각하면, 시간의 경과와 함께 점점 조건이 악화하고 있음을 알 수 있었다.

찾는 쪽의 피로한 기색도 짙어졌다. 교대로 휴식을 취하게는 했지만 재해가 발생한 뒤로 이미 사흘째였다.

다크 엘프들은 물론이고 장거리 이동 이후로 만 하루 이상 탐색을 진행 중인 병사들도 괴롭겠지. 이미 상당한 수의 요구조자가 (생사 여부의 차이는 있지만) 발견되었을 터. 보던 씨에게 현재 몇 명이 발견되지 않았는지 한 번 확인하는 편이 낫겠지. 피해자의 범위를 좁힐 수 있다면, 있을 것으로 여겨지는 부분의 탐색에 인원을 중점적으로 할당할 수 있다.

그리 생각하고 있자니,

"수신이여! 어째서입니까!"

그런 비통한 외침이 들렸다. 쳐다보니 보던 씨와 어딘지 모르게 닮은 다크 엘프 청년(?)이 땅에 팔과 머리를 부딪치며 통곡하고 있었다. 여자들은 피난시키고 돌아온 뒤로 탐색 활동에 가

담한 아이샤에게 물었다.

"아이샤, 저 사람은 누구지?"

"저 사람은……. 롭토르 우드갈드 숙부님입니다. 아버님의 동생에 해당되는 분이죠."

"울부짖는 이유는 역시……."

"예. 처자식, 즉 제 숙모님과 두 분의 딸이 아직 발견되지 않았습니다."

"그건……괴롭겠군. 아이샤는 괜찮나?"

"그게……. 아버님께서 개방파의 필두라면 숙부님은 보수파의 필두인지라 가족과의 인연은 별로 없어서……. 아직 어린 딸은 귀엽게 여겼기에 애처롭습니다만……."

"그런가……."

데드라인인 72시간은 이미 지났다. 아직 발견되지 않았다면…….

그러자 롭토르 씨가 이쪽을 봤다. 우리를 알아차렸는지 휘청거리며 들이닥쳤다.

"왕…… 왕이시여, ……어째서입니까."

롭토르 씨가 내 목덜미로 손을 뻗었기에 아이샤가 노기를 드러냈지만 나는 손을 들어 그것을 제지했다. 그의 손은 움켜쥔다기보다 매달리듯이 목덜미를 붙잡고 있을 뿐이었다. 살짝 뿌리치는 것만으로도 쓰러져 버리겠지.

"왕이시여. 저는 숲을 계속 지켜왔습니다. 그런데 어째서, 숲은 제 가족을……."

"…………."

아이샤 쪽으로 시선을 향하자,

"숙부님은 솎아 베는 것에 반대하셨습니다. 숲의 수호자인 다크 엘프가 불필요하게 나무를 베어내다니 터무니없는 일이라고. 마침 무너진 곳은 숙부님이 반대했기에 솎아베기가 진행되지 않았던 부분이었습니다."

그리 가르쳐주었다. 그건…… 뭐라고 할까…….

"왕이시여! 어째서입니까! 어째서 제가 지켰던 숲이 저희 가족을 해친 것입니까! 저도 보던과 마찬가지로 나무를 베었다면 가족은 살아났을 거라는 말입니까!"

"그건…… 모르겠군."

"아니, 무슨!"

"확실히 적절하게 솎아 베어서 잡초들을 키워 흙의 보수력을 높여 둔다면 산사태가 잘 일어나지 않는 환경으로 만들 수는 있어. 하지만 그건 어디까지나 '잘 일어나지 않는' 것뿐이야. 이번처럼 장마가 원인이었을 경우……. 어디서 일어나도 이상할 건 없었어."

"그건……. 그렇다면 그저 운이 나빴다는 것뿐이라고……."

"산사태의 발생 장소에 있어서는 그렇지. 하지만 솎아베기는 항상 숲속에서 진행되는 작업이야. 이상한 소리가 들린다, 숲이 움직이는 것처럼 보인다. 그런 식으로 산사태의 전조를 더욱 쉽게 알아차릴 수 있다는 건 확실해. 알아차렸다면 대책도 세울 수 있고 피난을 갈 수도 있었을 테지."

이건 산의 경사면을 계단식 밭으로 운용하는 것의 이점으로도 거론되는 것이었다.

나무를 베어 내고 계단식 밭을 만들면 산사태가 더욱 쉽게 일어날 것처럼 여겨지지만, 사실은 인적 피해가 발생하는 산사태의 가능성은 낮아진다나. 항상 사람이 계속 드나들기 때문에 산사태의 징후를 바로 알아차릴 수 있고 대책도 쉽게 세울 수 있다는 것이 이유였다. 산사태 대책으로 가장 중요한 것은 숲을 계속 지켜보는 것이었다. 현대 일본처럼 토석류 감지 센서 같은 건 없으니까 더더욱 사람의 시선이 중요해진다.

"숲은 지킨 건…… 잘못이었다는 겁니까."

"지키고 있다는 의식 자체가 잘못이야. 자연은 사람에게 보호를 받을 만큼 약하진 않아."

신호의 숲에 있는 나무들은 수명이 길다고 아이샤는 말했다. 그래서 허약한 숲이 되고 있다는 사실도, 지반이 약해진다는 사실도 깨닫지 못했다. 우연히 아무것도 일어나지 않았을 뿐인데도 자신들이 지키고 있다며 믿어 버렸다.

"자연을 파괴하는 게 인류의 이기심이라면 지키려고 하는 것 또한 이기심이야. 본래라면 파괴와 재생을 반복할 터인 자연에게, 인류에게 딱 적합한 상태를 계속 유지하게 만드는 거니까 말이지. 사람이 할 수 있는 건 솎아베기 같은 식으로 손을 대 숲을 공존이 가능한 상태로 계속 유지하는 것뿐이야. 잠든 아이를 깨우지 않도록 말이지."

"…………."

그때 탐색 중이었던 나무 쥐 한 마리가 무언가를 발견했다.

"있다! 모녀 둘 발견!"

"어, 어디입니까?!"

"잠깐만……. 비스듬히 왼쪽 전방의 무너진 민가에서 산 쪽으로 2미터 지점이다!"

서둘러 그 지점으로 가서 토사를 제거했다. 그러자 무너진 목재 틈으로 여자아이와 그녀의 모친으로 보이는 여성이 발견되었다. 모친으로 보이는 여성은 딸을 지키고자 단단히 끌어안고 있었다. 그 두 사람을 보고 롭토르 씨는 무어라 형용할 수 없는 소리를 질렀다. 이 여성들이 처자식이겠지.

끌어내어 보니 여성 쪽은 이미 숨이 끊어진 뒤였다.

이미 늦었나……. 그리 생각했을 때, 아이샤가 소리를 질렀다.

"폐하! 아이 쪽은 숨을 쉬고 있습니다!"

"서둘러서 구호반으로! 절대로 죽게 놔두지 마라!"

"예!"

여자아이를 모포로 감싸서 안아 든 아이샤를 배웅한 뒤, 아내의 유해 앞에서 정신없이 울고 있는 롭토르 씨를 봤다. 혼자 둘까 싶기도 했지만 이 사람에게는 아직 지켜야 하는 것이 있었다. 여기서 멈춰 있어서는 곤란했다. 어깨에 손을 얹고 조용히 말했다.

"아내는 딸을 끝까지 지켜냈군."

"……예…… ."

"정신 차려! 이번에는 네 차례잖아!"

"! 예……예……."

롭토르 씨는 오열 섞인 목소리로 몇 번이고 고개를 끄덕였다.

그로부터 잠시 후, 리시아가 부르러 돌아갔던 구조부대 제2진이 도착했다. 행방불명자 전원 탐색 종료를 기해서 선발대는 임무를 마무리하게 되었다.

이후의 복구 작업은 인원, 장비 모두 충실한 제2진이 이어받았다.

마지막으로 희생자에게 묵념을 바치고, 선발대는 왕도를 향한 귀로에 올랐다. 모두 진흙투성이로 기진맥진한 선발대 인원들은 거의 트럭으로 수송되는 냉동 참치처럼 컨테이너에 가득 실렸다. 할도 지금쯤은 카에데의 무릎베개를 받으며 늘어져 있겠지.

나도 비슷한 상태로, 맞이하러 온 리시아와 함께 마차에 몸을 실었다. 아이샤는 마을에 두고 왔다. 아무리 그래도 고향이 저런 상태여서야 역할에 집중할 수 없겠지. 한동안은 신호의 숲에 머무르도록 말해뒀다.

차창에 기대며 꾸벅꾸벅 졸고 있자니,

"이번에 나는 아무것도 못 했어."

리시아가 슬픈 목소리로 말했다.

"구조 부대를 부르러 가 줬잖아. 다들 전력을 다했어. 오히려…… 아무것도 못 한 건 내 쪽이야."

"무슨 말도 안 되는 소리야. 현장에서는 대활약했다고 들었어."

나를 위해 부정하고 위로해주는 리시아를 향해, 나는 고개를 가로저었다.

"내 입장은 국왕이야. 유사시에 현장에서 지휘를 맡는 건 왕의 일이 아냐. 왕의 일은 그런 일이 '일어나기 전'에 사전 준비를 해 두는 거지. 나는…… 그걸 게을리했어."

"그런 건……."

"금군을 구조 부대로 운용하는 건 제대로 되었다고 생각해. 하지만 그 이상으로 미치지 못한 점이 많아. 정보 전달 수단, 장거리 수송 수단, 각 지방의 구조 물자 비축, 구조대에 소속되는 의료팀, PTSD 환자 카운셀링을 진행하는 정신의학 육성……. 모든 게 부족했어. 식량난과 삼공의 문제에만 시선이 가서, 이런 정비를 게을리했지."

창문에 비치는 자신은 진흙투성이에 지독히 피곤한 표정을 짓고 있었다.

그런 나를 리시아가 걱정스레 바라봤지만 못 알아차린 척했다.

카마인 공령의 중심도시 [랜들].

그곳에서도 중심에 있는 육군대장 게오르그 카마인의 성, 랜들 성의 회의실에 지금 이 나라의 육해공군을 총괄하는 삼공이 모두 모여 있었다.

우선 상석이 육군대장이자 이 성의 성주인 게오르그 카마인.

군복 위로도 알 수 있는, 기골이 장대하고 억센 체구에 사자의 얼굴을 지닌 수인족으로, 그야말로 역전의 무인 그 자체인 풍모였다. 수인족의 수명은 인간족과 차이가 없지만 쉰을 넘어서도 전혀 쇠약해지는 모습을 보이지 않았다. 그 자리에 있는 것만으로 분위기가 단단히 죄어드는 것 같았다.

게오르그가 봤을 때 오른편에 앉은 것이 해군대장 엑셀 월터.

사복과 비슷한 옷을 걸쳤고 푸른 머리카락에 작은 사슴뿔이 엿보이는 교룡족의 미녀였다. 교룡족은 천 년 이상이나 사는 종족이고 그녀도 이미 500살을 넘었음에도, 그녀의 용모는 20대 중반으로밖에 보이지 않았다. 다만 겉모습과는 달리 그녀의 지휘는 나이에 걸맞게 노련하다고 한다.

그녀의 맞은편에 앉은 것이 공군대장 카스토르 바르가스.

늠름한 청년의 풍모이지만 붉은 머리카락에서 자란 도깨비 같은 뿔 두 개와 등에 난 막이 있는 날개, 도마뱀 같은 꼬리가 특징적인 드래고뉴트였다. 나이는 백 살 정도지만 드래고뉴트도 500년은 사는 종족이기에 아직 애송이 취급당하는 연령이었다. 그는 또한 기분이 나쁘다는 것이 눈에 보일 정도였다.

 둘의 모습을 보며 엑셀은 한숨을 내쉬었다.

 "……이 회합은 헛된 다툼을 피하기 위한 거라 생각했는데요?"

 "뭐냐, 엑셀 공. 그런 애송이를 두려워하는 건가?"

 그런 엑셀의 태도를 카스토르가 물고 늘어졌다.

 "'교룡족에게는 바로 이 사람이 있다'며 두려움의 대상이었던 엑셀 공도 늙었나 보군."

 "어머? 그런 할머니한테 50년 전에 구애했던 마니아는 누구였던가요?"

 "윽."

 "게다가 나를 부를 거라면 엑셀 공이 아니라 '장모님' 이겠죠?"

 "……예."

 장난기 어린 대답에 카스토르는 의기소침했다. 사실 카스토르에게 엑셀은 첫사랑 상대였다. 그 사랑이 화려하게 실패한 뒤에도 잊을 수 없었는지, 나중에 만난 연령이 가까운 그녀의 딸 액셀라와 결혼했다.

 즉, 카스토르는 엑셀의 사위였기에 입장을 따지자면 이길 수 있을 리 없는 상대인 것이었다.

 "카스토르, 당신은 아직 왕에게 반항할 생각인가요?"

"당연하지! 용사인지 뭔지는 모르겠지만, 그 가짜 왕은 왕위를 찬탈하고 리시아 공주에게 혼인을 강요해서 나라를 빼앗었어! 그런 녀석을 따를 수 있겠나!"

"그런 소릴 하는 건 부정을 추궁당하고 도망친 귀족 정도뿐이에요. 왕위 선양은 알베르토 경 자신의 의지. 리시아 공주와도 사이가 좋은 모양이고요."

"그건 어떨까! 그런 식으로 보여 주는 것뿐일지도 몰라! 애당초 나라를 바로 세우는 거라면 가신의 입장에서도 충분할 텐데! 선대 국왕의 치세에 무슨 문제가 있었나?"

"…………."

'문제는 없었지만 좋은 점도 없었던 게 문제예요.'

엑셀은 그리 생각했지만, 아무리 그래도 선대 국왕을 상대로 너무도 불경한 이야기였기에 입 밖으로 꺼내지는 않았다.

엑셀도 알베르토의 성급한 선양에는 의문을 느꼈지만, 그 후의 추이를 보자면 영단이었다고 할 수 있으리라. 엑셀의 기억 속에 있는 알베트로는 그런 영단을 내릴 수 있는 군주가 아니었는데, 그는 그 나름대로 성장한 것일까.

"애당초 오래도록 이 나라를 지켰던 우리 삼공을 가벼이 여기는 태도가 마음에 안 든다고! 왕위를 물려받자마자 곧바로 보낸 편지가 [따를지 말지 선택하라]였다고?"

"[개혁에 협력해 준다면 식량 지원이나 영내의 도로 건설을 진행한다]……잖아요?"

삼공령은 국왕 직할령과 비교하면 인구도 적고 군을 유지하기 위한 비축분도 있었기에 식량난도 그렇게까지 심각하지는 않았다. 그러나 이 식량난에 삼공령에서는 군의 비축분을 개방하여 배급제를 실시했는데, 그 때문에 수요가 사라진 식료품점이 우선 망해 버렸다. 다음으로 실업자가 늘어나자 물품이 팔리지 않게 되었기에 상점이 망하고, 그 상점에 물품을 제공하던 공방이 망한다는 부정적인 연쇄가 벌어지고 있었다.

그 점을 소마는 지원을 빈민에게만 한정하고 필요 이상의 배급은 진행하지 않으며, 이제까지 먹는 습관이 없었던 것을 먹도록 추천하면서 도로를 건설하여 수송력을 높이는 것으로 뛰어넘었기에 경제 규모의 축소는 최소한으로 억누를 수 있었다. 또한 삼공령 가운데 월터 공령만은 독자적으로 해상 교역로를 가지고 있었기에 남은 상품을 다른 나라와 거래하여 부정적인 연쇄를 아슬아슬하게 막아낼 수 있었다.

'하지만 그건 항구를 가진 내 영지니까 가능한 일. 카마인 공령도 바르가스 공령도 내륙이라 교역로가 없어. 특히 규모가 큰 육군이나 도망친 귀족과 그들의 사병을 품은 카마인 공령의 경제 문제는 심각할 테지. 그런데도 어째서 게오르그는 이렇게까지 완고히 왕에게 반항하려는 걸까?'

그런 생각을 하고 있자니 카스토르가 으르렁거렸다.

"[먹이를 줄 테니까 복종하라]는 거냐고! 잘도 깔보기는!"

"영민을 위해서라면…… 그도 어쩔 수 없는 게 아닐까."

"마음에 안 들어! 먹이로 우리를 길들이겠다고 생각하는 거냐!"

"긍지뿐인 애완동물 따윈 왕도 필요 없을 텐데."

엑셀이 그리 말하자 카스토르는 테이블을 탕 두들겼다.

"……아까부터 당신은 대체 뭐야! 왕을 옹호하는 것 같잖아! 당신도 그 왕이 마음에 안 드니까 협력 요청을 거절했던 거 아니었나!"

"똑같이 취급하지 말아줬으면 해. 교룡족이 무엇보다도 우선시하는 건 사랑하는 항만도시 [라군 시티]의 안녕이야. 그것만 보장된다면 따를 의사가 있어."

엑셀을 포함하여 교룡족의 가치 기준은 상당히 특수했다.

교룡족은 다른 어떤 것보다도 항만도시 [라군 시티]를 최우선으로 생각했다. 일찍이 교룡족의 선조는 구두룡 제도의 섬 중 하나에 살고 있었는데, 제도 내의 패권 분쟁에서 패배하여 바다로 밀려 나와 해적이 되어 방랑하게 되었다.

그리고 오랜 방랑 끝에 선조들이 간신히 구축한 거점이 현재 [라군 시티]의 전신이었다. 교룡족은 간신히 손에 넣은 이 땅을 지키고, 이 땅을 사랑하고, 이 땅을 긍지로 생각했다. 다종족 국가 [엘프리덴 왕국] 건국 전쟁에 참가한 것도 그저 [라군 시티]를 지키기 위해서였다.

"[라군 시티]를 위해서라면 어떤 상대한테라도 꼬리를 흔들고, [라군 시티]를 위협하는 자라면 몇 명일지라도 멸한다. 그것이 교룡족의 긍지야."

"흥, 꼬리를 흔드는 게 긍지인가."

"그래. 나는 지켜야 할 것을 위해서 싸워. 마음에 안 든다는 것만으로 투정을 부리는 어린애랑은 다르다는 거야. 대화로 해결할 수 있다면 그보다 좋은 일은 없어. 안 그대로 주변국이 기회를 노리고 있다는 이 시기에 내부에서 다투다니 바보 같은 짓이야."

"……아미드니아 공국인가."

엘프리덴 서쪽의 이웃 나라 아미드니아 공국.

전전대 엘프리덴 국왕의 확대 노선으로 국토의 절반 가까이를 빼앗겼던 아미드니아 공국은 잃어버린 땅을 회복할 기회를 호시탐탐 노리고 있었다. 이번 소마 왕과 삼공의 대립에도 개입할 생각이 가득한 모양이라, 이미 삼공에게 [가짜 왕을 토벌할 거라면 원군을 파견할 용의가 있다]라는 서간을 보냈다.

"정말이지, 끈질긴 녀석들이야. 속셈이 빤히 보인다고."

"틀림없이 왕에게도 보냈을 테지. 왕도 받아들일 거라고 생각되진 않지만, 멋대로 '원군'을 파견할지도 몰라. 알겠어? 지금 싸운다는 게 얼마나 어리석은지."

"켁. 그렇다면 당신만이라도 냉큼 왕 밑으로 가면 되잖아."

"여러모로 확인한 다음에 그렇게 하도록 할게. 왕과, 당신을 말이야."

엑셀은 침묵을 지키고 있는 게오르그 카마인에게 시선을 향했다. 그는 이 방에 들어와서 가볍게 인사한 뒤로, 눈을 감은 채 아무런 발언도 하지 않았다. 엑셀과 카스토라의 대화를 듣고 있는지, 아니면 혼자 생각에 잠겼는지. 설마 자고 있는 건 아닐 거라 생각하지만……. 엑셀은 그런 그의 태도에 짜증을 느꼈다.

"게오르그, 당신은 무언가 생각이 있는 거야?"

"……무언가라니?"

"어머, 깨어 있었네. 물론, 본래 이 자리의 누구보다도 이 나라에 애국심과 충성심을 가진 당신이 새로운 왕에게 적대 행동을 취하는 이유 말이야."

"카마인 공도 그 가짜 왕이 마음에 안 드는 거잖아?"

"당신한테는 안 물었어요, 카스토르. 대답하세요, 게오르그. 가짜 왕인지는 제쳐 놓고, 치세는 안정되고 있어. 왜 굳이 풍파를 일으키려는 건가요."

엑셀의 힐문에 게오르그는 무겁게 입을 열었다.

"그 왕으로는 이 나라를 다스릴 수 없다고 판단했다. 그것뿐이다."

"그건 어째서? 이 나라를 궁지로 몰아넣었던 식량난, 재정난을 당장에라도 극복하려고 하는 수완 어디에 불만이 있다는 건가요."

"그를 위해서 그 왕은 많은 것을 망설임 없이 버린다."

게오르그는 눈을 떴다. 그것만으로 주위의 분위기가 바짝 곤두섰다. 그 분위기에 엑셀도 카스토르도 숨을 삼켰다. 이 자리에서는 가장 어리지만 외모와 정신은 그가 가장 성숙했다. 이 나라 제일의 무인이 지닌 관록이었다.

"그 왕은 이세계에서 소환된 자라고 들었다. 그렇기에 본디 집착이 없으니 버리는 것에 주저가 없지. 비효율적이라고 생각하면 역사도, 전통도, 병사도, 가신도 버린다. 아닌가, 엑셀 공?"

"그건……."

엑셀은 말을 잃었다. 확실히 소마 왕의 정치에서는 그런 면이 보였다.

"오랫동안 나라를 지탱했던 가신을 그 왕은 버렸다."

"그건 부정을 저질렀기 때문이겠죠."

"그래서 등을 돌리게 되었어도, 말인가? 이런 시기에 나라를 위태롭게 만드는 짓이 얼마나 어리석은지는, 조금 전에 엑셀 공이 직접 말한바. 그 씨앗을 뿌린 것은 왕이다."

"그 귀족들은 숨겨 두고 있는 사람은 당신일 텐데요."

"왕에게 원한을 가진 자들은 왕을 치는 유효한 말이 된다. 물론 전후에 복귀시킬 생각 따윈 없지만."

그리 말하며 입가를 끌어올리는 게오르그의 얼굴을 보고 엑셀은 전율을 느꼈다.

'이 남자, 부정을 저지른 귀족들을 이 싸움에서 버리는 말로 쓸 생각이야?!'

왕을 치고, 부정한 귀족들을 버리는 말로 쓰고, 설령 망하지 않는다고 해도 전후에 트집을 잡아서 처벌한다. 트집의 재료는 잔뜩 있는 자들이었다. 그리고 왕도에서는 현왕파와 부정한 귀족만이 사라진다. 그 자리에는 자신이 생각하는 대로 건축할 수 있는 공터만이 남는다. 알베르토 왕을 복귀시켜서 꼭두각시로 삼는 것도 좋다. 아니면 자신이 왕으로 서는 것도 좋다.

엑셀은 일어섰다.

"왕위를 향한 야심에 사로잡힌 거야?!"

"자, 잠깐만, 진정해. 다른 사람도 아니고 카마인 공이야. 왕위 찬탈 같은 걸 생각하진 않겠지?"

카스토르가 달래자 게오르그는 조용히 고개를 끄덕였다.

"물론. 소마 왕의 배척 뒤에는 알베르토 왕이 복위토록 하고 우리가 그를 뒷받침한다."

"……어쩌려나."

엑셀은 자리에 앉았다. 태연한 척했지만 마음속으로는 상당히 초조해하고 있었다.

'예상 이상으로 상황이 나빠. 이건 최악의 시나리오……. 게오르그와 아리드니아 공국이 뒤로 손을 잡았다는 사태를 상정하고 움직일 필요가 있을까. 큭, 카스토르에게 분별력이 있다면 둘이서 카마인 공의 고삐를 쥘 수 있었을지도 모르는데…….'

엑셀은 사위의 짧은 생각이 원망스러웠다.

그에게는 시집을 보낸 딸 액셀라와 그 아이가 낳은 손자, 손녀가 둘 있었다. 지금 카마인 공이 승리하도록 두는 것은 불안했다. 그러나 여기서 엑셀만 왕에게 붙고, 혹여 소마 왕 쪽이 이겨버린다면 반역자 카스토르의 처자식인 그들은 어떻게 될까. 이 나라의 법에는 중죄인의 친족은 삼족까지 같은 죄로 취급된다. 카스토르 가와의 인연을 끊으면 월터 가는 연좌를 피할 수 있지만, 그러는 경우 액셀라와 아이들은…….

"카스토르."

"뭐지?"

"액셀라와 카를라, 카를과의 인연을 끊으세요."

"?! 우리가 저런 애송이한테 진다는 거냐!"

"만에 하나를 위해서예요. 왕을 상대한다면 그 정도의 각오로 임하세요."

엑셀은 게오르그 쪽을 흘끗 봤지만 끼어들 생각은 없다는 듯이 묵묵히 눈을 감고 있었다. 패배했을 때의 이야기를 하고 있는데도……. 이것은 자신감의 발로일까.

한편 처자식과 인연을 끊으라는 말을 들은 카스토르는 곤란하다는 표정을 짓고 있었다.

"액셀라와 카를은 모르겠지만…… 카를라는 무리야."

"어째서죠!"

"……말해 봐야 안 들을 테니까."

그 순간, 회의실 문이 벌컥 열렸다.

활짝 열린 문으로 들어온 것은 타오르는 듯한 붉은 머리카락, 금색으로 빛나는 눈동자가 인상적인 미소녀였다. 나이는 열여섯, 일곱 정도일까. 레드 메탈릭한 중갑옷을 입고 있으며, 등과 엉덩이에서는 드래곤의 날개와 꼬리가 튀어나와 있었다.

"카를라……."

엑셀이 중얼거렸다. 그녀는 카스토르의 딸 카를라였다. 외모는 엑셀과 닮아서 용모가 수려한 미소녀이지만, 기풍은 대부분 카스토르의 피를 이어받았다. 여자다운 면은 무엇 하나 없어서, 카스토르가 이끄는 공군 부대에 참가하여 훈련에 매진하고 있었다. 미모 때문에 구애하는 귀족 및 기사의 자제는 많지만 "자신보다 약한 녀석은 남편으로 삼지 않겠다."라며 호언장담

했다. 실제로 그녀의 개인 전투력은 카스토르 다음인 공군 넘버 2로, 구애하는 남자들은 모조리 격파당하는 꼴이 되었다. 카스토르는 '부친'으로서는 안도하는 반면 '부모'로서는 혼기가 늦어지지는 않을지 걱정하는 복잡한 상황이었다.

그런 카를라가 이 자리에 나타났다는 사실에 엑셀은 안 좋은 예감이 들어 참을 수 없었다.

그리고 아니나 다를까, 카를라의 입에서 나온 말은,

"할머님! 아버님께서 싸우기로 결정했다면 저도 싸울 거예요!"

라는 말이었다. 엑셀은 핏대를 세우며 화냈다.

"안 돼요! 그 나이에 반역자가 될 생각인가요!"

"알베르토 왕을 폐위시키고 제 친구 리시아에게 난폭한 짓을 하려고 들다니 용서할 수 없어요! 그런 발칙한 자는 제가 물리치겠어요!"

"오해예요! 소마 왕은……."

"어—……무리야, 장모님. 이렇게 된 카를라는 꼼짝도 안 해."

카스토르가 고개를 절레절레 흔들며 어깨를 으쓱였다.

"당신들은…… 정말이지……."

엑셀이 머리를 부여잡은 이때도 게오르그는 시종일관 말이 없었다.

아미드니아 공국 공도(公都) 반.

세로로 긴 아미드니아 공국 국토의 동쪽에 있는 이 나라의 수
도다.

수도로 삼기에는 엘프리덴 왕국과의 국경에 너무 가까운 것처
럼 여겨지지만, 빼앗긴 동쪽의 영토 탈환을 포기하지 않겠다는
뜻의 표명이리라.

그 반의 중심에 있는 성의 집무실에서, 카이젤 수염을 기른 중
년 남성이 서류를 훑어보고 있었다. 망토를 걸친 모습은 뚱뚱하
게 보였지만 어깨 폭이 넓으니 그리 보일 뿐이지 비만형인 것은
아니었다. 오히려 망토 아래는 근육으로 가득했다.

바로 그가 아미드니아 공왕인 가이우스 8세였다.

"호오……."

"왜 그러십니까? 아버님."

곁에 있던 20대 정도의 군복차림 청년이 물었다. 얼굴은 단정
했지만 눈동자에는 차가운 빛이 깃들어서 어딘가 오싹함이 느
껴졌다. 그는 아미드니아 공국 공태자 율리우스 아미드니아였
다. 가이우스는 읽고 있던 서류를 율리우스에게 건넸다.

"게오르그 카마인이 보낸 거다. 간신히 '일어선' 모양이야."

"호오, 이제야 말입니까. 젊을 적에는 숨도 못 쉴 가열한 속공
으로 명성을 떨쳤다고 들었습니다. 그런 사람치고는 꽤 움직임
이 무겁군요."

"나이를 먹은 거겠지. 가장 총명했을 무렵의 그였다면 우리의
유혹 따위에 넘어오지도 않았을 게야."

"확실히……."

가이우스는 율리우스에게서 서류를 돌려받고 일어섰다.

"새로운 왕의 선전 포고와 함께 움직인다. 왕국에 '원군'을 보내는 거야."

"호오……. 그건 어느 쪽에?"

"어느 쪽이냐고? 새로운 왕 쪽에는 [삼공 측으로], 삼공 측에는 [새로운 왕 쪽으로의 원군]이라고 대답해야겠지."

"과연, 어느 쪽도 따를 이유는 없다는 거로군요."

"크크크, 그런 게다."

얼굴을 마주 보며 어두운 웃음을 짓는 가이우스와 율리우스.

그런 두 사람을 곁에 바라보는 차가운 시선이 있었다.

'이것 참……. 아버님이랑 바보 오라버니도 참 곤란하단 말이야.'

차가운 시선을 보내는 것은 한 소녀였다.

나이는 열여섯, 일곱 정도일까. 얼굴은 오빠 율리우스와 닮아서 단정했지만, 그처럼 냉혹한 분위기는 없었다. 오히려 눈은 동그랗고 얼굴도 둥글어서 너구리 인형 같은 사랑스러움이 있었다. 긴 머리카락을 목덜미 쪽에서 둘로 묶은, 밑으로 내린 형태의 트윈테일이 잘 어울리는 그녀는 이 나라의 제1공녀 로로아 아미드니아였다.

다만 외모와 달리 그녀는 마음속으로는 독설(+살짝 사투리)이었다.

'안 그래도 짧은 이 나라의 명줄을 더욱 잘라 내고 싶은 기가, 이 바보 부자.'

아미드니아 공국은 산악국가였다. 금속 자원은 잔뜩 있지만 반면에 경작 가능한 토지는 적어서 항상 식량 문제를 품고 있었다. 이웃 나라 엘프리덴 왕국에서도 식량난은 심각했지만 이 나라와 비교할 바는 아니었다. 조금만 흉작이 되는 것만으로도 아사자가 나오니까 말이다.

'그라니까 조금이라도 풍요로운 토지를 바라는 아버님의 기분도 모를 바는 아이다. 하지만 아버님은 우리가 기껏 짜낸 자금을 몽창 군자금으로 쏟아붓는 기라.'

로로아는 빠득빠득 어금니를 악물었다.

로로아는 공주이면서도 뛰어난 경제 감각을 지녀서, 이 나라의 재정 전반을 뒤에서 지탱하고 있었다. 다른 나라와의 교역으로 경제를 순환시키고, 자원 수출을 줄이고 가공품을 수출하는 식으로 산업을 보호, 육성했다. 궁핍한 이 나라가 재정 파산에 이르지 않는 것도 전적으로 이 로로아의 재능에 기인하는 바가 컸다.

그러나 그런 로로아의 재능을 가이우스와 율리우스는 전혀 살리지 못했다.

'번 자금을 새로운 산업 육성에 쓴다면 더더욱 많은 자금을 확보할 수 있을지도 모르는데, 이 경제 멍텅구리에 전쟁 바보들은 군자금으로 쏟아부을 뿐인 기라. 성가시게도 [군사를 강화해 두면 어떤 것이라도 뺏을 수 있다]고 진심으로 믿는다고. 바보냐. 자금은 쓰고 번다는 그 사이클에 의미가 있는 긴데, 쏟아붓는 거뿐이라믄 그냥 낭비 아이가! ……뭐, 내가 그리 소리치 봐야 들어주지도 않을 끼지만…….'

"로로아도 그렇게 생각하지?"

"예 오라버님(싱긋)."

갑자기 자신에게 이야기가 돌아왔기에 로로아는 애교 있는 웃음과 함께 대답했다.

실제로는 전혀 이야기를 듣고 있지 않았지만……

'……이 나라는 더욱더 위험할지도 모른다. 아아, 엘프리덴 왕국이 부럽네. 인구도 많으니까 세수도 운용할 수 있는 자금도 많을 끼고, 무엇보다도 국왕이 이야기가 잘 통하는 사람 같은 기 부럽다. 정말이지, 옆집 지갑을 부러워해가 우쩔 끼고……. 지갑?'

그때 문득 로로아는 어떤 사실을 깨달았다.

'옆집의 지갑이 부럽다면……. 우리 지갑이랑 붙여삐면 되는 거 아이가? 그것도 될 수 있는 한 합법적으로…… 할 수 있나? ……응, 할 수 있을지도. 그렇게 된다면 네르바를 수비하는 할배한테 연락을 취해서…….'

홀로 계획을 짜기 시작하는 로로아. 하이 리스크, 하이 리턴. 일생일대의 간계를 시작한 로로아가 지은 미소는, 살짝 아버지나 오빠와 닮았다고 한다.

엘프리덴 왕국, 수도 파르남.

파르남 성의 집무실에서 나는 하쿠야로부터 식량 문제에 대한 최종 보고를 듣고 있었다.

"자료에 있는 대로, 올해 가을의 수확은 충분히 기대할 수 있습니다. 또한 폐하께서 만들 교통망으로 사람들의 왕래가 활발해졌고 상품도 과부족 없이 전역에 고루 퍼지고 있습니다. 물론 식료품도 마찬가지입니다. 이에 따라 식량 문제는 대강 해결되었다고 봐도 되겠죠."

"그건 잘 됐네. 노력한 보람이 있었군."

길었지만, 이것으로 간신히 한숨 돌렸다. 계속 이 문제에 입장으로서는 감개도 한층 더 각별했다. 하지만,

"예. 이걸로 안심하고 '다음 단계'로 나아갈 수 있습니다."

그런 감개 따윈 개의치 않고 하쿠야는 말했다. ……다음 단계, 인가.

"역시……해야만 하나."

"마음이 무거우십니까?"

"뭐, 그렇지. 필요한 일이라는 건 알고 있지만……."

그렇다. 이건 필요한 일이었다.

정치사상가 마키아벨리는 [군주론]에서 이렇게 말했다.

[군주가 잔학한 행위에 손을 물들인다면 평시에조차 자리가 위험해진다. 그러나 일부 군주는 잔학의 끝을 볼지라도 내부에서 모반도 일어나지 않고 외적의 접근도 없이 평온하게 일생을 마친다. 이것은 그 군주가 '잔학'을 사용하는 방법이 능숙한지 서툰지의 차이에 있다.]

[능숙한 자는 자신의 위기를 파악하고 단숨에 이용한다. 이용

한 뒤에는 그 사실을 완전히 잊고, 그 후에는 가능한 한 국민의 이익이 되는 통치 수단으로 바꿀 수 있다면 명군으로 불리기마저 한다. 반대로 처음에 화근을 끊어내지 못하고 잔학이 되풀이되고 마는 것이 서툰 이용법이다.]

마키아벨리의 [군주론]이 오랫동안 기독교나 인도주의자에게 비판받는 원인 중 하나가 된 문장이었다. 하나 여기서 말하는 잔학은 일반 시민을 학살한다든지 그런 것이 아니었다. 권모술수를 구사하여 정적 등을 철저하게 배제하는 행위를 말하는 것이었다. 한번 잔학 행위로 정권을 안정시키고 통치가 가능하다면 그것은 국민에게도 행복이 된다. 반대로 정적의 안색을 살피느라 제대로 된 정책을 진행하지 못하거나, 한 번에 화근을 끊어내지 못하여 몇 번이고 모반을 당하고는 숙청하기를 거듭한다든지 해서는 국민의 신뢰를 잃게 된다.

마키아벨리가 이상적인 군주로 칭송하는 이탈리아의 풍운아 체자레 보르자는, 자신을 맞아들인 유력 귀족을 연회 자리에서 모조리 죽이고 확고한 지위를 구축했다. 오다 노부나가는 가열함을 교묘하게 구사하여 시골 다이묘였던 오다 가를 단숨에 대다이묘까지 끌어 올렸다. 그러나 노부나가는 결국 그 가열함을 질질 끌다가 명줄을 잡히고, 끝내는 가신에게 모반당하여 목숨을 잃고 말았다. 즉 '잔학'은 군주에게 모든 것을 끊어낼 전가의 보도이자, 동시에 상습성에 사로잡힌다면 이른 파멸로 이끄는 요도(妖刀)인 것이다.

"전에 말했지. 너의 책략을 이 잔학이라 판단하겠다고."

"예. 그리고 [할 거라면 일격으로 끝내라.]라는 말씀을 하셨습니다."

"할 수 있겠나?"

"이미 준비는 갖추어졌습니다."

"……그럼 됐다."

이 나라를 위한 일이라고는 해도 그렇게까지 애착이 있는 건 아니었다.

정의나 대의 같은 것도 없다. 그럼 무엇을 위한 것인가 생각하니, 갑자기 리시아와 다른 이들의 얼굴이 떠올랐다. 이 나라에 살면서 웃는 리시아, 아이샤, 주나 씨, 토모에의 얼굴, 저쪽 세계에서 잃은 인연. 이쪽 세계에서 생긴 인연.

나는 이미 그녀들을 나의 '가족'처럼 느끼고 있었다.

[카즈야. 가족을 만들어라. 그리고 그 가족을 무슨 일이 있어도 지키는 게야.]

……그렇구나, 할아버지. 가족은 무슨 일이 있어도 지켜 낸다.

그를 위해서라도 나는 한때나마 잔학한 왕이 되겠다.

"지금부터 '정벌'을 개시한다."

🂠 번외편 ✦ 어느 모험가들의 이야기

모험가. 그것은 신비로 가득한 던전을 공략코자 도전하는, 로망 넘치는 직업. 한편으로 길드에서 알선하는 퀘스트(상인 호위나 해수 퇴치 등)를 맡고 보수를 받는 [해결사]이기도 하다. 자, 그래서 그런 모험가들 말인데, 요즘 엘프리덴 왕국의 수도 파르남에서 유포되고 있는 가장 새로운 도시전설에,

　[인형 옷을 입은 모험가]

　……라는 것이 있었다. 듣자 하니 그 모험가는 신장 1.7미터 정도의 인형 옷을 입고 있다는 듯했다. 무기는 등에 짊어진 언월도. 땅딸막한 체형이지만 움직임은 민첩하고 실력도 굉장한 수준이라나.

파티는 이루지 않고 기본적으로는 솔로로 해수 토벌 등의 퀘스트를 받고 있다는 모양이지만, 가끔 임시 멤버를 모집하는 모험가 파티가 있다면 참가해서 함께 던전에 들어가는 경우도 있다는 듯했다.

참고로 모험가 길드에도 [무사시 도련님]이라는 이름으로 등록되어 있었다.

◇ ◇ ◇

"저기……. 네가 임시로 파티에 들어와 준다는 모험가야?"

모험가 길드에 있는 퀘스트 게시판 앞.

남녀 네 명인 모험가 파티(구성은 남자 검사, 남자 신관, 여자 도둑, 여자 마도사) 중에 남자 검사가 수상쩍어하며 질문을 던진 상대는, 땅딸막한 인형 옷이었다. 손에는 언월도, 등에 대바구니, 흰 천으로 얼굴을 덮고(실제로는 꿰매어져 있다.), 거기서 엿보이는 동그란 눈과 두꺼운 눈썹은 사랑스러웠다. 저건 누구냐! 눈사람인가! 오뚝이냐!

아니, 무사시 도련님이었다!

[…………(무사시 도련님, 손을 파닥파닥해서 "그래, 맞아."라는 사인).]

"아, 그럼 혹시 최근에 소문이 도는 인형 옷 모험가가……."

[…………(무사시 도련님, 끄덕끄덕 고개를 끄덕인다).]

"그, 그런가……."

남성 아이돌 같은 미남인 남자 검사 A.K.A. 디스의 표정이 굳어졌다. 이런 익살맞은 모습이니 당연하리라. 다른 동료들도 곤혹스러워하는 표정이었다.

"이봐, 전위가 하나 부족하다고 해서 이런 녀석을 끼워줘도 괜찮을까?"

오기가 보이는 눈빛이 인상적인 미소녀가 그리 독설을 했다. 이 작고 펑키한 소녀는 여자 도둑인 유노였다. 모험가 중의 도둑은 물론 진짜 도적 같은 것이 아니라, 파티에서는 던전 안에서의 적 탐색이나 함정 해제 따위를 담당하며 근접 전투도 할 수 있는 지원 역할이었다.

사람이 좋아 보이는 청년, 남자 신관인 페브랄이 그런 태도를 나무랐다. 신관이라는 포지션도 회복 역할인 이를 그리 부르는 것에 불과하여 신앙심의 유무는 그다지 관계없었다.

"뭐, 뭐 모습은 익살맞아도 제대로 된 모험가라는 소문이 있으니 문제는 없지 않을까. 오늘 들어갈 곳도 던전이 아니고 난이도도 초보 수준이라 그러니까."

"상관없잖아~. 좀 귀엽기도 하고~."

느긋한 느낌의 미인, 여자 마도사 줄리아도 장난치듯 무사시 도련님에게 기대어 폭신폭신한 감촉을 즐기기 시작했다. 그런 광경에 쓴웃음을 지으며 디스는 무사시 도련님에게 손을 내밀었다.

"어쨌든 오늘은 잘 부탁하지."

[…………(무사시 도련님, 악수에 응한다).]

"……혹시 말을 못 하나?"

[…………(무사시 도련님, 고개를 끄덕인다).]

"…………."

"이것 참, 정말로 괜찮을까."

유노의 의문에 대답할 수 있는 사람은 없었다.

무사시 도련님이 추가된 모험가 파티가 향한 곳은 왕도의 지하 통로였다.

이 지하 통로는 본래 적이 공격했을 때 왕족을 대피시키기 위한 통로였다고 한다. 그래서 왕족 이외의 사람이 들어오면 간단히 돌파할 수 없도록 통로는 복잡하게 뒤얽혀 있고 지하로 3층까지 있었다.

이번에 모험가들이 받은 퀘스트는 이곳 [지하 통로의 탐색과 서식하는 생물의 조사(가능하다면 구제)]였다.

그런 퀘스트가 나온 것은, 선대 알베르토 왕의 시대부터 이 나라는 전란과 인연이 없었던 터라 이 통로의 중요성이 희박해지며 제대로 정비가 되지 않았기 때문이었다. 그래서 어느샌가 큰쥐 같은 거대생물들의 거처가 되어, 이제는 던전이라고 해도 무방할 법한 상태가 되어버렸다.

그런 지하통로 말인데, 아무래도 새로 즉위한 국왕이 이 지하통로를 다른 용도로 사용하고 싶은지 모험가 길드에 이 퀘스트를 의뢰했다나. 지하통로의 안전이 확보될 때까지 몇 명이든 도전 가능. 보수는 사냥한 생물의 수에 따라서. 보수는 적지만 위험도도 낮아서 초보가 하기에 적절한 퀘스트였다.

무사시 도련님이 추가된 모험가 파티는 그런 지하 통로 안을 나아갔다. 축축한 공기에 짜증이 난 유노가 무사시 도련님의 머리를 때렸다.

"야, 이 녀석이 앞을 걷게 하지 마! 시야가 가려."

"전위가 뒤로 물러나면 아무 의미가 없잖아. 참아 줘."

디스의 설득에 유노는 "칫." 하고 혀를 찼다. 그때였다.

모험가들의 앞에 갑자기 큰 뱀이 나타났다. 전체 길이는 10미터, 두께는 한 아름은 될 법한 거대한 뱀이 대가리를 치켜들고 모험가들을 [키샤앗!]하며 위협했다. 그 순간 디스와 무사시 도련님이 앞으로 나섰다.

"우리가 전방을 맡는다! 나머지는 뒤에서 지원해!"

[⋯⋯⋯⋯(무사시 도련님, 엄지를 척).]

다음 순간, 큰 뱀이 덮쳐들었다. 디스 쪽이었다. 그 후에도 뱀은 어째선지 무사시 도련님을 무시하고 디스 쪽에만 공격을 가했다.

"잠깐, 왜 나한테만?!"

[?!]

설명하겠다. 뱀은 사냥감의 체온을 감지해서 찾기에 인형 옷뿐인 무사시 도련님을 감지할 수가 없었던 것이다.

큰 뱀의 꼬리 펀치를 받고 순간적으로 방패로 가드했지만 디스의 자세가 무너졌다. 그 틈을 노려 큰 뱀은 둘 사이를 스르륵 빠져나가서 배후의 세 사람을 덮쳤다. 가장 먼저 노린 대상은 중간에서 서포트에 매진하던 유노였다.

"잠깐, 왜 그쪽 인형 옷은 무시하고 이쪽으로 오는 거야! 나, 난 뱀만큼은 안 된다고오오오!"

갑작스러운 큰 뱀의 습격에 유노는 몸에서 힘이 빠져 버린 모양이었다. 엉덩방아를 찧은 채로 움직이지 못하는 유노에게 크게 입을 벌린 뱀이 들이닥쳤다. 당했다, 고 생각한 그 순간,

서걱!

큰 뱀의 이빨이 유노를 덮치기 직전, 무사시 도련님이 큰 뱀의 등 뒤에서 손에 든 언월도로 뱀을 양단했다. 몸통 한가운데 부근에서 양단된 큰 뱀의 머리와 꼬리는 한동안 그 자리에서 버둥거렸지만 이윽고 침묵했다. 언월도를 휘둘러 들러붙은 피를 털어내는 무사시 도련님. 정신이 든 유노는 부끄러운 듯 무사시 도련님에게 말했다.

"고, 고마워……."

[…………(무사시 도련님, 엄지를 척 들어 올린 뒤에 유노의 머리를 툭툭 두드렸다).]

수훈을 자랑하지도 않고 자신을 걱정하는 무사시 도련님의 모습을 보고 유노는 가슴께에 손을 댔다. 상당히 무서웠던 것일까, 묘하게 두근두근했다.

'이, 이상한 녀석이지만……. 나쁜 녀석은 아닌 것 같네.'

유노는 그(?)에 대한 평가를 새로이 하고는 모두의 뒤를 쫓았다.

그 후로도 파티의 탐색은 계속되었다. 2층에 들어오며 거대 생물의 공격도 더욱 격렬해졌다. 한 마리만이 아니라 무리를 지어 습격하는 경우가 나오기 시작한 것이었다.

[…………(무사시 도련님, 고속회전베기로 거대 박쥐의 무리를 벤다).]

"오, 꽤 하잖아."

[…………(무사시 도련님, 디스를 향해 엄지를 척).]

"……응? 이봐, 너…….."

[…………(무사시 도련님, "뭔데?"라며 고개를 갸웃거린다).]

"네 등에 박쥐 몇 마리가 매달려 있는데……."

[?!(바동거리는 무사시 도련님)]

"정말이지……. 이리 와, 떼어 줄게."

설명하겠다. 무사시 도련님에게는 통각이 없기 때문에 물려도 깨닫지 못했던 것이다.

————그로부터 몇 분 뒤.

찰박찰박, 찰박찰박.

[…………(무사시 도련님, 물이 고인 구멍에 빠져서 바동거리고 있다).]

찰박찰박, 찰박찰박!

[…………(파티 멤버에게 "빨리 도와줘—."라며 호소하고 있다).]

그것을 보고 있던 줄리아와 페브랄은 흐뭇해하고 있었다.

"놀고 있는 것처럼밖에 안 보이네~."

"그렇군요."

"이것 참, 빨리 도와주자고! 자, 너도. 얼른 붙잡아."

유노가 손을 내밀어 무사시 도련님을 끌어올렸다. 도움을 받아 탈출한 무사시 도련님은 방아깨비처럼 몇 번이고 유노에게 머리를 숙였다.

[…………("감사합니다! 이 은혜를 평생 잊지 않겠어요!"라
며 말하고 있다).]

"따, 딱히 인사 같은 거 안 해도 돼. 너한테는 아까 도움을 받
은 빚이 있었으니까. 동료라면 서로 돕는 건 당연해."

[…………("저를 동료로 인정해 주는 건가요?!"라며 감동하
고 있다).]

"아, 알게 뭐야! 자, 얼른 가자고."

[…………("아, 기다려요~."라며 유노의 뒤를 좇았다).]

멀어지는 타박타박하는 발소리. 남겨진 멤버들은 어안이 벙
벙했다.

"유노 녀석……. 저 인형 옷이랑 대화하지 않았어?"

"저한테도 그렇게 보였어요. 인형 옷은 아무 말도 안 했는데."

디스의 의문에 페브랄도 수긍했다. 그러자 줄리아가 우후후
웃었다.

"그렇다면 그건 사랑의 힘이려나~."

""사랑?!""

어두운 지하도에 남자 둘의 하모니가 메아리쳤다.

―――――그리고 수 각(刻) 후. 모험가들은 마침내 지하도 3층
에 다다랐다.

상당히 넓게 만들어졌는지 천장도 10미터 이상은 될 만큼 높

고 폭도 넓었다. 이 지하도는 3층 구조니까 이곳이 최하층이었다. 다소 사고는 있었지만 여기까지의 여정은 순조로움 그 자체였다.

"영 보람이 없네. 초보 수준이라는 것도 납득이 가."

유노의 말에 무사시 도련님은 '그런 건가?' 라는 느낌으로 고개를 갸웃거렸다.

"던진의 마물에 익숙하니까 말이지. 흉포해도 동물을 상대로 겁먹진 않아."

[⋯⋯⋯⋯("그런 것치고는 뱀을 무서워했잖아⋯⋯."라는 시선으로 본다).]

"그, 그건 노 카운트야! 누구든 거북한 건 있잖아!"

[⋯⋯⋯⋯("어―예 예, 그러십니까."라는 것처럼 어깨를 으쓱인다).]

"야, 하고 싶은 말이 있으면 똑바로 말해! 내가 진심을 발휘하면 말이지,"

이야기를 나누며(유노가 일방적으로 이야기할 뿐이지만) 지하도를 걸어가는 둘을, 나머지 멤버들은 어이없다는 듯이 보고 있었다.

"그러니까 어떻게 저걸로 대화가 성립되는 걸까."

"줄리아 씨의 [사랑]이라는 의견을 저도 점점 믿기 시작했어요."

그때였다.

"윽?! 다들 경계!"

유노가 소리쳤다. 그때까지의 느슨했던 분위기가 날아가 버리고, 다들 곧바로 응전 태세를 갖추었다. 이런 온오프의 빠른 전환은 역시나 모험가다웠다. 디스가 유노에게 물었다.

"유노, 숫자는?"

"하나. 하지만 말도 안 되게 커다래."

모험가 도둑은 감각이 예민해서, 약간의 소리나 공기의 진동을 바탕으로 떨어진 장소에 있는 상대의 정확한 숫자나 크기를 파악할 수 있었다.

"커다랗다니 어느 정도야?"

"큰 뱀이랑은 비교도 안 될 정도."

"여긴 그냥 지하도잖아? 어째서 그런 커다란 게 있는 거야."

그런 줄리아의 의문에 대답한 것은 페브랄이었다.

"이런 지하 공간에서는 생물이 통상적인 상황에서는 믿을 수 없을 정도로 거대하게 성장한다고 들은 적이 있어요. 한 번 커져 버리면 천적은 더 이상 존재하지 않고, 일 년 내내 기온 변화도 별로 없으니 죽지도 않아서 점점 거대화한다나."

"이 앞에 그런 식으로 커다래진 녀석이 있다는 건가?!"

디스가 그리 말하는 것과 동시에 공기가 진동했다. 그 거대한 누군가가 이미 코앞에 있음을 도둑이 아니더라도 감지할 수 있었다.

"온다!"

유노가 그리 외쳤을 때, 그것은 모습을 나타냈다. 지하도치고는 높은 천장까지도 닿을 것만 같은 거구. 표면은 미끈미끈한 점액으로 덮여 있고, 뻐끔하니 크게 벌어질 것 같은 입과는 대조적으로 눈은 너무 작아서 한눈에 알아볼 수가 없었다.

"""""샐러맨더!"""""

네 사람의 목소리가 겹쳐졌다. 단 한 사람(?), 무사시 도련님만이,

[…………("무지하게 커다란 도롱뇽?!")]

다른 이들과는 다른 감상을 품고 있었다. 디스는 자신의 눈을 의심했다.

"아니 아니……. 샐러맨더는 보통, 커봐야 2미터 정도잖아?"

[…………("이 세계의 도롱뇽은 평범한 것도 코모도왕도마뱀 수준이야?!")]

무사시 도련님은 놀라고 있었지만 누구도 알아주지 않았다.

"어찌 봐도 10미터는 족히 넘는 것처럼 보이는데."

"거대화하면 이렇게까지 커지는군요……."

페브랄은 감탄한 것처럼 그리 말했다.

"한데 샐러맨더라니 성가시겠네요. 표면의 점액은 강산성이에요. 근접 무기를 이용한 공격은 위험하고, 열기도 막힐 거예요. 반면에 얼리면 편하게 쓰러뜨릴 수 있는 상대인데……."

"우리 중에 수 속성 마법을 쓸 수 있는 녀석은 없어. 불꽃이 통한다면 줄리아의 마법으로 어떻게든 되겠지만…… 인형 옷 형씨는?"

[…………("무리 무리."라며 고개를 가로젓는다).]

"그럼 어쩔 방도도 없군. ……도망친다."

이 모험가 파티의 책임자인 디스는 즉각 철수를 결정했다.

"우리의 퀘스트는 탐색과 조사야. 무리할 필요는 없어. 저런 게 있다고 보고만 하면 뒷일은 왕성 쪽에서 새로 토벌대를 보낼 테지."

"……알겠습니다. 하지만 간단히 도망칠 수 있을까요."

페브랄이 지적한 것처럼, 샐러맨더는 완전히 모험가들을 조준하고 있는 것 같았다. 디스는 이를 악물며 방패를 들고 앞으로 나섰다.

"어떻게든 도망칠 수밖에 없잖아. 다리가 느린 페브랄과 줄리아가 먼저 도망쳐. 다음으로 장비가 약한 유노다. 인형 옷 형씨, 나랑 같이 후미를 부탁해도 될까?"

[…………("물론이지!"라며 엄지를 척).]

"좋아…………… 흩어져!"

디스의 호령과 함께 각각 움직이기 시작했다.

페브랄과 줄리아가 온 길을 되돌아서 달려가고, 디스와 무사시 도련님은 그 자리에 버티고 서서 샐러맨더를 견제했다. 유노는 빠른 발을 살려서 경쾌하게 움직여 샐러맨더를 교란했다. 샐러맨더는 도망치는 둘을 쫓으려 했지만 디스와 무사시 도련님에게 막히고 유노의 움직임에 희롱당해 좀처럼 앞으로 나아가지 못했다.

이윽고 초조해졌는지 샐러맨더는 크게 울부짖더니 긴 꼬리를 부웅 휘둘렀다. 그 순간, 꼬리에 들러붙어 있던 점액이 흩뿌려졌다.

"위험해! 다들 조심해!"

"꺅."

쏟아진 강산성의 점액이 모험가들을 덮쳤다. 디스의 방패, 유노의 가슴 갑옷과 셔츠, 페브랄의 옷과 등 쪽, 줄리아의 롱스커트에 들러붙은 점액이 슈우욱 하는 소리와 기분 나쁜 냄새를 내며 천과 금속을 녹였다.

"샐러맨더의 점액은 살도 녹여요! 점액이 들러붙은 장비는 빨리 벗으세요!"

상의를 벗으며 페브랄은 그리 외쳤다. 그 말을 듣고서 디스는 방패를 버리고, 줄리아는 롱스커트를 벗어 팬티가 보이는 상태에서도 계속 달렸다.

"잠깐, 나, 가슴 갑옷인데!"

"빨리 벗어! 빈유나 무유는커녕 늑골이 훤히 보이는 꼴이 될 거라고!"

"으윽……."

디스의 일갈에 유노는 가슴 갑옷과 셔츠를 벗어 던져 토플리스 상태가 되었다. 오른손으로 앞부분을 가리고 왼손으로 단검을 들었지만 수치심으로 얼굴이 새빨개졌다.

"유노도 이제 물러나! 인형 옷 형씨는 괜찮나!"

유노가 도망치는 것을 확인한 디스가 무사시 도련님 쪽을 보니, 그의 안면에는 점액이 잔뜩 달라붙어 있었다.

"이, 이봐! 뭘 하는 거야! 얼른 그 인형 옷을 벗어!"

[…………]

그러나 걱정하는 디스를 향해 무사시 도련님은 절레절레 고개를 가로저었다. 자세히 보니 점액이 들러붙어 있지만 어느 곳도 녹아내리는 기색은 없었다.

"……혹시 그 인형 옷은 산을 막을 수 있는 건가?"

[…………(무사시 도련님, 엄지를 척).]

설명하겠다. 무사시 도련님의 '표피'에는 비교적 괜찮은 액수를 받으면서도 달리 쓸 데도 없던 발주자의 급료가 아낌없이 사용되었다. 그 덕분에 표피는 방검, 방탄, 내한, 내열, 내산성이 뛰어난 특수 섬유로 만들어진 것이었다. 디스는 한순간 어안이 벙벙했지만,

"하핫……. 좋아, 앞으로 10초만 있다가 우리도 도망치자고. 간다………… 셋, 둘, 하나."

하나의 카운트와 동시에 두 사람은 발길을 돌리고 달려갔다. 샐러맨더도 그런 둘을 쫓기 시작했다. 그러나 거구 때문인지 다리는 그리 빠르지 않은 듯했다. 이 정도라면 도망칠 수 있다! ……그리 생각했을 때, 부웅, 하고 샐러맨더가 또다시 꼬리를 휘둘렀다. 조금 전과는 달리 달리면서 휘둘렀기에 점액은 사방으로 날아갔다.

"윽."

"유노!"

날아간 점액은 디스와 무사시 도련님에게는 닿지 않았지만, 운 나쁘게도 앞서가던 유노의 다리를 스쳤다. 다리를 부여잡고 웅크리는 유노. 격통으로 움직일 수 없는 모양이었다. 이대로

는 따라잡히고 만다. 그러자,

[⋯⋯⋯!]

"우왓."

무사시 도련님은 유노를 따라잡음과 동시에 그녀의 몸을 안아 들고 등에 달린 대바구니 안으로 던져 넣었다. 그리고 등에 진 대바구니에 유노를 넣은 채로 무사시 도련님은 타박타박 달렸다. 유노는 대바구니에서 고개를 내밀며, 필사적으로 달리는 무사시 도련님의 옆모습을 봤다.

"아, 저기⋯⋯. 고마워."

[⋯⋯⋯(무사시 도련님, 엄지를 척).]

그리고 디스와 무사시 도련님은 간발의 차이로 좁은 굴로 도망쳤다.

샐러맨더에게서 다행히도 도망쳐서 지상으로 귀환한 모험가들은 탐색 내용을 길드에 보고했다. 샐러맨더를 토벌하지는 못했지만 그들의 목격 증언은 유효하다고 판단되어 상당한 포상이 주어지게 되었다. 그 샐러맨더는 머지않아 토벌 부대가 파견된다나. 어쨌든 이것으로 퀘스트 완료였다.

보수를 받고 오늘의 성과를 똑같이 나누려는 멤버들. 그러나 어째선지 무사시 도련님은 그 보수를 받으려고 하지 않았다. 디스는 곤혹스러워했다.

"무슨 소리야, 네게는 유노를 구해준 은혜도 있어! 보수를 받아 줘."

[…………(무사시 도련님, 조용히 고개를 가로젓는다).]

"정말로, 정—말로 필요 없나?"

[…………(무사시 도련님, 고개를 끄덕끄덕. 그리고 "다음에 보자고."라며 손을 흔든다).]

타박타박 모험가 파티로부터 사라지는 무사시 도련님. 이미 옷을 갈아입은 줄리아와 유노는 그런 그(?)의 모습을 곤혹스러 워하는 표정으로 지켜보고 있었다.

"뭐였을까? 저 사람(?)은."

"나한테 묻지 마. 그보다도, 애초에 저거 사람이긴 한가?"

"요정이라도 들어 있었으려나~."

"설마…… . 하지만 혹시 그렇다면……틀림없이…… ."

틀림없이 착한 요정이겠지, 유노는 그리 생각했다.

수수께끼를 남기고 떠난 무사시 도련님. 그의 정체는 마도사 가 말한 것처럼 요정이었나.

또다시 왕도에 새로운 도시전설이 태어나는 것이었다.

파르남 성 안에 있는 공용 대욕탕.

그곳에는 물을 채운 욕조에 '무사시 도련님(대)'의 몸통 부분 을 담그고서 들러붙은 산과 진흙을 씻어내는 소마와, 그것을 차 가운 시선으로 보고 있는 리시아가 있었다.

"……어쩐지 전에 봤을 때보다 커진 거 아냐?"

"그건 프로토타입. 그걸 모델로 성 아래의 장인에게 발주한 거야."

"앗! 설마 최근에 성 아래에서 소문이 도는 [인형 옷의 모험가]라는 게……."

"어— 아마도 이 녀석이겠지……. 아니, 리시아? 표정이 무서운데?"

"마네킹 인형 때도 그렇고, 이 파르남을 마도(魔都)로 만들 생각이야?!"

"아야야…… 아니 우왁!"

리시아에게 통으로 얻어맞고, 소마는 옷을 입은 채로 욕조에 다이빙하는 꼴이 되었다. 물속에서 소마는 오늘 무사시 도련님이 체험한 일을 떠올렸다.

'설마 왕도 지하에 그런 커다란 생물이 있을 줄은 몰랐어. 피해 보고가 들어오기 전에 발견할 수 있었던 건 다행이지만, 그 사람들이 위험한 일을 당하게 만들었어…….'

정착한 야생 생물 구제 정도라면 초급 모험가라도 할 수 있을 것이라 얕잡아 본 탓에 난이도 추정을 그르치고 말았다. 하마터면 자신의 퀘스트 때문에 모험가들 사이에 쓸데없는 희생자가 나올 뻔했다. 마지막에 보수를 받지 않았던 것은 그들에게 폐를 끼치고 말았다는 것에 대한 최소한의 속죄라는 의미도 있었다. ……뭐, 자신의 퀘스트 보수를 자신이 받을 수도 없다는 것이 가장 큰 이유였지만.

'어쨌든 오늘 일은 크게 반성할 필요가 있겠지. ……하지만.'

[아, 저기…… 고마워.]

무사시 도련님에게 업혀서는 부끄러운 듯이 말하는 유노의 얼굴을 떠올리고 소마의 입가는 자연스럽게 올라갔다.

'……모험 자체는 즐거웠지. 또 같이 모험할 수 있으면 좋겠네.'

탁한 물속으로 잠겨 들며 소마는 그렇게 생각했다.

현실주의 용사의 왕국 재건기 1

2018년 01월 25일 제1판 인쇄
2019년 05월 20일 3쇄 발행

지음 도조마루 | **일러스트** 후유유키 | **옮김** 손종근

펴낸이 임광순 | **제작 디자인팀장** 오태철
편집부 황건수 · 신채윤 · 이병건 · 이홍재 · 김호민
디자인팀 한혜빈 · 김태원 | **국제팀** 노석진 · 엄태진

펴낸곳 영상출판미디어(주)
등록번호 제 2002-000003호
주소 21311 인천광역시 부평구 평천로 132 (청천동)
전화 032-505-2973(代) | **FAX** 032-505-2982

ISBN 979-11-319-7220-5
ISBN 979-11-319-7219-9 (세트)

 노블엔진(NOVEL ENGINE)은 영상출판미디어(주)의 라이트노벨 및 관련서적 브랜드입니다.

도조마루
작품리스트

◆

현실주의 용사의 왕국 재건기 1

29세와 JK

1

눈초리가 무섭지만 회사에서는 인정받는 29세 사축·야리바 에이지. 게임이나 만화를 좋아하고, 휴일에는 인터넷 카페에서 힐링하는 나날을 보내고 있다.

어느 날, 야리바는 《어떤 일》로 설교하게 된 여고생·미나미사토 카렌에게 고백 받고 만다. 열네 살이나 어린 아이와는 사귈 수 없다고 단칼에 거절했지만, 다음날 사장이 그를 불러내서 한 말은— "업무명령. 손녀인 카렌과의 교제를 명령한다."

그러나 시작되고 만 JK와의 교제. 여동생이, 전 여친이, 회사 부하직원이, 세간의 눈이 야리바의 앞을 가로막는다!

유우지 유우지 지음 | Yan-Yam 일러스트 | 2018년 2월 출간
청춘의 상상, 시동을 걸어라!

용왕이 하는 일!

5

드디어 시작된 야이치의 첫 방어전. 야이치는 도전자인 최강의 명인과 싸우고자 열대지방의 섬에 가지만……. 어찌 된 영문인지 제자와 사부님까지 따라왔는데?! 이건…… 가족 여행?! 게다가 긴코와 한밤중의 데이트?! 이래서 명인에게 이길 수 있을까?

두 제자, 그리고 케이카의 마이나비 본선도 시작되면서 싸움이 계속되는 나날. 다들 상처 입고, 지쳐서, 장기로 이어진 인연이 장기 때문에 무너지려 한다. 하지만── 가장 소중한 것이 무엇인지 깨달은 순간, 상처 입은 용은 다시 날아오른다!!

**장기라는 이름의 기적!
최후의 심판이 다가오는 제5권!**

시라토리 시로 지음 │ 시라비 일러스트 │ 2018년 2월 출간

청춘의 상상, 시동을 걸어라!

칠성의 스바루

4

클라이브가 합류한 뒤 대형 이벤트 〈페스티벌〉에 참가하는 스바루 일행. 용 경주, 투기장, 팀 스포츠, 퍼레이드 참가…… 타카노리와 엘리시아도 끌어들여 잠시 동안의 평화를 즐기는 일행. 한편, 현실에서는 아사히와 사츠키가 스바루의 마지막 멤버인 노조미의 집을 찾는다. 하지만 재회한 노조미는 아사히가 알던 노조미와 완전히 딴판이었다──. 그리고 페스티벌의 마지막 날, 영원한 사랑을 맹세하는 성스러운 밤에 댄스파티가 열리고……?

애니메이션 제작 결정!
현실과 가공을 오가는 스토리, 제4권.

타오 노리타케 지음 / 부─타 일러스트
©2015 Noritake TAO / SHOGAKUKAN Illustrated by booota

타오 노리타케 지음 │ **부─타** 일러스트 │ **2018년 2월 출간**
청춘의 상상, 시동을 걸어라!